KB262485

FANTASTIC ORIENTAL HEROES
목용단 新무협 판타지 소설

快路莫强
괘로막강

쾌로막강 2

목용단 新무협 판타지 소설

초판 1쇄 찍은 날 § 2007년 11월 30일
초판 1쇄 펴낸 날 § 2007년 12월 10일

지은이 § 목용단
펴낸이 § 서경석

편집장 § 문혜영
편집책임 § 이재권
편집 § 조수희 · 이환진

펴낸곳 § 도서출판 청어람
등록번호 § 제1081-1-89호
등록일자 § 1999. 5. 31
어람번호 § 제2-1355호

주소 § 경기도 부천시 원미구 심곡1동 350-1 남성B/D 3F (우) 420-011
전화 § 032-656-4452 팩스 § 032-656-4453
http://www.chungeoram.com
E-mail § eoram99@chollian.net

ISBN 978-89-251-1052-3 04810
ISBN 978-89-251-1050-9 (세트)

목용단 新무협 판타지 소설
FANTASTIC ORIENTAL HEROES

쾌로막강
快路莫强

2 - 가족을 얻다

도서출판 청어람

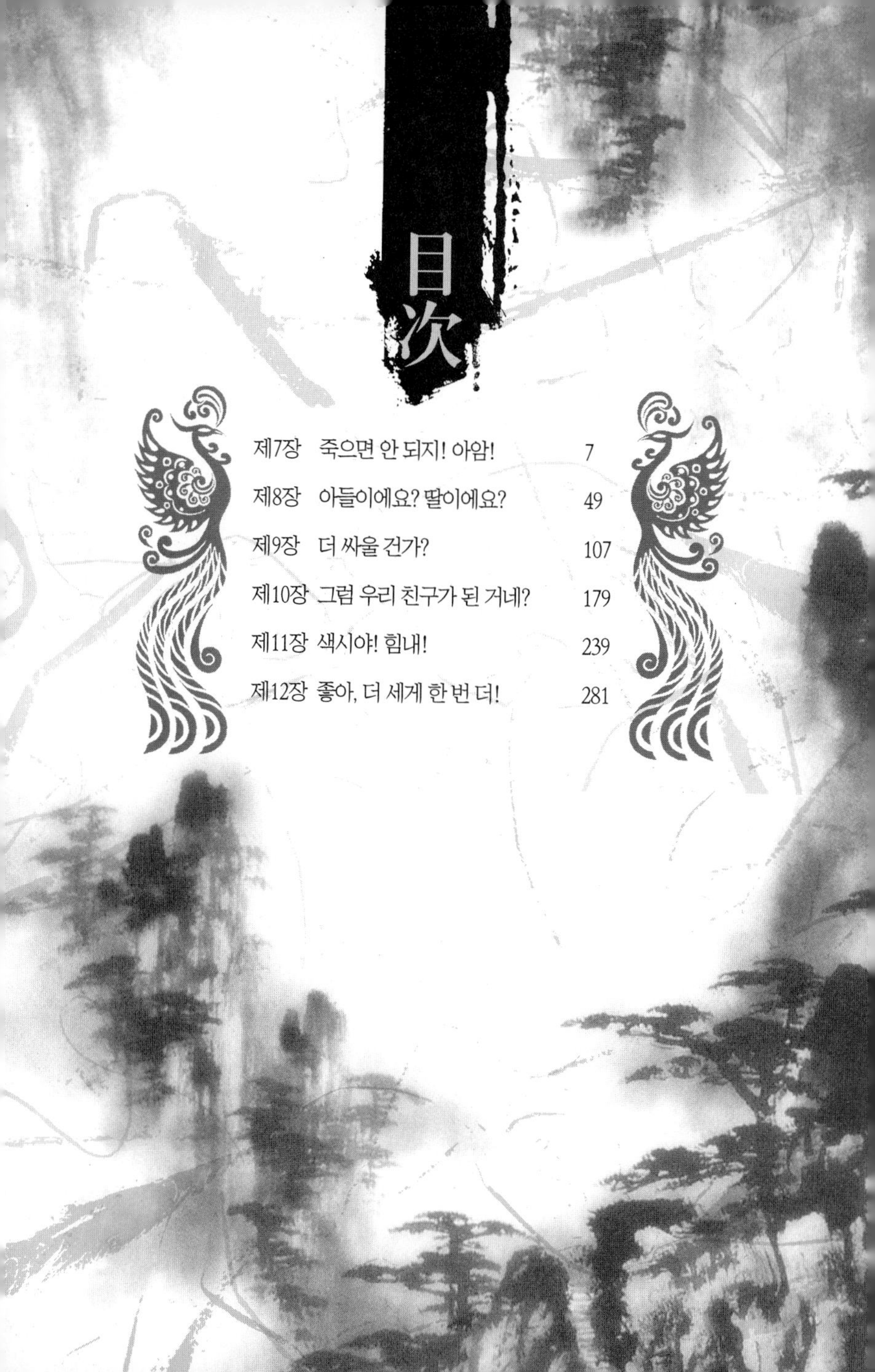

目次

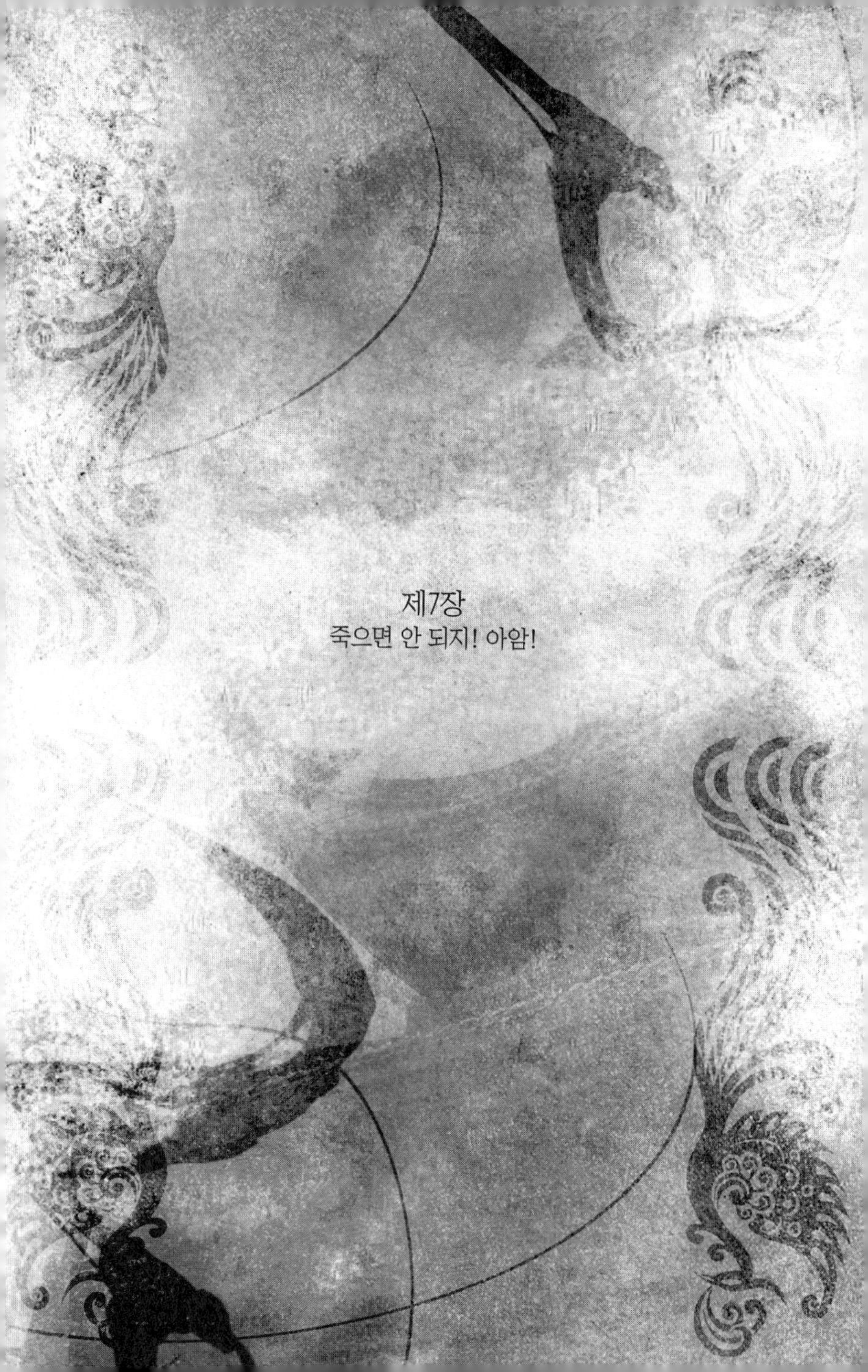

제7장
죽으면 안 되지! 아암!

“우하아아암!”

인시 말.

싸늘한 새벽 공기에 온몸이 시리다.

간밤에 잠을 못잔 단고립이 늘어지게 하품을 해댄다. 그 입에서 나오는 허연 입김을 바라보던 구공산이 막강을 향해 입을 열었다.

“도대체 운중룡이랑은 어떻게 아는 사이에요? 왜 말 안 해주는 건데요?”

“처음 본 사람이야.”

자신의 거처 바깥 돌계단에 걸터앉은 막강은 뒤도 안 돌아보고 시큰둥하게 대답했다. 연신 눈알을 이리저리 굴리고 있는 것이, 뭔가 나름대로 깊은 상념에 잠긴 듯하다. 이에 구공산은 삐친 표정이 되어 투덜댔다.

"쳇! 형님이 업고 왔으면서 모른다는 게 말이 돼요? 그 사람 형님이 그렇게 만든 거죠? 우리를 신나게 패놓고도 성이 안 차서 밖에 나가 애먼 사람 잡은 거 아니에요?"

"아휴! 시끄러워! 조용히 좀 해줄래?"

막강이 인상을 쓰며 휙 돌아보자 그제야 찔끔한 구공산은 막강의 시선을 피하며 입을 닫았다.

"시끄러워서 이 형님이 생각이 안 되잖아, 생각이! 처음 봤으니까 처음 봤다고 하지, 알면 왜 모른다고 하겠냐? 애처럼 조용히 좀 있으면 안 되겠냐?"

막강이 자신을 칭찬하자 어깨를 한 번 으쓱한 단고립이 구공산을 보며 특유의 맥없는 미소를 지어 보였다.

"헤, 조, 조용……."

이를 본 구공산은 더욱 부아가 치밀었다.

'어제까지만 해도 곧 장가간다고 실실대더니, 왜 갑자기 심각한 얼굴을 하고선 괜히 나한테 화풀이야, 화풀이는!'

"에잇!"

구공산은 짜증을 참지 못하고 자신의 허벅지만 한 단고립의 팔뚝을 주먹으로 한 대 후려쳤다.

퍽!

"……?"

마치 모기에 물린 것마냥 맞은 곳을 긁던 단고립은 어눌한 음성으로 더듬더듬 말했다.

"한판 부, 붙자는 거냐?"

그와 동시에 머리통만 한 그의 주먹이 구공산의 어깨를 한 대 툭 쳤다.

기우뚱!

"이 자식이!"

퍽! 퍽! 퍼벅!

어느새 엉겨 붙어 서로 주먹을 휘둘러 대는 둘.

막강은 느닷없이 들려오는 격타음에 재차 뒤를 돌아보며 눈을 동그랗게 떴다.

"어라? 애들이 지금 뭐 하는 거야? 그만들 두라구!"

그러나 둘은 이미 동네 어린애들 싸움마냥 바닥을 뒹굴기에 여념이 없었다.

"싸우는 거 아니에요! 우린 가끔 이렇게 대련을 한다구요! 그치, 이 자식아?"

퍽!

낑낑대며 간신히 단고립의 배 위로 올라선 구공산이 단고립의 머리통을 한 대 쥐어박으며 막강을 향해 소리쳤다.

"허!"

어이없는 표정의 막강이 돌연 인상을 구기며 중얼거렸다.

"이거 참! 조용히 생각 좀 해보려고 했더니 이 녀석들 때문에 안 되겠네."

지난밤, 급한 대로 남궁현의 몸속에서 진기를 휘돌려 독의 일부를 몰아내고, 남은 독은 몸의 한곳에 모아두었던 막강은 남궁현을 업고 재빨리 금가장으로 돌아왔다.

하지만 도저히 남궁현이 당한 독이 무엇인지 알 길이 없었다. 모개의 도움을 받아 근방의 유명한 의원들을 불러보았지만 허사였다. 때문에 지금까지 남궁현은 막강이 취한 조치 그대로 아직까지 의식을 회복하지 못하고 있었던 것.

당분간은 괜찮겠지만 저대로 두면 위험하다는 걸 알고 있는 막강은 방법을 찾기 위해 고심하지 않을 수가 없었다.

다행히 남궁현이 누구인지 알아본 모개 덕분에 서둘러 남궁세가로 연통을 보내기는 했지만, 이곳 장사에서 남궁세가가 있는 강서성 남창까지는 말로 달려도 왕복으로 족히 열흘 길이다. 남궁현이 그때까지 버틸 수 있느냐도 장담할 수 없는 일.

'쩝, 그렇다고 열흘을 기다릴 수도 없고……. 죽은 사람이 누구인지 물어보고 싶기도 한데. 흐음…….'

열흘을 기다리는 것은 도저히 불가능하다.

자신이 오기만을 기다리고 있는 언년은 어쩐란 말인가?

하지만 또 죽은 적포 사내를 생각하면 찜찜하기도 하다. 자신이 없는 사이 금가장에 무슨 일이라도 있을까 걱정이 되는 것이다.

"흐음……."

습관처럼 아래턱을 매만지던 막강은 이내 입맛을 다시며 손을 탁탁 쳤다.

"에잇! 그래, 나중에 생각하자! 총관 어른이 계시니까 잘 보살펴 주겠지, 뭐."

아무리 생각해도 뾰족한 수가 생각나지 않자 곧바로 복잡한 상념들을 저 멀리 날려 버린 막강이다.

그런 막강의 눈에 여전히 바닥을 뒹구는 두 아우의 모습이 들어왔다. 금세 얼굴에 환한 미소가 번지는 막강.

"대련이라구 했지? 그럼 어디 한 번 나도 끼어볼까!"

"……?!"

그 말에 구공산과 단고립이 흠칫하며 서로를 쳐다보는 찰나.

휙!

허공으로 폴짝 뛰어오른 막강의 신형이 그대로 그들을 덮쳐 버렸다.

퍼버벅!

"커헉!"

이를 시작으로 누구랄 것도 없이 서로를 향해 정신없이 주먹을 날리기 시작하는 세 사람.

그렇게 한참 땅을 구르며 노느라 정신이 팔린 그들을 향해 크게 외치는 자가 있었으니.

"하! 밤에도 모자라 이젠 새벽부터 주먹질이냐?"

어느새 그들 앞에 나타난 국연의가 어이없다는 표정으로 세 사람을 내려다본다.

이에 막강은 뒹구는 와중에도 그를 향해 손을 흔들며 히죽 웃었다.

"엇! 국 행수 왔어? 이크! 운중룡인가 뭔가 그 사람은 좀 어때?"

말을 하면서도 날아오는 주먹을 피하느라 여념이 없는 막강을 보며 고개를 젓던 국연의가 입을 열었다.

"몰라, 인마! 좌우간 따라와. 총관 어른이 찾으셔."

"총관 어른이?"

그 말에 막강은 벌떡 일어서며 국연의에게 다가갔다. 물론 일어서기 전에 두 사람에게 한 방씩 먹이는 것을 잊지 않고 말이다.

총관 모개의 집무실에는 모개를 제외하고 한 사내가 이미 와서 자리를 차지하고 있었다.

흑의를 걸친 날렵한 체격에 무표정한 얼굴.

막강으로선 처음 보는 자다.

"찾으셨어요?"

막강과 국연의가 들어서자 모개가 자리를 권했다.

“어서 앉게.”

“근데 이분은 누구세요?”

“아! 인사하게. 의천맹에서 온 사람일세.”

모개가 소개하자 자리에 앉아 있던 흑의 사내가 일어서며 막강을 향해 포권을 취했다.

“먼저 남궁 소협을 구해주신 막 소협의 은공에 감사드립니다. 의천맹 익영단 소속 사비영(四秘影)입니다.”

“익영단……?”

그러고 보니 그의 등에 ‘익’ 이란 글자가 선명하다.

익영단의 사비영.

그 이름이 정확히 무엇을 의미하는지 아는 자는 이 자리엔 없다.

익영단은 파악하기 어려운 수많은 단원들을 보유하고 있는데, 그들은 모두 호(號)로 분류가 된다. 하지만 일반 단원들 말고 단주 곁에서 특별한 임무를 수행하는 자들이 있으니, 이들을 비영이라 한다. 비영은 모두 다섯이 있으며, 사비영은 바로 그들 중 하나인 것이다.

비영의 능력이 어떠한지는 역시 아무도 모른다. 하지만 익영단이 어떠한 곳인지 제대로 아는 사람이라면 그곳에서도 가장 뛰어난 능력을 가진 비영의 존재를 가벼이 여길 자는 아무도 없을 것이다.

“사비영은 운중룡을 도우러 온 사람일세.”

모개의 설명에 막강이 입을 벌렸다.

"아! 근데 어떻게 벌써? 서신을 보낸 지 얼마 안 되었는데?"

막강이 의문스럽게 묻자 사비영이 대답한다.

"남궁 소협은 본 맹 호검당의 당주로서 이번에 저희 단주님으로부터 임무를 부여받고 이를 행하던 중이었습니다. 저는 따로 단주님의 명을 받아 만일을 대비하여 당주와 가까이에서 연락을 취하고 있었는데, 지난밤 약속된 시각에 당주로부터 아무런 연락이 없어 이곳까지 오게 된 것입니다."

"와아! 그럼 남궁 소협이 여기에 있는지 금방 찾아냈다는 건데……? 대단한데요! 어떻게 찾은 거죠?"

막강은 정말 신기한 듯 사비영을 바라본다. 이에 사비영은 살짝 눈빛을 떨어보이지만, 이내 별다른 표정 변화 없이 대꾸한다.

"익영단의 이목은 곳곳에 있습니다. 구체적으로 말씀드릴 순 없지만, 당주를 찾는 데 큰 어려움은 없었습니다."

"아, 그래요? 음, 그렇게 말하니까 더 궁금하네……. 아, 맞다! 지금 남궁 소협이 중독된 상태라 많이 안 좋은 건 알고 있나요?"

다급한 표정으로 막강이 사비영에게 말하자 모개가 이를 진정시켰다.

“아, 그건 이제 걱정 말게. 이자가 이미 남궁 소협의 상세를 살피고 해독을 시킨 상태네.”

“어! 정말이요? 무슨 독에 당했는지 안 거군요?”

막강의 물음에 사비영이 고개를 끄덕였다.

“당주가 당한 독은 마령시독(魔靈屍毒)이라는 것입니다. 갓 죽은 시신에서 나오는 온갖 독기(毒氣)를 뽑아내어 만든 것이 바로 마령시독인데, 일단 중독되면 별다른 조치가 없는 한 일 갑자의 공력을 지닌 고수라 해도 채 이각을 버티지 못하고 목숨을 잃게 만드는 맹독입니다. 다행히 때맞춰 막 소협께서 적절한 조치를 취해주신 데다가, 마령시독 자체가 맹독이긴 하나 해독에 반드시 특별한 해약이 필요한 것은 아니어서 염려할 일은 없게 되었습니다.”

“아, 그거 다행이네요. 그럼 남궁 소협은 언제쯤 깨어날까요?”

“늦어도 내일이면 깨어날 수 있을 겁니다.”

“음… 내일이라…….”

뭔가 골똘히 생각하는 듯한 막강을 보며 모개가 물었다.

“왜, 무슨 일이라도 있는가?”

“아, 아니요. 그냥 궁금한 것이 있어서… 남궁 소협이 깨어나면 물어보려고 했거든요.”

“무엇을 말입니까?”

이번엔 사비영이 뭔가를 눈치 챈 듯 물었다.

"음… 어젯밤 숲에서 싸운 사람이 정확히 누구인지 궁금해서요. 사실 우리 금가장을 몰래 훔쳐보는 사람이 있어서 뒤를 쫓고 있었는데, 우연히 그 숲으로 가서 보니 그 사람이 내가 쫓던 사람이랑 한패더라구요. 둘 다 멸천교 사람인 것 같기는 한데……."

"멸천교……?"

모개가 놀란 듯 입술을 달싹거렸다. 이어지는 사비영의 음성.

"맞습니다. 그들은 멸천교의 마인들입니다."

그의 말에 막강이 눈을 동그랗게 떴다.

"당신도 알고 있군요, 그자들이 누군지?"

사비영은 숨길 것 없다는 듯 태연하게 말했다.

"최근에 멸천교의 잔존 세력이 움직임을 보인다는 사실은 이미 공공연한 비밀입니다. 단지 저들이 아직까지 은밀하게 움직이기 때문에 우리 역시 저들의 행적을 은밀히 쫓고 있는 것뿐이지요."

"으음… 멸천교의 잔당이 아직까지 남아 있다는 소문이 들리더니 사실이었군."

모개가 침음하며 고개를 주억거렸다.

"사십 년 전 융중산에서 교주를 포함한 모두가 죽음을 맞이했다고 알고 있네만, 어찌하여 사십 년이 지난 지금 그들이 살아 움직이고 있는 것인가?"

“그 이유에 대해선 아직까지 명확히 밝혀진 것이 없습니다.”

“명확히라……. 그렇다면 무언가 추측되는 것은 있다는 뜻이로군?”

모개가 넌지시 묻자 사비영은 담담히 대꾸했다.

“송구하나, 제가 해드릴 수 있는 말은 여기까지입니다.”

“그렇겠지.”

예상했다는 듯 고개를 끄덕이는 모개.

하지만 막강은 궁금함을 풀려는 듯 사비영에게 물었다.

“그럼 혹시 멸천교에서 왜 우리 금가장을 몰래 훔쳐봤는지 알고 있나요?”

“그것 역시 알 길은 없습니다. 단지 개인적인 추측으론 막소협과 관련이 있지 않을까 하는 생각입니다.”

“나요? 나 때문에 훔쳐봤다는 말인가요?”

막강이 이해할 수 없다는 듯 되묻자 곁에 있던 모개가 입을 열었다.

“충분히 그럴 만한 추측이군. 우리 금가장만을 놓고 볼 때, 멸천교에서 관심을 둘 만한 것은 오직 돈뿐. 저들이 그것 때문에 본 장을 은밀히 주시했다고는 보기 어렵겠지. 분명 다른 이유가 있을 터, 그것이 막 위장 자네라면 쉽게 수긍이 가는 일이네.”

“아니, 왜 저를……?”

“그거야 모르지. 자네가 패천도 진강후 대협과의 비무에서 무승부를 이룬 일을 저들이 알고 관심을 가졌을 수도 있고, 아니면 전혀 예상치 못할 다른 이유가 있을 수도 있겠지.”

“으음…….”

묵묵히 모개의 말을 들으며 그의 뛰어난 사태 파악에 내심 고개를 끄덕이던 사비영이 곧 막강을 향해 입을 열었다. 그가 오늘 금가장을 찾은 또 다른 용건을 말하기 위해서다.

“사실 저는 남궁 소협의 일이 아니었더라도 내일쯤 이곳 금가장을 찾아 막 소협을 만나 뵐 예정이었습니다.”

“저를요? 무슨 일로……?”

“본 단의 단주님께서 막 소협을 한 번 뵙기를 원한다고 전하라 하셨습니다.”

“단주님이라면 익영단주님이요?”

“그렇습니다.”

“음, 저를 왜?”

“멸천교에 관한 일로 직접 묻고 싶으신 것이 있다 하셨습니다.”

“흐음……. 근데 언제요?”

“괜찮다면 남궁 소협이 깨어나는 대로 저와 함께 단주님을 만나 뵈러 가셨으면 합니다만.”

“아! 그건 안 돼요!”

"예……?"

갑작스런 막강의 반응에 사비영이 흠칫했다.

"우리 색시 데리러 가야 되거든요. 헤헤."

"……?"

사비영이 순간 멍한 표정이 되자, 입가에 희미한 미소를 그린 모개가 입을 열었다.

"막 위장은 곧 혼인을 할 예정이라네."

"아! 그, 그렇군요……."

그제야 고개를 끄덕이는 사비영.

그러나 멍한 표정은 여전히 가시지 않았다.

'전혀 강할 거 같지 않은데, 어떻게 진 지부장님과 무승부를……?'

그런 그를 보며 막강이 웃고 있었다. 아주 해맑게.

오후가 되었다.

막강은 서둘러 남악촌으로 떠날 준비를 하고 모개의 집무실을 다시 찾았다.

"그래, 갈 채비는 다 했는가?"

모개의 물음에 막강은 크게 고개를 끄덕였다.

"네! 대충 다 끝냈어요."

그 모습에 모개가 너털웃음을 터뜨렸다.

"허허! 그럼 이제 가서 예쁜 색시를 데리고 오는 일만 남았군."

"하핫! 그러네요. 예쁜 색시……."

연방 히죽거리는 막강을 보며 곁에 앉아 있던 국연의가 짐짓 혀를 차며 말했다.

"그 나이에 아저씨 되는 게 그렇게 좋냐?"

그 말에 막강은 고개를 저으며 입을 열었다.

"아니야. 우리 할아버지가 나더러 예전에 혼인을 일찍 하는 게 좋다고 하셨어."

"할아버지가……?"

막패가 그런 이야길 했다고 하니 국연의뿐만 아니라 모개마저 절로 호기심이 동했다.

이에 막강은 미소 지으며 말을 이었다.

"내가 너무 잘생겨서 여자들한테 시달릴까 봐 걱정이라고 하시면서, 그런 걸 피하려면 빨리 좋은 여자랑 혼인을 해야 한다고 하셨다구."

"허허허! 자네 조부께서 진정 그런 말씀을 하셨던가?"

재밌다는 듯 웃음 짓던 모개는 새삼 막강의 얼굴을 쳐다보며 고개를 끄덕였다.

"하긴, 자네의 용모라면 대협께서 그런 걱정을 하셨을 만하군 그래. 후후……."

"정말 그런가요? 흐!"

쑥스럽게 웃으며 머리를 긁적거리는 막강을 보며 국연의

는 그만 어이없다는 표정이 되었다.

　농담으로 그런 이야길 해야 장단이나 맞춰주든지 할 것인데, 이건 완전히 대놓고 잘난 척이니…….

　물론 정작 이런 말을 하는 막강은 그것이 잘난 척인지도 모르고 있겠지만 말이다.

　'휴… 더 이상 말을 말아야지.'

　그가 내심 한숨을 삼키고 있을 찰나,

　돌연 막강이 그의 어깨에 손을 올리며 씩 웃었다.

　"우리 국 행수는 혼인 안 해?"

　이에 국연의는 피식거리며 말했다.

　"글쎄다. 보시다시피 나는 너처럼 잘나지도 못해서 빨리 혼인할 이유도 없는 것 같고, 빨리하고 싶지도 않다."

　이에 막강은 눈을 동그랗게 뜨며 말했다.

　"그러다가 여자들한테 시달리면 어떡하려고? 그러지 말고 어서 해. 음… 아, 그래! 진 소저랑 하면 되겠다!"

　막강의 호들갑에 국연의는 코웃음을 쳤다.

　그러나 막강은 계속해서 말을 이었다.

　"엇! 왜? 진 소저가 싫은 거야? 눈이 무지하게 높은걸? 진 소저, 예쁘잖아. 우리 언년이 없었으면 내가 진 소저랑 혼인하는 건데… 쩝, 넌 친구니까 내가 양보할게. 흐흐."

　예전 같으면 이런 말을 하는 막강의 얼굴을 그저 신기한 듯이 쳐다보고 있을 테지만, 이젠 막강의 이런 말에도 그러려니 넘어갈 수 있을 정도가 된 국연의는 짧은 한숨을 내쉬며 고개를 끄덕였다.

"후우, 그래, 정말 고맙다만, 사양하면 안 되겠냐?"

국연의의 대답을 들은 막강은 돌연 턱을 쓰다듬었다.

"음… 하긴, 진 소저같이 예쁘면 우리 언년이처럼 다른 남자들이 가만두질 않겠지?"

혼자 중얼대던 막강은 곧 국연의의 어깨를 두드리며 말했다.

"하지만 그런 건 걱정 하지 마! 다른 남자들은 내가 다 막아줄 테니까! 하하!"

"다 좋으니까 이 손 좀 치우지 그러냐. 으휴……."

그런 둘의 모습을 흐뭇하게 바라보고 있던 모개.

잠시 후 능숙하게 화제를 돌리며 입을 열었다.

"그나저나 이제 자네도 어쩔 수 없는 강호인이 되어버렸군. 그것도 제법 큰 명성을 얻은 강호인 말일세."

"네? 큰 명성을 얻어요? 제가요?"

모개의 말에 의아한 표정이 된 막강.

"이런, 모르고 있었나? 지난번 자네와 진 대협과의 비무 소식이 알려지면서 이미 웬만한 강호인치고 자네 이름을 모르는 사람이 없다네."

"오! 그게 정말입니까?"

막강은 놀라워하면서도 기분은 좋은 듯 환하게 웃었다.

“검천신룡(劍天新龍), 사람들은 벌써 자네를 이렇게 부른다네.”

“검천신룡이요?”

“검으로 패천도를 상대해 무승부를 이뤘다고 하여 검천이라 하더군.”

“으음, 검천신룡이라… 검천신룡……. 흐! 멋진데요!”

꽤나 마음에 드는 듯 활짝 웃는 막강.

이를 보며 모개가 말을 이었다.

“그것뿐만이 아니야. 이미 자네를 칠신룡과 동등하게 보아 이젠 팔신룡이 돼야 한다고까지 말하는 사람들도 있다더군. 무엇보다 사람들은 자네가 오래전 멸문된 형산파의, 그것도 삼절검협의 전인이라는 사실에 특히 관심이 많다고 하네.”

“으음, 그게 벌써 다 소문이 났다는 거죠?”

“강호의 소식은 확실히 다른 곳보다 빠르다네.”

“네, 그런 거 같네요. 아 참!”

고개를 끄덕이던 막강은 그제야 모개가 자신을 찾았다는 사실을 떠올리며 그에게 물었다.

“저에게 하실 말씀 있다고 하셨죠?”

이에 모개는 고개를 끄덕이며 말했다.

“사실 조금 전 말한 그것과 관련해서 자네와 나눌 말이 있어 부른 것이네.”

"조금 전… 한 말이요?"

확실히 감을 잡지 못한 듯 막강이 눈을 끔뻑거리자, 그가 다시 입을 열었다.

"자네가 의도했든 의도하지 않았든 자넨 이미 강호인일세. 그리고 앞으로 사람들이 자네를 말할 때엔 항상 한 가지 사실이 따라다니게 되겠지."

"……?"

"바로 형산파의 전인이라는 것 말일세."

"음…….."

수긍하듯 고개를 끄덕이는 막강.

이를 보며 모개는 계속 말을 이었다.

"듣기로는 지난번 두 대협이 자네를 찾아온 이후, 자네는 이미 형산파를 재건하기로 확실히 마음을 굳혔다고 하던데, 맞는가?"

그 말에 막강은 약간 놀란 듯 눈썹을 살짝 치켜 올렸다.

"어? 어떻게 아셨어요? 나중에 말씀드리려고 했는데…….."

이에 희미한 미소를 머금는 모개.

"우연히 자네 아우들이 하는 말을 엿듣게 되었네. 기분이 상했다면 미안하게 됐네."

"아, 그런 건 아니고요, 그냥 궁금해서 여쭤본 거예요. 헤헤."

"그렇다면 다행이군. 하면… 궁금한 것이 있는데 물어도 되겠는가?”

“그러세요.”

잠시 뜸을 들인 모개는 막강의 매끈한 얼굴을 바라보며 입을 열었다.

“자네는 이곳에 얼마나 머물 생각인가?”

“음… 그건 아직 확실히 정하진 못했는데요.”

막강의 대답에 모개는 약간 미안한 얼굴을 하며 말했다.

“이곳에 잠시 머물다가 형산으로 돌아갈 거란 말도 엿들었다네.”

“하하, 그러셨어요?”

막강이 대수롭지 않게 웃어넘기자 모개는 사뭇 진지한 표정을 하며 말을 이었다.

“자네는 이미 이곳에 머물러 있을 그릇이 아니네. 아니, 어쩌면 처음부터 그러했을지 모르지. 하여 나는 솔직히 자네가 본 장을 떠난다고 해도 붙잡을 만한 명분이 없네. 하지만…….”

순간, 막강의 두 눈을 직시하는 모개.

“앞으로 이 년, 이 년만 이곳에 머물러 주게.”

“……?”

“자네가 이 년간 우리 금가장의 안위를 돌보아준다면 본장은 확실히 안정을 되찾을 수 있을 걸세. 또한 그동안 자네가 위사들을 훈련시켜 실력을 높여놓는다면, 자네가 떠나더라도 상단의 안위가 크게 염려되지도 않을 것이네.”

“으음…….”

막강은 고민스런 표정이 되어버렸다.

사실 두문충과의 이야기 후, 아직까지 구체적으로 그에 대하여 깊이 생각을 해본 적이 없다.

그동안 여러 가지 일이 있었고, 또 무엇보다 막강의 머릿속엔 언년과의 혼인에 대한 생각만이 가득했기 때문이다.

그런 와중에 이렇게 모개가 먼저 치고 들어오니 어찌해야 할지 선뜻 판단이 서지 않았던 것이다.

막강의 그런 생각을 알기라도 한 것일까?

쓴웃음을 머금은 모개가 고백이라도 하듯 입을 열었다.

“후… 미안하네. 사실 자네가 어느 날 갑자기 이 늙은이 곁을 떠난다고 할까 봐 이렇게 선수를 치고 있는 것일세.”

모개는 자기가 말을 하고도 어색한지 내심 고개를 저었다.

‘허! 나도 모르는 사이에 이 아이 앞에서는 속내를 다 드러내는 것에 익숙해져 버렸구나!’

자신이 왜 이렇게 됐을까?

두세 겹 속내를 감추고 절대 밑지는 장사는 하지 않는 상인인 자신이 말이다.

그럼 자신은 지금까지 막강에게 밑지는 장사를 한 것인가?

대답은 전혀다.

오히려 솔직해짐으로써 수지맞는 장사를 하고 있었다.

바로 이렇게 말이다.

"음, 알겠어요. 이 년이라고 하셨죠? 그렇게 하죠, 뭐. 그렇게 길지도 않은데."

막강의 고민은 언제나 그렇듯 길지 않았다.

순간 흡족한 마음에 모개의 얼굴이 환하게 변했다.

"고맙네. 자네 같은 사람을 만난 건 내겐 커다란 홍복일세! 허허!"

그러던 그는 돌연 정색을 하며 막강에게 당부하듯 말했다.

"하지만 말이야, 거래라는 것은 그렇게 하는 게 아닐세. 자신이 잃는 것이 있다면 그에 걸맞는 대가를 얻어야만 하는 것이 바로 거래라네. 앞으로 누구와 거래를 하더라도 절대 지금처럼 자네만 손해를 보아서는 아니 될 걸세. 명심하게."

이에 아차 싶은 표정이 되는 막강.

"앗! 그런 거예요? 지금 총관 어른과 이야기한 것도 거래란 말이죠?"

"다를 것이 없지. 해서 자네에게 그 대가를 주겠네."

"대가요? 어떤 걸……?"

"본 장이 형산파의 재건을 돕겠네."

"저, 정말이세요?"

"문파를 세우는 데는 자금이 필수 아닌가. 설마 그것을 모르고 있지는 않겠지?"

“아! 하핫! 그럼요! 집도 지어야 하고, 무기도 사야 하고, 돈이 많이 필요할 거라곤 생각했어요. 근데, 정말 도와주실 거예요?”

기뻐하는 막강을 보며 절로 미소를 그린 모개가 고개를 끄덕였다.

“물론이네. 당장 자네의 혼인이 끝나는 대로 인부를 모아 형산으로 보낼 생각이네. 이미 모든 건물이 전소된 상태이니 다시 짓는 데만도 긴 시일이 필요할 터. 지금부터 조금씩 준비해 나가는 것이 좋지 않겠는가?”

“그렇게만 해주신다면 저야……. 헤헤!”

“대신 나중에 형산파의 장문인이 되더라도 본 장을 잊어선 아니 되네.”

짐짓 심각한 표정을 짓는 모개를 보며 막강은 소리 내어 웃었다.

“하하! 당연하죠! 총관 어른이랑 국 행수랑 우리 위사들을 어떻게 잊겠어요.”

이에 모개는 고개를 끄덕거렸다.

“되었네. 그럼 이것으로 자네와 나, 아니, 형산파와 본 장의 거래가 성사된 것으로 하지.”

“예, 총관 어른!”

모개에게 인사하는 막강의 얼굴엔 환한 웃음이 떠나질 않았다.

"그럼 잘 다녀오게."

"입 찢어지겠다, 인마. 제수씨 잘 모시고 와라."

남악촌을 향해 출발하는 막강을 향해 모개와 국연의가 인사를 건넸다.

"괜히 말에서 떨어지지나 말아요. 허리 다치면 큰일 아닙니까?"

"혀, 형수님 빠, 빨리 보고 싶다… 헤…….”

곧 사랑스런 두 동생의 인사도 이어진다.

그들을 뒤로하고 장사를 빠져나가는 막강.

하지만 혼자가 아니다.

앞뒤로 길게 늘어선 수십 명이나 되는 일단 무리.

납징의 예물을 잔뜩 짊어진 자들 하며, 온갖 악기를 둘러멘 악대들도 보인다.

그리고 그 중간에 보이는 화려한 화교(花轎).

언년을 금가장으로 태우고 올 최고급 꽃가마였다.

이 모든 것이 막강의 혼인을 위해 모개가 준비한 것.

막강은 그것들을 보기만 해도 절로 입이 벌어졌다.

문득 하늘을 올려본 막강이 숨을 들이쉬며 양팔을 쭉 폈다.

"후웁! 크아! 날씨 한번 좋고! 히히!"

이렇게라도 해야 벅찬 가슴이 진정될 듯하다.

남악촌까진 사흘 길.

사흘 내내 조용히 터질 듯한 마음을 부여잡고 가다간 죽을 지도 모를 일 아닌가?

'죽으면 안 되지! 아암!'

눈에 잔뜩 힘을 준 막강.

'언년아! 조금만 기다려!'

결국 참지 못하고 손에 쥔 고삐를 당겼다.

"이랴!"

히이이잉!

"어엇! 그렇게 먼저 가시면……!"

뒤따르던 무리가 흠칫하며 소리치는 찰나.

두두두두!

막강을 태운 말은 이미 저만치 달려가고 있었다.

죽으면 큰일이지 않은가?

펑! 펑!

데엥! 더덩! 쿵!

폭죽 소리와 악기 소리로 남악촌이 들썩인다.

마을 사람들은 너도나도 뛰어나와 덩실거리며 악대(樂隊)의 뒤를 따른다.

납징은 혼례 절차 중 신랑, 신부가 모두 서로에게 예물을 보내는 것으로, 이때 신랑은 폭죽을 터뜨리거나 악대를 고용하여 신부가 사는 마을의 곳곳을 돌아다니게 함으로써 자신의 재력을 과시하곤 한다.

약속대로 모개는 막강에게 그야말로 성대한 혼례를 만들어주고 있는 것이다.

"어미 앞에서처럼 땍땍대지 말어, 이것아. 남정네들은 그걸 제일 싫어해. 그저 싫어도 안 싫은 척, 미워도 안 미운 척, 그리고 참고 사는 게 여인네들 팔자야. 어미 말, 무슨 애긴지 알아들어?"

시끌벅적한 풍악 소리가 밖에서 들려오는 가운데, 유씨는 언년을 마주 앉혀 놓고 이것저것 이야기를 해댄다.

내일 아침이면 집 떠날 자식이다.

잘할 것이라 믿어 의심치 않는다.

십구 년 동안 집안일이라면 안 해본 일 없이 다 해가며, 자신의 속 한번 안 썩이고 자란, 눈에 넣어도 아프지 않을 딸년이다.

그럼에도 이렇게 붙잡아놓고 이야기를 늘어놓는 것은, 어쩔 수 없는 부모의 심정이라고밖엔 표현할 길이 없다. 유씨는 비로소 자신의 어머니가 자신을 시집보낼 때의 심정을 십분 이해하게 되었다.

"알았다니까요. 한 번만 더하면 열 번이에요, 그 얘기."

말투는 퉁명스러우나 유씨의 시선을 피하며 애꿎은 치맛자락만 비비 꼬고 있는 언년 또한 곧 맞을 석별에 마음이 뒤숭숭한 것은 마찬가지.

유씨는 그런 그녀를 지그시 바라보더니 대뜸 울상을 지으며 혀를 찼다.

"쯧쯧! 마을에 있는 사내놈들은 죄다 싫다고 하더니, 겨우 고른 놈이 칼 들고 설치는 놈이냐? 아이구, 미련한 년! 어쩌다 그런 놈한테 푹 빠져서는……! 쯧쯧!"

"이제 그런 말 안 한다고 했잖아요. 왜 또 그래요?"

"어미가 괜히 입 아프게 얘기하냐! 마음고생 할 게 훤히 보여서 그런다, 이년아! 아이구! 그냥 마을에서 아무 놈이나 골라 땅이나 파면서 정 붙이고 살 것이지. 아이구! 미련한 년!"

언년은 계속되는 유씨의 한탄을 더 이상 들을 수가 없는지 결국 손을 들어 귀를 막기에 이른다.

"제발 그만 좀 해용! 그 사람이랑 혼인하고 나서도 이러실 거예용!"

이에 유씨는 눈가를 축축이 적시며 손을 들어 언년의 등짝을 때려댔다.

"그래! 그럴 거다, 이년아! 너 마음고생 시키면 내가 그놈 가만 안 둘 거야! 이년아! 네가 어미 맘을 알어! 이년! 이 모진 년!"

"아휴……!"

언년은 더 이상 대꾸하지 않고 그저 한숨을 내쉬며 유씨가 때리는 대로 고스란히 맞았다. 이렇게 유씨에게 두드려 맞는 것도 오늘이 마지막이 될 것 같았기 때문이다.

그런데 바로 이때,

벌컥!

"어머니!"

갑작스레 방문이 열어젖혀지며 막강의 헤벌쭉한 얼굴이 방 안으로 불쑥 들어왔다.

"헤헤, 어머니, 뭐 하세요? 우리 밖에 나가서 같이 춤추고 놀아요. 네?"

"……!"

언년을 때리다 말고 눈물을 글썽이며 막강의 면상을 뚫어 져라 쳐다보던 유씨.

돌연 방문을 활짝 열어젖히며 막강을 방 안으로 끌어들였 다.

"어엇!"

그리곤 곧 사정없이 막강의 등짝을 후려갈기기 시작하는 유씨.

쩌억! 쩌억……!

"아얏!"

"뭐! 춤을 춰? 놀아? 그래, 어디 얼마나 잘 추나 보자, 이 놈! 장단 쳐줄 테니 춰봐라, 이놈! 나쁜 놈! 이 불한당 같은 놈!"

"아얏! 어머니, 왜 이러… 아얏! 언년아! 나 좀 살려… 아 얏!"

어찌할 바를 몰라 허둥지둥 애처로운 눈길로 자신에게 구원을 요청하는 막강을 보며 울상이 된 언년은 이번에도 그저 한숨만 내쉴 뿐이다.

"휴우……."

위이이잉!

냉혹한 바람.

형산의 겨울도 여느 산 못지않게 차갑기만 하다.

순백으로 뒤덮인 험준한 산곡을 내달린 막강은 업고 있던 언년을 조심스럽게 내려놓는다.

"여기예요?"

"응. 많이 춥지?"

"아니에요. 견딜 만해요."

"에이, 거짓말. 자, 이것도 걸쳐."

막강은 겉에 두르고 있던 흑색 장포를 벗어 언년의 어깨에 걸쳐 주었다.

이에 언년은 흠칫하며 몸을 뒤로 빼려 했다.

"난 괜찮다니까요. 아까 피풍의도 벗어줬잖아요. 이것마저 날 주면 당신은 어떻게 해요?"

그녀의 눈은 얇은 흑색 장삼만을 걸친 막강을 걱정스레 바라보고 있었다.

"난 하나도 안 추워. 난 무공을 익혔잖아. 이것 봐. 하나!

둘! 셋! 넷……!"

양팔을 위아래로 쭉쭉 펴대며 힘찬 표정을 지어 보이는 막
강.

"피—"

그 모습을 보며 언년은 못 말리겠다는 듯 힘없이 웃으며 시
선을 앞쪽으로 돌렸다.

"이게… 두 분의 무덤인가 보죠?"

"응, 왼쪽이 할아버지고, 오른쪽이 아버지야."

"네에……."

언년은 눈앞에 볼록하게 솟아 있는 두 봉분을 바라보았다.

새하얀 눈이 소복이 쌓여 왠지 모르게 예뻐 보였다.

"인사드리자."

"네, 그래요."

마주 보며 살며시 웃어 보인 두 사람.

막강은 곧 입을 열어 크게 외치기 시작했다.

"할아버지! 아버지! 저 결혼합니다!"

"아휴! 귀청 떨어지겠어요!"

귀를 막으며 살짝 인상을 찡그리는 언년. 막강은 그런 그녀
의 어깨를 한 팔로 와락 감싸 안았다.

"엇!"

순식간에 막강의 곁에 찰싹 달라붙게 된 언년은 흠칫하며
몸을 움츠렸다.

“제 색시 될 사람이에요. 예쁘죠? 헤헤.”

“왜 이래요, 부끄럽게…….”

언년은 마치 막패와 막동이 살아 있는 것마냥 고개를 숙이며 부끄러워했다. 그러더니 곧 그녀는 슬며시 막강의 품을 빠져나오며 봉분 앞에 무릎을 꿇었다.

“어? 뭐 하는 거야?”

“…….”

언년의 행동에 놀란 막강이 묻자 언년은 나직하게 말했다.

“어서 꿇어요.”

“응?”

“원래 둘이 같이 하는 거예요.”

“그러는 거야?”

“어서요.”

“차가운데…….”

순간 째려보는 언년의 눈.

“아, 알았어!”

막강은 재빨리 그녀 옆에 무릎을 꿇었다.

“…….”

“……?”

그리곤 언년은 한동안 말이 없었다.

말이 없는 언년을 힐끔거리는 막강도 덩달아 입을 닫을 수밖에…….

위이잉!

어디선가 한차례 칼바람이 불고, 드디어 언년의 입이 열렸다.

"안녕하세요. 임언년이라고 해요. 정말 고맙습니다. 이 사람을 이렇게 잘 키워주시고, 또… 제게 보내주셔서요……."

그녀의 음성은 나직하고도 또렷했다. 입가엔 희미한 미소가 걸려 있었다.

"두 분께 감사하는 마음으로 잘살겠습니다. 지켜봐 주세요."

그런 그녀를 가만히 쳐다보는 막강의 두 눈엔 한없는 따스함이 묻어난다.

"언년아……."

막강은 조용히 언년의 이름을 불러본다.

고개를 돌려 막강과 얼굴을 마주한 언년은 살포시 미소 짓는다.

"적어도 두 분께 이 정도 인사는 해야 할 것 같아서요."

그 말에 막강도 환한 미소로 화답했다.

"고마워."

"나 추워요."

"응… 이제 그만 갈까?"

언년이 고개를 끄덕이자 무릎을 세운 막강은 그대로 언년의 아담한 몸을 안고 일어섰다.

막강이 어느 때보다도 자신을 힘있게 안는 것을 느끼며 언년은 살짝 막강의 넓은 가슴 안으로 얼굴을 묻었다.

이에 기분이 좋아진 막강이 중얼거리듯 말했다.

"언년이 키가 더 컸으면 큰일날 뻔했다."

"왜요?"

"그럼 이렇게 내 품에 쏘옥 들어오지 않았을 테니까."

"피이…….."

"뽀뽀 한 번 해도 돼?"

"으이구! 여기가 어디라구! 어서 가요! 사람들 기다려요!"

언년이 인상을 쓰며 얼굴을 돌리자 막강은 실망한 듯 입맛을 다셨다.

"알았어. 쩝……. 저희 가요, 할아버지, 아버지! 또 올게요!"

두 봉분을 일별한 막강의 신형이 위로 살짝 떠올랐다.

팟!

두 사람은 떠났지만 봉분 앞엔 아직까지도 훈훈한 기운이 떠나지 않고 있었다.

어둑어둑한 방 안 한가운데 주황빛 화촉(華燭)을 사이에 두고 막강과 언년이 마주 앉았다.

남악촌에서 언년을 가마에 태워가지고 금가장까지 오는 데만도 꼬박 이틀이 걸렸고, 바로 그 다음날인 오늘 혼례를 치렀으니 둘 다 무척이나 피곤할 만도 했지만, 둘의 얼굴에선 전혀 그런 기색을 찾아볼 수가 없었다.

눈앞에 있는 언년의 자태를 바라보는 막강의 얼굴엔 야릇한 미소가 떠나질 않았다.

예식을 위해 푸른색 비단으로 지은 치마와 붉은색 윗도리를 입고, 머리는 곱게 틀어 올려 비녀로 고정시켰으며, 얇은 붉은색 천을 머리에 드리워 얼굴을 가린 채 수줍게 앉아 있는 언년의 모습은 가히 고혹적이다.

"흐흐……."

막강의 입술 사이로 절로 웃음소리가 흘러나왔다.

그러나 그 웃음소리에 언년은 얼굴을 붉게 물들이며 움찔했다.

"그, 그렇게 웃지 말아요."

"응? 왜……?"

"기분이 이상… 아, 아무튼 그렇게 웃지 마요!"

"으음, 알았어. 안 웃을게."

"……."

"……."

잠시 둘 사이를 파고드는 정적.

그 정적을 먼저 깨뜨린 사람은 역시 막강이다.

"언년아!"

움찔한 언년은 고개를 더욱 깊게 숙이며 대답한다.

"…네?"

"이제 그것 좀 올려봐. 얼굴이 잘 안 보이잖아."

언년은 자신의 얼굴을 가리고 있는 붉은 천을 가리키며 물었다.

"이, 이거요?"

"응."

이에 언년은 내심 한숨을 내쉴 수밖에 없다.

'자기가 해줘야 하는 건지도 모르고… 바보. 휴우……'

올려달라고 자신의 입으로 어떻게 얘기하란 말인가?

잠시 갈등하던 언년은 곧 살짝 아랫입술을 깨물었다.

말하기 부끄럽지만 계속 이렇게 쓰고 있을 수만도 없는 것.

"이건… 신랑이 버, 벗겨주는 거예요……"

"엇! 그런 거야? 몰랐네. 그럼 진작 그냥 다 벗겨 버릴 걸 그랬다. 헤헤……"

그대로 언년의 얼굴을 향해 두 손을 뻗는 막강.

붉은 천이 천천히 위로 올라가며 곱게 단장한 언년의 얼굴이 드러난다. 불빛에 비치어 안 그래도 불그스레한 그녀의 얼굴이 수줍음에 더욱 발그레해졌다.

"……!"

그런 언년의 얼굴을 뚫어져라 쳐다보며 입을 벌리고 있는 막강.

그리고 곧 들려온 마른침 넘어가는 소리.

"꿀꺽……."

혀를 내밀어 입술을 축인 막강이 다시 입을 열었다.

"언년아… 나 걱정돼."

막강의 따가운 시선을 못 견딘 언년은 고개를 살짝 돌리며 기어들어 가는 목소리로 대답했다.

"뭐, 뭐가요……?"

나풀거리는 언년의 붉은 입술을 본 막강은 또 한 번 침을 꼴깍 삼키며 말했다.

"내가… 너무 꼭 껴안아서 언년이가 숨을 못 쉴까 봐."

"……?!"

와락!

"헉! 자, 잠깐! 머리는 풀어야… 우웁!"

별안간 막강의 널찍한 가슴에 파묻혀 버린 언년은 하려던 말을 다 끝마치지 못했다. 막강의 뜨거운 입술이 그녀의 입을 막아버렸기 때문이다.

막강의 우려대로 언년은 정말 숨이 막히는 듯했다.

하여 막강의 품속에서 빠져나오려 버둥거려 보지만 소용없는 일.

단순히 막강의 힘이 세기 때문이 아니다. 몸이 말을 안 들었다. 버둥거리려고 하면 자꾸만 힘이 빠져나갔다. 마치 온몸의 모든 신경이 자신에게 가만히 있으라고 주문을 외는 것 같은 착각이 들었다.

처음엔 주문에 대항하던 마음속의 수줍음과 망설임이 있었다. 하지만 그것들도 차차 그 주문에 빠져들어 감을 느꼈다.

마침내 주문에 걸린 언년은 스르르 눈을 감았다.

잠시 후, 언년은 자신의 몸이 번쩍 들려지더니 곧 푹신한 곳에 눕혀지는 것을 느꼈다. 그리고 그때까지 그녀의 입을 거칠게 막고 있던 막강의 입술이 떨어져 나갔다.

"하아……."

막강이 내뱉은 뜨거운 숨결이 언년의 얼굴을 간질였다.

스륵.

윗도리가 벗겨진다. 드러난 어깨 위로 내려앉는 서늘한 기운에 순간 소름이 돋아왔다.

서서히 찾아오는 뭔지 모를 두려움.

언년은 두 손을 꼭 쥐고 눈을 질끈 감았다.

'정말 두려워서야?

누군가 지금 자신에게 이렇게 물어본다면 '그렇다' 라고 대답할 것이다. 하지만…….

'정말, 정말 두려워서야?

이처럼 두 번 물어본다면 '그렇다' 라고 선뜻 대답할 수 없으리라.

두려움 속에서도 거친 막강의 손길을 방임하고 있는 자신의 몸은 알 수 없는 무언가에 대한 기대감을 고스란히 드러내고 있었기에.

스윽.

막강의 손이 언년의 봉긋한 가슴 부근을 왔다 갔다 했다.

아마도 가슴을 동여맨 하얀 천을 풀어내려는 모양이다.

드디어 올 것이 왔구나 싶었다.

치미는 부끄러움에 언년은 눈을 감았음에도 고개마저 옆으로 돌려 버린 채 아랫입술을 지그시 깨문다.

그런데…….

"음……."

부스럭부스럭.

"흐음……."

꼼지락꼼지락.

"……?"

이상했다.

곧 자신의 가슴이 허전해질 줄로만 알았던 그녀의 예상과는 달리, 한참이 지나도록 막강의 입에서 나오는 듯한 나직한 신음성만이 들려오고 있는 것이다.

'뭐… 하는 거지……?'

궁금함에 그녀는 눈을 뜨고 싶었지만 꾹 참았다. 이 상황에서 도저히 눈을 뜰 자신이 없었다.

그렇게 흘러간 시간이 반 각.

그 시간이 지나도록 막강은 자신의 가슴 부위를 계속해서 더듬거리며 알 수 없는 신음성을 내뱉고만 있었다.

'대체 뭘 하는 거야?'

이젠 궁금함을 넘어 답답함마저 느낄 정도가 되어버린 바로 그때, 드디어 막강의 자그마한 음성이 언년의 귀에 들려왔다.

"저기… 언년아?"

"…네?"

언년은 흠칫하며 여전히 눈을 감은 채 대답했다.

"저기 말야… 이거……."

"……?"

더 이상 궁금함을 참을 수 없던 언년은 결국 용기를 내어 감았던 눈을 슬며시 뜨며 막강의 얼굴을 바라보았다. 그녀와 눈이 마주치자 막강은 뒷머리를 긁적이며 어색한 미소를 그렸다.

"헤헤… 이것 좀……."

언년의 시선이 막강의 손으로 향하고, 곧 그녀는 막강의 손에 들린, 본래보다 더욱 복잡하게 꼬인 매듭 하나를 발견했다.

"광칠 형님한테 푸는 법을 배우긴 했는데 잘 안 되네……."

"……!"

　막강의 웃는 얼굴을 보며 황당한 표정이 된 언년은 이내 지
끈거리는 머리를 감싸며 고개를 저었다.
　'아휴! 내가 미쳐!'

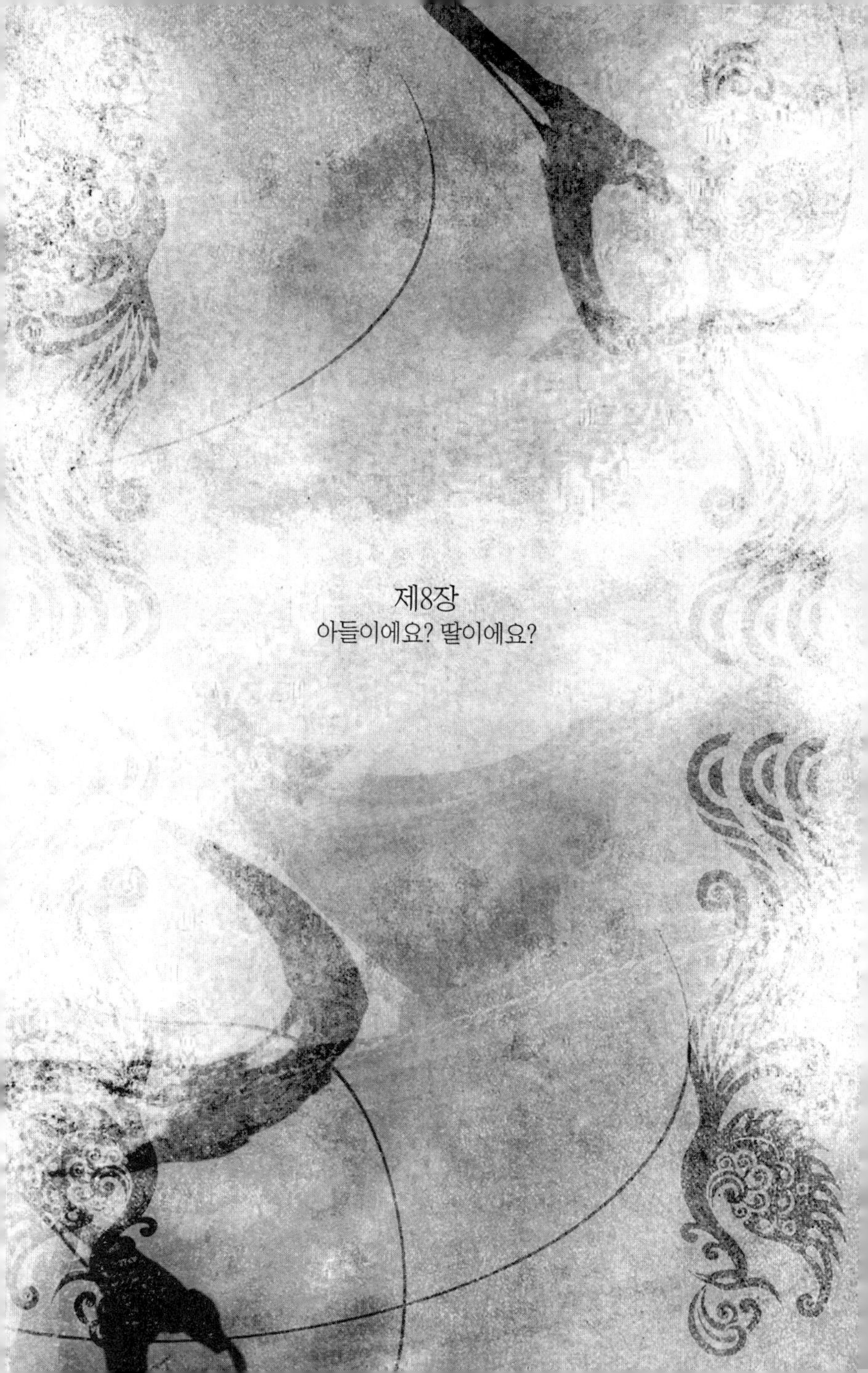

제8장
아들이에요? 딸이에요?

볕은 따뜻하고, 길가엔 화초가 만발하고, 더불어 민초들의 차림새와 기분까지도 한결 가벼워지는 시절. 이름하야 춘삼월.

덜그덕덜그덕.

이런저런 물건을 잔뜩 실은 넉 대의 수레가 지금 막 강서성과 호남성의 경계 부근에 있는 산길로 들어서고 있다.

수레 주위엔 십여 명의 무인이 열을 맞춰 걷고, 앞쪽엔 말을 탄 젊은 청년 세 사람이 무리를 이끌고 있는데, 그들은 바로 막강과 두 아우, 구공산과 단고립이었다.

해가 바뀌어 스물하나가 된 막강은 두 아우와 함께 상단을 이끌고 남창으로 가 여러 가지 물건을 구입하여 다시 금가장으로 돌아오고 있는 중이었다.

이젠 상단의 일에도 제법 익숙해져서 꼭 국연의가 같이 가지 않아도 지정해 준 물건을 구입하고 운반하는 일 정도는 혼자 거뜬히 할 수 있을 정도가 된 막강이었다.

"드디어 다와 가는구나! 하하!"

주위를 두리번거리고 아이처럼 좋아하는 막강을 보며 구공산이 심드렁하게 말했다.

"형수님 얼굴 볼 생각하니까 벌써부터 콧구멍이 벌름벌름합니까?"

막강은 하늘에 떠가는 흰 구름을 올려보며 히죽거렸다.

"공산, 너도 혼인해 봐. 그럼 한 달이나 색시 얼굴을 못 본 이 형님의 마음을 알 수 있을 거야."

"쳇! 별로 알고 싶은 생각 없어요. 아무튼 다음부턴 멀리 가는 거면 난 빼줘요. 힘들어 죽겠다구요!"

그러나 막강은 대꾸없이 여전히 실실 웃으며 하늘만 쳐다보고 있을 뿐이다. 이를 본 구공산이 버럭 고함을 쳤다.

"내 말 듣고 있는 거예요?!"

순간, 허공에서 시선을 거둔 막강이 두 눈을 반짝거린다.

"잠깐 멈춰!"

"……?"

갑작스런 말에 구공산은 의아한 표정이 되어 막강을 바라봤다.

뭔가에 집중하는 듯 두 눈을 가늘게 뜨는 막강. 그런 막강의 귀로 가느다란 신음 소리가 희미하게 들려오기 시작했다.

"으으, 끄으으……."

"흐음……!"

신음 소리가 들려오는 곳을 파악한 막강은 고개를 돌려 두 아우들에게 말했다.

"저쪽에 사람이 있는 거 같아. 내가 가보고 올 테니까 너희들은 여기서 짐 지키고 기다려. 알았지?"

"뭐, 뭐라고요! 자! 잠깐! 거기 서요!"

구공산이 붙잡아보지만 이미 막강의 뒷모습은 그의 시야에서 사라져 버렸다.

"쳇! 사람은 무슨, 우리밖에 없구만. 어디 가서 혼자 놀다가 오려는 거 아냐?"

분통을 터뜨리며 으드득 이를 가는 구공산의 귀에 단고립의 어눌한 음성이 들려왔다.

"우, 우리도 놀까?"

"시끄러, 이 자식아!"

구공산은 인상을 구긴 채 단고립을 쏘아봤다.

단고립이라는 거구를 태운 말은 당장이라도 주저앉을 듯 위태로워 보였다. 입을 빼죽 내민 단고립은 막강이 사라진 곳을 응시하며 다시금 입을 열었다.

"나도, 혀, 형님처럼 자, 장가가고 싶어……."

중얼거리듯 말한 그는 구공산에게 시선을 돌리더니 특유의 맥없는 미소를 지어 보였다.

"내, 내가 너보다 먼저 자, 장가갈 거다."

"갑자기 무슨 헛소리야!"

잔뜩 짜증이 난 구공산이 버럭 소리쳤다. 이를 본 단고립은 놀리듯 말을 이었다.

"너같이 짜, 짜증 많고 투덜거리는 남자는 여자들이 시, 싫어한다고 혀, 형수님이 그랬어. 여자들은 나같이 드, 듬직하고 입이 무, 무거운 남자를 좋아한다고. 흐으 흐으……."

"뭐얏! 이 자식이!"

단고립의 말을 들으며 얼굴이 붉으락푸르락해진 구공산이 그대로 앞뒤 잴 것 없이 단고립을 향해 달려들었다.

"니가 한동안 이 형님의 주먹 맛을 못 봤구나!"

퍽! 퍼벅!

금세 말 위에서 떨어져 바닥을 뒹구는 두 사람.

그런 둘을 지켜보는 위사들의 고개가 설레설레 흔들렸다.

사람이 지나다니는 산길을 벗어나 위쪽으로 이십 장 정도를 올라간 막강은 마른 나뭇잎 더미 위에 쓰러져 있는 한 사람을 발견할 수 있었다.

재빨리 그에게 다가간 막강의 눈이 순간 커다랗게 변했다.

"뭐… 지?"

엎어져 있는 사람은 황의를 입은 보통 체구의 노인인데, 망측스럽게도 그의 하의가 몽땅 벗겨져 있는 것이다.

그뿐만이 아니다. 굴곡진 그의 둔부 사이에서 흘러나온 듯한 핏물이 그의 하체뿐만 아니라 땅까지 축축하게 적시고 있었다.

"끄으으으!"

노인은 연신 고통스런 신음을 흘리며 온몸을 부들부들 떨었다.

이에 정신을 차린 막강이 황급히 노인에게 다가가 물었다.

"이보세요! 괜찮으세요? 무슨 일로 여기에 쓰러져 계신 거예요? 네?"

"끄으! 으……!"

이미 정신이 혼미한지 신음만을 내뱉던 노인은 누군가가 곁에 왔음을 느끼고 힘겹게 손가락을 펴 어딘가를 가리켰다.

"저… 저어기……."

"네? 저기요?"

"해, 해약… 어서……!"

"해약이요? 할아버지, 독에 당한 거예요?"

자신의 물음에 노인이 작게 고개를 끄덕이는 것을 본 막강은 노인이 가리킨 곳으로 신속하게 몸을 날렸다.

그곳에서 삼 장 정도 떨어진 곳에 뾰족한 바위가 하나 있는데, 그 모서리에 바랑 하나가 걸려 있었다.

재빨리 바랑을 가지고 다시 노인에게로 달려온 막강.

"할아버지! 이거 맞아요?"

노인은 희미하게 눈을 뜨며 고개를 끄덕였다.

"파, 파란 통… 끄응!"

고통이 극한에 이른 듯 노인의 인상이 와락 구겨지더니 곧 다시금 하혈을 하기 시작했다.

이를 본 막강은 다급한 마음에 바랑을 열고 파란 통을 꺼냈다.

거기서 새끼손가락 한 마디만 한 타원형의 약을 꺼내 든 막강이 재빨리 노인의 입을 벌려 먹이려는 순간.

이상하게도 노인이 기겁을 하며 입을 굳게 다물고 고개를 젓는 것이 아닌가?

"커억! 아… 아니……!"

"엇! 약이 아니에요?"

그런데 또 고개를 젓는 노인.

"아… 아니, 이… 입 말고……."

"……?"

"하, 항문… 끄으……."

“네? 하, 항문에다요?”

황당한 표정이 된 막강을 보며 노인이 돌연 온몸을 배배 꼰다.

“빠, 빨리! 끄어어억……!”

“엇!”

노인의 눈알마저 뒤집혀지는 것을 본 막강은 다급한 마음에 알약을 그대로 노인의 항문에다가 쑤셔 넣었다.

“으흐흐흑! 헙!”

부르르르!

온몸을 거칠게 떨던 노인이 어느 순간 숨을 탁 멈추더니 그대로 얼굴을 땅에 처박은 채 움직이지 않았다.

재빨리 맥을 짚어 노인이 큰 고통으로 인해 잠시 혼절한 것임을 안 막강은 그제야 한숨을 내쉰다.

“휴우! 근데 도대체 무슨 독이길래……?”

약을 쑤셔 넣었던 손을 눈앞에 들어 보인 막강의 표정이 절로 일그러졌다.

“윽!”

“어? 이 노인은? 흠… 어디서 봤지?”

막강이 업고 온 노인을 본 구공산이 연신 고개를 갸웃거렸다.

“아는 할아버지야?”

"흐음, 분명 어디서 본 사람인데……."

머리를 긁적거리던 구공산이 곧 뒤에 서 있던 단고립을 쳐다봤다.

"너, 알겠냐?"

구공산이 자신도 기억을 잘 못하는 것을 평소 곰탱이라 부르는 단고립에게 묻는 이유가 있다. 다른 건 몰라도 사람 얼굴에 대한 기억력만큼은 단고립을 따라갈 사람이 없다는 걸 잘 알고 있기 때문이다. 딱 한 번 스친 사람이라도 일단 단고립의 눈에 들어오게 되면 언제, 어디서 본 누구인지까지 그의 머릿속에 틀어박히는 것이다.

단고립의 이러한 신기한 기억력이 발휘될 때가 또 하나 있는데, 그것은 바로 어디의 무슨 요리가 맛있고 맛없는 지였다.

아무튼 단고립은 구공산의 기대대로 망설임 없이 고개를 끄덕이며 입을 벌렸다.

"이, 이 년 전 무창(武昌). 맷돼지에 야, 약 탄 노인."

"무창… 맷돼지……? 아! 맞아! 독수괴의(毒手怪醫)! 바로 그 노인네야!"

그제야 노인의 정체를 기억해 낸 듯 소리를 지르는 구공산.

"독수괴의?"

의아한 표정으로 잠시 두 아우를 쳐다보곤 열심히 눈알을 굴려보는 막강. 그러나 아무리 생각해도 떠오르는 것이 있을 리 만무하다.

벌컹!

"색시야!"

"엄마얏!"

의자에 앉아 바느질을 하고 있던 언년은 갑작스런 소리에 화들짝 놀랐다.

"색시야, 나 왔다아… 엇?"

헤벌쭉하게 웃으며 당장 언년에게 달려들려던 막강은 방 안에 그녀 아닌 다른 사람이 한 명 더 있는 것을 발견하곤 멈칫했다.

"진 소저가 와 있었네? 헤헤……."

약간은 어색한 막강의 미소를 보며 진소천은 짐짓 장난스런 표정을 지어 보였다.

"이런… 이러면 제가 또 졸지에 불청객이 되어버린 건가요? 호호."

"하핫! 불청객은요. 아니다. 사실은 좀 그래요. 호호."

머리를 긁적이며 그녀들에게 다가선 막강은 진소천을 힐끔 보며 씩 웃었다.

"저기… 진 소저?"

"네?"

"내가 우리 색시 안고 싶어서 오자마자 총관 어른한테도 안 들르고 바로 달려왔거든요. 미안하지만 우리 색시한테 좀 안길게요.”

와락!

“어멋!”

“……!”

막강의 갑작스런 행동에 두 여인 모두 놀라긴 마찬가지.

언년은 아이처럼 자신의 가슴에 안긴 막강과 진소천을 번갈아 쳐다보며 ‘왜 이래요?’ 를 연발해 댔다.

웬만해선 잘 놀라지 않는 진소천 또한 막강이 자신이 보는 앞에서 이렇게 노골적인 애정 행각을 벌일 줄은 예상치 못했는지 당황하는 표정이 역력했다.

하지만 그녀들의 이런 놀라움은 곧 들려온 막강의 음성에 의해 극으로 치닫게 되고.

“후움, 하아! 좋다! 우리 색시 가슴 냄새는 언제 맡아도 좋다니까! 호호, 얼마나 그리웠다구. 후움… 하아…….”

“……!”

막강의 말에 언년은 뭐라 할 말을 잃고 그저 입을 떡하니 벌릴 뿐이고, 진소천도 그녀답지 않게 얼굴까지 붉게 물들이며 황급히 시선을 딴 곳으로 돌리기에 급급했다.

아무리 그녀가 소탈한 성격의 소유자라고 해도 아직 시집도 안 간 처녀. 얼굴이 화끈거리는 것은 어쩔 수가 없는 것이다.

“전 이, 이만 나가보겠어요. 임 매, 나중에 봐!”

"아! 그, 그래요……."

뒤도 안 돌아보고 황급히 방을 빠져나가는 진소천을 차마 잡지 못한 언년은 여전히 자신의 가슴에 파묻힌 채 잔뜩 미소를 머금고 있는 막강의 얼굴을 바라보며 두 눈에 쌍심지를 켰다.

"도대체 생각이 있는 거예요, 없는 거예요?! 소천 언니 앞에서 이러면 어떡해요!"

"우웅? 너무 급해서……."

꼼지락거리며 더욱 깊숙이 파고드는 막강을 슬쩍 밀어낸 언년은 도끼눈을 뜨고 막강을 쏘아봤다.

"아무리 급해도 그렇죠! 소천 언니가 얼마나 당황했겠어요? 또 나는 어떻구요. 이제 부끄러워서 언니 얼굴을 어떻게 보냐구요!"

그제야 그녀의 가슴에서 얼굴을 뗀 막강은 아랫입술을 빼죽 내밀며 말했다.

"색시야, 화났어? 정말 내가 그렇게 잘못한 거야?"

"그걸 말이라고 해요!"

언년의 매서운 얼굴을 보며 막강은 울상이 되어버렸다.

"잘못했어, 색시야. 다신 안 그럴게. 그러니까 화내지 말구 웃어주라. 응?"

"……."

언년은 풀이 죽은 막강의 얼굴을 지그시 바라보았다.

얼마나 보고 싶었던 건강한 얼굴인가?

혹여나 나쁜 사람이라도 만나 조금이라도 몸이 상하지는 않았는지 노심초사하며 기다린 것이 무려 한 달이다.

그녀는 지난 한 달 동안 막강을 기다려 보고서야 자신이 마음고생 할 것을 걱정한 어머니 유씨의 심정을 조금은 헤아릴 수 있었다.

그리고 자신이 마음 졸인 것만큼 막강도 그러했으리라 생각하니 화낸 것이 조금 미안해지는 그녀다.

한 달 만에 보는, 그것도 자신이 보고 싶어 한걸음에 달려온 낭군에게 잘 다녀왔냐고 인사하며 웃어주지는 못할망정 화를 내고 있으니 말은 안 해도 막강의 마음은 많이 서운할 터였다.

'내가 너무했나? 할 말도 있는데……'

여기서 그만 그치기로 마음먹은 언년은 굳은 얼굴을 풀며 입을 열었다.

"정말이죠? 다음부턴 정말 이러기 없기에요. 알았죠?"

그러자 언제 그랬냐는 듯 막강의 얼굴이 금세 활짝 펴졌다.

"그럼! 다신 안 그럴게! 하하! 그럼 이제 뽀뽀해도 되는 거지? 움……"

다시금 언년의 품에 뛰어들며 대뜸 입술을 들이미는 막강.

이에 그녀는 손을 들어 자신의 입을 가리며 고개를 살짝 돌렸다. 그대로 있다간 해야 할 말을 하지 못할 것 같았기 때문이다.

"잠깐만요. 할 말이 있어요."

그러나 막강은 참지 못하겠다는 듯 막무가내다.

"할 말? 뽀뽀부터 하고 하면 안 될까?"

"아, 안 돼요. 먼저 해야 될 것 같아요."

단호하면서도 조심스런 언년의 어조에 궁금증이 일은 막강은 내민 입술을 접으며 아쉬운 표정이 되었다.

"무슨 말인데? 혹시… 나 보고 싶었다는 말? 히히!"

천진하게 웃는 막강의 얼굴을 보며 언년은 일단 한숨부터 내쉬었다.

"휴우… 아니에요!"

"아니야? 그럼?"

잠시 망설이며 선뜻 입을 열지 못하던 언년은 눈을 동그랗게 뜨고 자신을 쳐다보고 있는 막강의 시선을 피한 채 조용히 입을 열었다.

"저기… 내가 회, 회임(懷妊)을 했어요…….."

"……."

언년의 말에 막강은 두 눈을 끔뻑거릴 뿐 아무런 대꾸가 없었다. 이에 이상히 여긴 언년이 조심스럽게 고개를 돌려 막강의 안색을 살피려는 찰나.

"그게 뭔데?"

"네……?"

“회임이 뭐냐구.”

“……!”

언년은 답답함에 큰 소리가 나오려는 것을 간신히 억누르며 재우쳐 말했다. 그러나 음성에 힘이 들어가는 것까지는 그녀도 어쩔 수가 없는 것.

“내가 아, 아이를 가졌다구요!”

그러자 막강의 두 눈은 튀어나올 듯이 커졌다.

“아이? 색시가 아이를 가졌다구?”

“…그래요…….”

막강은 대뜸 언년의 배에 손을 얹으며 다시 물었다.

“그러니까 여기, 여기에 우리 아기가 있다 이 말이지?”

“그렇다니까요.”

“와하! 하하하하하하!”

입을 함지박만 하게 벌린 막강은 언년을 뚫어져라 쳐다보며 앙소(仰笑)를 터뜨리기 시작했다.

“아이라니! 그럼 나도 이제 조 위사처럼 아빠가 된다는 거지? 그치? 하하하핫!”

넘치는 기쁨을 주체치 못하는 막강.

돌연 언년을 번쩍 안아 들고 방 안을 빙글빙글 돌기 시작했다.

“어맛! 무서워요! 내려줘요!”

그러나 막강은 언년의 음성이 귀에 들어오지 않는 듯 더욱 꼭 끌어안으며 크게 웃을 뿐이다.

이에 처음엔 발버둥치던 언년도 곧 막강의 목을 끌어안고 함께 웃기 시작했다. 그녀의 미소엔 행복함과 안도감이 동시에 비치고 있었다.

한편, 부끄러움에 후닥닥 밖으로 달려나와 뛰는 가슴을 진정시킨 진소천.

문득 무슨 생각이 들었는지 혼자 피식 웃었다.

'훗, 내가 이게 무슨 꼴이람. 후후…….'

잠시 그렇게 서서 언년의 품에 안긴 막강의 행복한 얼굴을 떠올린 그녀의 눈빛에선 뭔지 모를 쓸쓸함이 묻어났다.

'나 이러다가 천벌받는 거 아닌지 몰라? 훗.'

고개를 저으며 쓴웃음을 머금은 그녀는 천천히 발걸음을 옮겼다. 그리고 그런 그녀의 귓가에 막강의 커다란 웃음소리가 들려오기 시작했다.

'임 매가 얘길 했나 보네…….'

힘없는 미소와 함께 짧은 한숨을 내쉰 진소천의 발걸음은 그녀도 모르게 조금씩 빨라지고 있었다.

*　　　*　　　*

악양의 의천맹 호남 지부.

방 한가운데 있는 탁자를 사이에 두고 이남일녀가 마주 앉왔다. 모두 이십대 초, 중반인 그들은 하나같이 용모가 빼어나고 범상치 않은 기도를 풍기고 있었다.

셋 중 둘은 바로 진소천과 남궁현이고, 나머지 한 사람만이 처음 보는 얼굴이다.

이목구비가 뚜렷하고 체격이 건장한, 전체적으로 선이 굵은 얼굴을 지닌 호남형의 사내인 그는 바로 패천도 진강후의 장남이자 진소천의 오라비인 진산(秦山)이다. 그의 이름 앞에는 언제나 명문정파의 자제에겐 그다지 어울리지 않는 도귀(刀鬼)라는 수식어가 붙어 다녔는데, 그 이유는 그가 나이 일곱에 처음 도를 잡은 이후 잠을 잘 때나 심지어 볼일을 볼 때조차 단 한시도 도를 몸에서 떼어놓은 적이 없을 정도로 도에 푹 빠져 있어서였다.

올해 스물여섯인 그의 등 뒤엔 지금도 어김없이 거무튀튀한 그의 애도가 메어져 있었다.

그 역시 칠신룡의 일인이고, 동시에 의천맹의 내단 소속 도룡당(刀龍堂)의 당주 직을 맡고 있는데, 그의 성정은 아버지 진강후를 많이 닮았으나, 정반대의 성격인 어머니의 영향 탓에 전체적으로는 호방한 성격이라 할 수 있었다.

"일 년 만에 형님 얼굴을 뵈니 제 기쁨이 큽니다. 그래, 바라신 만큼의 진전은 보셨습니까?"

환하게 웃으며 묻는 남궁현을 향해 역시 미소로 화답한 진산이 손을 저으며 입을 열었다.

“진전은 무슨. 좁고 컴컴한데 혼자 처박혀 있자니 답답해서 죽을 맛이었지. 아버님이 폐관은 아무나 하는 게 아니라고 하셨는데, 그 말씀이 딱이야.”

진산의 죽는소리에 남궁현은 그저 희미한 미소를 머금을 뿐이다. 성취가 없었을 리가 없다. 일 년 전보다 한층 차분해진 그의 기도가 그것을 반증하고 있었다.

그러나 어릴 적부터 막역하게 지낸 그들 둘 사이에 그 같은 일로 시시콜콜 이야기할 필요는 없었다. 더구나 누구보다 털털한 성격의 진산임을 잘 알고 있는 그이기에 으레 이런 식의 대답이 나오리라는 건 예상한 사실.

진산은 남궁현의 얼굴을 요리조리 뜯어보곤 한쪽 눈썹을 찡그렸다.

“어허! 이거 이거, 현 아우의 용모는 가면 갈수록 나를 닮아 가는군! 일 년 못 본 새에 더욱 수려해졌단 말씀이야! 하핫!”

“아무리 제 용모가 수려해졌다 한들 어디 형님만 하겠습니까?”

남궁현의 응수에 진산의 눈이 커졌다.

“응? 그거 좋은 얘기지?”

그러나 이에 대한 대답은 잠자코 있던 진소천에게서 나왔다.

“훗! 왜요? 찔리긴 하나 보죠?”

약 올리는 그녀를 보며 살짝 인상을 쓴 진산은 무슨 생각이 들었는지 느물거리는 미소로 남궁현에게 넌지시 물었다.

"이봐, 소제. 이 애물단지, 언제 데려갈 거야?"

순간 서로에게 고개를 돌린 남궁현과 진소천의 시선이 허공에서 짧게 마주치곤 이내 거두어졌다. 진소천은 탁자 밑으로 손을 뻗어 진산의 허벅지를 꼬집었다.

"아야!"

이를 본 남궁현은 예의 부드러운 미소를 지으며 입을 열었다.

"하하, 형님이 이렇게 버젓이 혼자 계시는데 어찌 아우가 먼저 서두를 수 있습니까?"

이에 진산은 씩 웃어 보였다.

"나 말이야? 나는 이미 일생의 반려자가 있잖아?"

"……?"

남궁현이 무슨 말이냐는 듯한 표정이 되자 진산은 손을 들어 자신의 등 뒤에 있는 도갑을 툭 쳤다.

이를 보며 입을 벌리는 남궁현.

"하! 형님도 참……."

"가만있자… 일곱 살 때니까 이놈이랑 같이 산 지 벌써 꽤 됐지 아마? 어때? 이 정도면 꽤 괜찮은 마누라 아니야?"

"어련하시겠습니까? 훗."

못 말리겠다며 미소 짓는 남궁현과는 달리 진소천은 한심하다는 듯 한숨을 내쉬며 고개를 젓더니 곧 직접 나서서 화제를 돌렸다.

"인사는 이만하면 된 것 같은데, 이제 그럼 남궁 공자께서 찾아오신 용건을 들어보기로 하죠."

이에 진산은 자신의 누이동생을 못마땅한 눈길로 쳐다보지만, 남궁현은 그녀의 말에 동조하며 자세를 바로 했다.

"그래야겠군요. 제가 이곳에 온 것은 익영단주께서 제게 두 가지 일을 지시하셨기 때문입니다."

진소천은 남궁현의 말에 집중했고, 괜스레 딴청을 피우려던 진산도 내심 궁금한 듯 귀를 기울였다.

남궁현은 그런 그들을 한 번씩 쳐다본 뒤 품에서 긴 봉서 한 장을 꺼냈다. 봉서의 윗부분엔 익영단주의 것으로 보이는 직인이 선명하게 찍혀 있었다.

"본래는 지부장님께 직접 전해 드려야 하지만 출타 중이시니 우선 두 분께 맡겨놓겠습니다."

진소천은 탁자에 놓인 봉서를 내려다보며 물었다.

"무슨 내용인지 알 수 있을까요?"

아무리 진강후의 자식이라곤 하나 익영단주가 보낸 공식 서한을 그녀 마음대로 뜯어볼 수는 없다. 남궁현 또한 봉서 안의 내용을 알지 못할 것이라 생각하면서도 혹시나 하는 마음에 물어봤다. 그러나 다행히 남궁현은 그녀의 궁금함을 풀어주었다.

"확실치는 않지만 아마도 최근에 수집된 멸천교에 관한 정보를 정리한 것과 이에 대하여 맹주께서 지시하실 사항이 적혀 있을 거요.”

“흐음, 멸천교라……?”

뚱해 있던 진산이 눈을 빛내며 반응했다.

폐관을 끝낸 후 그도 멸천교가 부활한 사실에 대해선 대강 들어 알고 있는 것.

진소천은 묵묵히 고개를 끄덕이며 다시금 남궁현에게 물었다.

“공자께선 혹시 그들에 관하여 따로 알고 계신 거라도 있나요?”

이에 남궁현은 고개를 끄덕였다.

“추 단주님께 들은 바로는 그들은 현재 수개월째 별다른 움직임을 보이지 않고 있다고 하오. 색혈대의 마인들로 밝혀진 자들의 종적도 지금은 잡히지 않은 상태고.”

“그럼 그들의 본거지는 아직……?”

남궁현은 쓸쓸하게 웃었다.

“익영단의 정보력을 총동원하고 있지만 아직까진 단서를 잡지 못한 것 같소. 아무래도 중원은 아닐 것이란 추측이 점점 힘을 얻는 듯하오.”

이때 지금까지 듣고만 있던 진산이 둘 사이에 끼어들었다.

“아예 꼭꼭 숨어버렸다 이건가? 흐음, 왠지 기분 나빠지는군. 꼭 뭔가를 열심히 꾸미고 있을 것 같단 말씀이야.”

"일리있는 말씀입니다. 그 때문이라도 서둘러 그들의 행적을 찾는 것이 중요하지요. 그들이 당당히 모습을 드러내는 날엔 이미 모든 준비가 끝났다는 이야기니까요."

남궁현의 말에 모두 동의한다는 듯 말없이 고개를 끄덕였다.

이윽고 진소천이 입을 열었다.

"그럼 나머지 한 가지 일은 뭐죠?"

"그것은 총단으로 사람을 한 명 데리고 가는 일이오."

"누구를 말인가요?"

남궁현은 진소천을 향해 가볍게 미소 지었다.

"진 소저도 잘 아는 자요."

"……?"

잠시 의아한 표정을 짓던 진소천은 뭔가를 눈치 채곤 입을 살짝 벌렸다.

"혹시 막 소협을……?"

남궁현은 고개를 끄덕였다.

"막 소협? 그게 누구……? 아, 그전에 아버님과 한판 붙었다던 그 형산파의 후예?"

크게 관심을 보이며 확인하듯 묻는 진산.

"맞습니다. 바로 그자입니다."

"오호, 그렇단 말이지……."

진산의 표정이 사뭇 진지해졌다.

무슨 까닭인지 눈빛마저 반짝거리고 있다. 아래턱을 쓰다

듬으며 혼자서 알 수 없는 미소를 짓는 그를 힐끗 본 진소천
은 지금 그가 무슨 생각을 하고 있을지 짐작하며 고개를 저었
다.

'분명 막 소협과 겨룰 생각부터 하고 있겠지. 휴우……'

일 년간의 폐관을 끝내고 처음 나와서 그가 들은 소식 중
가장 큰 두 가지가 있다면, 그것은 바로 멸천교의 부활에 관
한 소식과 막강에 대한 이야기다.

중대하기로 치면 물론 전자이지만, 부친을 닮아 승부 근성
이 누구보다도 강한 그의 관심을 더욱 끈 것은 후자였다.

특히 자신의 아버지인 진강후와 이틀 밤낮을 싸워 무승부
를 이뤘다는 이야길 들었을 때엔, 당장이라도 달려가 막강의
실력을 확인하고픈 충동마저 느꼈다.

물론 처음 그 이야길 들었을 때엔 그 비무에서 자신의 아버
지가 본신지력을 모두 보이진 않았으리라 여겼지만 며칠 전
당사자인 진강후에게서 들은 말은 그를 더욱 충격으로 빠뜨
렸다.

"…그자의 실력은 어느 정도입니까?"

"알려진 대로다. 나와 무승부를 이뤘지."

"꼬박 이틀이나 상대해 주실 정도로 그자가 마음에 드셨던 거
군요."

"마음에 들었다? 후후, 그렇긴 하지. 하나, 딱히 내가 그놈을 상

대해 주었다고 말하긴 곤란하다. 오히려 그놈이 나를 상대해 주었다고 보아도 무방하지 않을까?"

"그런……?"

"후후, 나중에 그놈을 만나거든 꼭 손속을 겨뤄보거라. 아마도 산이 네가 얻는 것이 많을 것이다. 뭐, 말 안 해도 이미 찾아갈 생각이 굴뚝같을 테지만……. 후후!"

막강에 대해 이야기를 할 때 흐뭇한 표정을 감추지 못한 진 강후의 모습을 잠시 떠올린 진산.

'아무리 생각해도 나보다 강하다는 말씀 같은데, 역시 확인해 보기 전엔 믿을 수 없지.'

불끈!

진소천은 홀로 상념에 잠긴 진산의 눈에 어느 순간 힘이 들어가는 것을 보곤 내심 한숨 쉬며 남궁현을 향해 물었다.

"추 단주님께 막 소협에 대해 말씀드린 사람은 물론 남궁 공자겠죠?"

남궁현은 굳이 부인하지 않았다.

"막 소협과 같은 인재라면 내가 아니라도 누구든 천거했을 거요. 그리고 추 단주님께서는 이미 한 번 막 소협을 만나길 청했다가 거절당하신 일이 있으셨다고 하오."

"홋! 그런 일이 있었다니?"

정보를 관장하는 추심언이 막강에 대해 모르고 있을 리가 없으니 막강을 만나 보고자 했던 그의 의중은 능히 짐작할 수 있었다. 하지만 중요한 것은 그의 요청을 막강이 거절했다는 사실이다. 진소천은 문득 그 이유가 궁금해졌다.

"그게 언제죠, 막 소협이 추 단주님의 청을 거절한 것이?"

"음, 멸천교의 행적을 추적하다가 독에 당한 내가 막 소협의 도움을 받아 금가장에 머무르던 때였소."

"아……!"

진소천은 알겠다는 듯 고개를 끄덕였다.

"그렇다면 거절 사유는 혼인 때문이었겠네요."

"그렇다고 들었소."

진소천은 잠시 상념에 잠겼다.

형산파와 막패의 전인이라는 사실 자체로 이미 막강은 모두의 주목을 받고 있었다. 특히 의천맹에선 진강후를 비롯하여 비무 당시 그 자리에 있었던 자들, 그리고 진소천 그녀 자신까지 막강을 맹으로 끌어들이고 싶은 마음을 품고 있는 것이다. 그렇기에 추심언이 막강을 만나고자 하는 것이 그리 새삼스런 일은 아니다.

다만 한 가지 문제가 있다면 그 시기다.

막강의 사정을 잘 아는 그녀는 언년이 출산을 한 이후에 천천히 막강에게 이야기를 꺼내볼까 생각하고 있던 참이다.

그러나 이미 일이 이렇게 된 이상 굳이 미룰 필요는 없다는 생각이 드는 그녀다. 막강에게 지금 당장 모든 것을 그만두고 맹의 사람이 되라고 하려는 것은 아니었기 때문이다.

일단 말은 꺼내놓고 결정은 언년의 출산 이후로 하라고 하면 될 것이다. 출산 전엔 절대 움직이지 않을 막강이기 때문이다. 혼인 때문에도 거절했는데 출산이라고 다를까.

잠시 생각한 진소천은 남궁현을 향해 말했다.

"남궁 공자께선 바로 금가장으로 가실 건가요?"

"그럴 생각이오. 막 소협을 본 지도 오래되었고 하니……."

"그럼 저와 함께 가시면 되겠군요. 저도 거래 건으로 금가장에 가볼 생각이었으니까요."

"그럼, 그렇게 합시다."

이때, 그들의 귀에 당찬 진산의 음성이 들려왔다.

"나도 간다."

"네?"

"나도 간다구."

진산이 무슨 생각으로 따라간다는 것인지 알고 있는 진소천은 미간을 찡그렸다.

"오라버니는 서둘러 총단으로 복귀해야 하잖아요."

역시 진소천이 무슨 생각을 하는지 잘 알고 있는 진산은 진소천의 한쪽 볼을 살짝 꼬집으며 능글맞게 웃었다.

"아야! 뭐 하는 거예요?!"

"흐흐, 총단이야 뭐 여기 있는 아우와 같이 복귀하면 되는 거고, 무엇보다 추 단주님께서 직접 만나고 싶어하시는 인재

라는데 이 오라버니께서 찾아가 인사 정도는 해야 하지 않겠
어? 안 그래, 현 아우?"

자신을 향해 히죽 웃는 진산을 보며 남궁현은 그저 미소를
지을 뿐이다.

"이그! 말이나 못하면!"

한번 발동이 걸린 진산의 호승심은 누구도 막을 수 없음을
잘 알고 있는 진소천은 결국 걱정스런 한숨을 내쉴 수밖에 없
다.

'휴우, 장팔 그 녀석도 모자라 이제 오라버니까지. 막 소협
이 많이 귀찮아지겠는걸?'

예로부터 여인네들의 염려는 깊을수록 쓸데없다고들 했던
가?

＊　　　＊　　　＊

염장팔은 여느 때와 다름없이 점포의 지붕 위에서 매매꾼
들의 종알대는 소리를 자장가 삼아 한가로이 오수를 즐기고
있었다.

"소식 들었나?"

"소식? 왜? 또 오랑케 놈들이라도 쳐들어온 겐가?"

"오랑케는 무슨, 금가장 말일세."

"금가장이 왜?"

"아, 글쎄, 금가장이 얼마 전에 항주(杭州)의 홍왕상단을 사
들였다는군."

"항주의 홍왕상단? 거긴 본래 금가장이 운영하다가 다른
곳으로 넘어갔던 곳이 아닌가? 근데 그곳을 다시 사들였다
고?"

"아, 그렇다니까. 근래 들어 상세를 다시 일으키는 듯싶더
니만, 이제 다시 상인이라면 누구나 뿌리를 내리고 싶어하는
항주에까지 세를 넓힐 정도가 되었다는 증거 아니겠나?"

"호오! 그렇군. 금방이라도 문을 닫을 것 같은 게 엊그제
같은데… 도대체 어찌 된 영문이지?"

"그게 다 검천신룡 때문 아니겠나?"

"검천신룡?"

"어허! 아직도 검천신룡을 모른단 말인가? 일 년여 전부터
금가장의 상단 호위를 책임지고 있는 젊은 무인 말일세."

"아하! 그 패천도와 싸워 비겼다는 형산파의……?"

"맞네. 그자가 상단 호위를 맡고부터 금가장에선 단 한 건
의 실패도 없이 모든 거래를 완수하고 있다고 하더군. 하는
거래마다 척척이니 자연히 금가장에 대한 신뢰는 높아지고,
거기에 모 총관의 장사 수완까지 더하니 지금 너도나도 금가
장과 거래를 트려고 하는 사람들이 줄을 서고 있다고 하네.
그뿐이던가? 검천신룡이 강남 일대 초적이란 초적은 눈에
보이기만 하면 혼자서 때려잡는 통에 초적들 사이에선 이미

금가장의 깃발을 보면 무조건 꽁무니를 빼라는 말이 금과옥
조(金科玉條)와 같이 여겨진다고 하더군."

"오호! 그자가 그렇게 대단하단 말인가!"

막 코를 골기 시작하던 염장팔은 귓가를 파고드는 두 장사
꾼의 대화에 두 눈을 번쩍 뜨며 인상을 구겼다.

'또 그 자식 얘기군! 젠장 맞을!'

요즘 들어 이곳 장사 땅에서 막강에 대한 이야기를 듣는 것
은 그리 어려운 일이 아니다.

특히 막강이 상단을 이끌고 원행을 떠날 때마다 초적들
을 소탕한 이야기는 심심찮게 인구에 회자되고 있을 정도
다.

그럴 수밖에 없는 것이 초적들이 수그러들면 주변 마을의
민초들이 덩달아 혜택을 누리게 되니 그들은 막강에게 고마
움을 느끼지 않을 수 없는 것이다.

'그런 비겁한 자식을 신룡이니 뭐니 하며 치켜세우다니!
멍청한 것들! 니들은 다 속고 있는 거야!'

염장팔은 생각할수록 속이 뒤틀림을 느꼈다. 막강만 떠올
리면 분이 절로 솟구치는 것.

억울한 건 풀어야 하고, 당한 것은 반드시 돌려줘야 직성이
풀리는 그의 성정대로라면 당장 막강이 있는 금가장으로 달
려가는 것이 정상이다. 그러나 웬일인지 염장팔은 그러지 않
았다. 가봐야 자신의 분통만 더 터질 뿐이란 걸 깨달았기 때

문이다.

기실 그는 이미 몇 번이나 막강을 찾아갔었다. 그때마다 막강은 흔쾌히 그의 도발에 응해주었다. 그러나 전력을 다해 막강과 상대한 그에게 돌아오는 것은 언제나 아슬아슬한 패배라는 쓴맛뿐이었다.

이상했다.

잡힐 듯하면서도 막강은 잡히지 않았고, 자신의 손에 쓰러질 듯하면서도 막강은 쓰러지지 않았던 것이다.

그때마다 느끼는 것은 언제나 자신이 막강보다 손톱만큼 모자란다는 것뿐이었다. 정말이지 그뿐이지만 그는 그 느낌이 시간이 갈수록 조금씩 크게 다가옴을 느낄 수 있었다.

한 번은 답답함을 못 이겨 막강에게 대놓고 물은 적이 있었다.

도대체 안 보이는 데서 뭔 짓을 하기에 무공이 그렇게 계속 느는 거냐고.

누가 들어도 참 어리석고 유치한 질문이었지만 머리를 긁적이며 고심한 막강은 나름대로 신중한 대답을 내놓았다.

"흐음, 글쎄? 잘은 모르겠는데… 우리 색시 때문이 아닐까?"

"에이! 썅! 잠 확 깨네!"

염장팔은 떡진 머리를 쥐어뜯으며 몸을 벌떡 일으켰다.

"이 자식! 내 오늘은 기필코!"

두 눈을 부라리며 북쪽으로 고개를 쳐든 그의 신형은 이미 허공을 가로지르고 있었다.

단숨에 금가장에 도착한 염장팔은 그대로 정문을 통과하여 막강의 처소가 있는 곳으로 향했다. 그럼에도 수문하던 위사들은 물론이고 금가장의 어느 누구도 그를 제지하지 않았다. 그저 그를 힐끗 쳐다보며 눈살을 한 번 찌푸리는 것이 전부.

이유인즉, 이 같은 일이 한두 번이 아닌 데다가, 이미 염장팔이 자신을 찾아올 땐 그냥 두라는 막강의 지시가 있어서인 것.

굳은 표정으로 휘적휘적 걸음을 떼던 염장팔은 앞에서 난 인기척에 발걸음을 멈추고 고개를 들었다.

거기엔 쭉 찢어진 새우 눈을 한 구공산이 팔짱을 낀 채 그에게 시선을 고정시키고 서 있었다.

염장팔과 눈이 마주치자 곧 구공산의 입이 벌어지며 돌출된 뻐드렁니가 드러났다.

"어이! 또 왔냐? 어쩐지 올 때가 됐는데 왜 안 오나 했다. 그나저나 오늘은 웬일로 조용한 거지?"

구공산은 방금 뒷간에서 맛있게 먹은 점심을 확인하고 나오던 중에 염장팔을 발견하고 그의 앞을 막아선 것이다.

사실 염장팔은 막강을 찾아올 때마다 금가장이 떠나가라 고래고래 소리를 지르며 막강을 불러대곤 했기에, 염장팔의 지금과 같은 태도는 구공산에겐 의아함을 주기에 충분했다.

염장팔은 구공산의 질문은 무시한 채 그를 노려보며 입을 열었다.

"야! 너, 나보다 어린 게 자꾸 반말할 거야?"

그러자 피식거리는 구공산.

"쳇, 고작 한 살 많이 먹은 거 가지고 뻐기기는. 너도 우리 형님보다 한 살 어리면서 형님한테 이 자식, 저 자식 그러잖아? 그러다가 만날 얻어터지고. 흐흐! 오늘은 어디가 근질거려서 온 거지? 우히히히히!"

"크윽!"

순간 발끈하여 당장 손을 쓰려던 염장팔은 간신히 마음을 가라앉혔다.

금가장에 드나들며 구공산, 단고립과도 제법 많이 대면하였다.

하여 이미 이들이 자신에게 어떠한 악심(惡心)을 품고 이러는 것이 아니란 걸 잘 알고 있는 염장팔이다. 그저 놀림감이라고나 할까?

"끄응! 헛소리 말고 네 잘난 형님이나 불러와!"

이에 구공산은 여전히 입가에 미소를 그린 채 대답했다.

"우리 형님 만나려면 좀 기다려야 할 걸? 지금 우리 형수님이 아주 중요한 일을 하고 있거든."

"중요한 일?"

구공산이 고개를 끄덕이며 말했다.

"우리 형님 이세가 지금 형수님 뱃속에 있다 이 말씀이지. 지금 괴의 그 노인네가 진맥인가 뭔가 하고 있으니까 기다려 봐."

"임신을 했다고? 그놈 마누라가?"

뜻밖의 말에 흥미를 가진 염장팔은 돌연 눈을 크게 뜨며 소리를 질렀다.

"잠깐! 근데 너 방금 뭐라고 했냐! 괴의?"

"어."

"괴의라면… 설마 독수괴의……?"

고개를 끄덕이는 구공산.

"왜? 뭐 잘못됐냐?"

이에 염장팔의 두 눈이 더욱 커졌다.

"진짜 독수괴의가 여기 와 있다고?"

독수괴의.

그가 누구인가?

이름 그대로 독이라면 사족을 못 쓰는 괴상한 의원이 바로 독수괴의다.

누구든지 독 하면 오대세가 중 하나인 사천당가(四川唐家)를 떠올릴 것이다.

그러나 그러한 사천당가를 가리켜 아이들 먹일 사탕이나 만드는 곳이라 여기는 자가 있으니 그가 바로 독수괴의 소유길(蘇唯吉)인 것.

더욱 놀라운 것은 소유길의 그와 같은 말에 토를 다는 자가 아무도 없다는 것이다. 심지어 사천당가마저 자신들의 자존심을 걸고넘어진 그에게 아무런 반론조차 하질 않고, 오히려 그에게 한 수 접고 들어갈 정도로 소유길의 독에 관한 능력은 가히 독보적이라 할 수 있었다.

특히 그는 남들이 시도하지 않은 방법으로 독을 제조하기도 하고, 아무도 제조하지 못한 새로운 독을 만드는 것을 일생의 낙으로 삼고 사는 인물이었다.

그 과정에서 그의 새로운 독의 실험 대상이란 명목으로 무수한 인명과 짐승들이 희생되기도 했지만 이것을 가지고 그를 탓하는 사람은 없었다. 희생된 사람들 모두가 자청해서 실험 대상이 된 것이기 때문이다.

또한 그는 자신의 몸에다가 실험을 하는 것으로도 유명한데, 그 덕에 수없이 죽을 고비를 넘긴 그의 몸 여기저기엔 상처가 아물 날이 없었다.

아무튼, 그러한 노력 덕분에 그는 독에 관한 한 강호일절로 통했고, 그가 의도하지 않았음에도 독술을 의술로 승화시켰다는 공로를 인정받아 세인들로부터 괴의라는 호칭까지 얻게 되기에 이른 것이다.

“근데 얼굴 드러내기 싫어한다는 괴의가 왜 금가장에 와 있는 거지?”

염장팔은 의문에 가득 찬 표정을 지으며 중얼거렸다.

타고난 반골 기질 탓에 성격 또한 괴팍한 소유길은 홀로 정처 없이 떠도는 탓에 웬만해선 사람들의 눈에 띄지 않는 것으로도 유명했던 것이다. 근데 그런 그가 금가장에 나타났으니 놀랄 수밖에 없는 것.

궁금함을 못 이긴 염장팔이 막 구공산을 향해 그 까닭을 물어보려는 순간이다.

“어라? 저거 장팔 녀석 아니야?”

“……?”

염장팔은 귀에 익숙한 음성이 등 뒤에서 들려오자 귀를 쫑긋 세우며 신형을 돌렸다.

그리고 곧 위사의 안내를 받으며 자신이 있는 쪽으로 걸어오는 이남일녀를 확인한 염장팔의 얼굴은 순간적으로 야릇한 표정이 되어버렸다.

‘아니, 다들 갑자기 여긴 웬일들이야?’

그러던 염장팔의 표정이 서서히 일그러지기 시작했다. 그셋 중 건장한 체격을 지닌 사내가 희미한 미소를 지은 채 자신을 향해 성큼성큼 걸어오고 있는 것을 본 까닭이다.

“장팔, 너 이 녀석! 형님이 출관하셨다는데 코빼기도 안 내밀더니 여기서 기웃대고 있었던 거냐? 요 녀석!”

“윽!”

졸지에 자신에게 다가온 사내, 진산의 우람한 팔뚝에 목이 끼인 염장팔은 버둥거리며 소리를 질렀다.

“캑! 형님, 자, 잘못했으니까 이거 좀 놔줘요!”

“으응? 그새 엄살만 더 심해졌는걸?”

능글맞게 웃으며 더욱 팔뚝에 힘을 싣는 진산.

“커헉! 내, 내일 찾아가려고 해, 했단 말이에요!”

“호오! 거기다 거짓말까지 늘었군?”

꾸욱!

“으헉! 나 죽네!”

그렇게 한데 엉겨 붙어 뜨거운 해후를 나누는 두 사람을 구공산은 신기한 눈으로, 진소천은 못마땅한 눈으로, 남궁현은 희미한 미소를 지으며 바라보고 있었다.

“음……”

“……?”

“흐음……”

언년의 손목을 쥔 소유길은 고개를 살짝 위로 치켜든 채 두 눈을 반개한다.

그 모습을 곁에서 지켜보던 막강은 참지 못하겠다는 듯 그의 앞에 얼굴을 들이밀며 물었다.

“어때요, 괴의 할아버지?”

“음…….”

“우리 아기 잘 있죠?”

“흐음…….”

양미간을 살짝 접는 소유길.

“잘 있죠? 그죠? 네?”

순간 번쩍 눈을 뜬 소유길이 막강의 얼굴에 대고 버럭 고함을 쳤다.

“야, 이놈아! 그놈의 주둥이 좀 닫어! 네놈이 떠드는 통에 집중이 안 되잖아, 집중이!”

“아! 죄송해요. 괴의 할아버지 표정이 너무 심각해서 그만… 헤헤.”

“쯧쯧! 얼빠진 놈! 이런 놈이 뭐가 좋다고 덜컥 시집을 왔을꼬? 쯧쯧쯧…….”

불똥이 삽시간에 자신에게 튀자 잠자코 누워 있던 언년도 찔끔한 표정이 되었다. 소유길의 어투는 자신을 불쌍하게 여기는 것이 아니라 아예 한심하단 투였다.

두 사람의 입을 단단히 막아놓은 소유길은 곧 언년의 손목에서 손을 떼며 입을 열었다.

“네놈 새끼들은 모두 건강하다, 됐냐?”

이에 금세 환한 얼굴이 되는 막강.

“정말이요? 하핫! 역시 아빠도 튼튼하고 엄마도 튼튼하니까…….”

그런데 이때 막강의 반응과는 달리 누웠던 몸을 일으킨 언년이 눈을 동그랗게 뜨며 소유길에게 물었다.

"저… 근데 지금 새, 새끼들… 이라고 하셨나요?"

그런 그녀를 게슴츠레한 눈으로 바라보는 소유길.

"그랬지."

"그럼… 혹시 싸, 쌍둥이라는……?"

"그렇지."

"헉!"

"응? 쌍둥이?"

놀란 표정이 된 언년의 말에 웃음을 그친 막강도 곧 의아한 표정이 되어 소유길을 쳐다보았다.

"왜? 한 놈이 아니고 두 놈이라 싫은 게냐? 그럼 나중에 한 놈 나 주든가. 안 그래도 새로 만든 독을 써먹을 갓난쟁이가 필요한 참이니."

"……!"

소유길의 말에 언년은 흠칫한 표정을 하며 막강을 바라보지만, 정작 혼자 딴생각을 하고 있는 막강에겐 아무 말도 들리지 않는다.

"음, 쌍둥이면… 한번에 우리 아이가 둘이나 생긴다는 건가? 오! 괴의 할아버지, 정말 우리 색시 뱃속에 아이가 둘씩이나 들어 있다는 거죠?"

입이 헤벌쭉 벌어진 막강을 보며 짜증이 난다는 듯 소유길이 인상을 쓴다.

“지금 내 말을 못 믿겠다는 것이냐?”

그러자 막강은 손을 내저으며 말했다.

“아니에요! 못 믿다뇨! 너무 좋아서 그러는 거예요. 그치, 색시야?”

“네? 네에…….”

엉겁결에 고개를 끄덕이는 언년.

하지만 대답과는 달리 그녀는 좀 어리둥절한 상태다.

‘정말 쌍둥이라고……?’

자신이 쌍둥이를 가질 줄은 상상도 못한 것이다.

좌우간 소유길의 표정이 좀 풀어진 듯하자 막강이 언년의 배를 가리키며 궁금한 듯 재차 그에게 물었다.

“근데… 얘네, 아들이에요, 딸이에요?”

그러자 다시 버럭 소리를 지르는 소유길.

“이놈아! 내가 뱃속에 들어갔다 나왔냐! 그걸 알아? 낳아봐야 알지!”

“아니, 저는 그냥 할아버지가 죽은 사람도 살리는 분이라기에 아실 줄 알고……. 죄송해요.”

“끄응!”

소유길은 머리를 긁적거리는 막강을 보며 치미는 짜증을 삭인다.

‘개 뼈다귀 같은 놈!’

혼절한 뒤 깨어보니 금가장.

위험한 상황에서 자신의 그곳에 해약을 쑤셔 넣어 자신을 구한 사람이 막강임을 알게 된 그는 일단 그 일에 대해 막강의 입을 막은 뒤, 원하는 게 있으면 말해보라고 했다. 어찌 됐든지 간에 막강이 자신의 목숨을 구해준 것은 고마운 일이니 그에 대한 보답을 해주려 했던 것이다.

그런데 내공을 증진시키는 환단이나 사람의 목숨을 단 번에 빼앗을 수 있는 절독 따위를 요구할 줄 알았던 그의 예상을 뒤엎고 막강은 엉뚱하게도 그에게 언년과 뱃속의 아기를 한번 살펴봐 달라고 부탁했다. 그것도 자신이 독수괴의라는 사실을 알고도 그러한 것이다.

소유길은 막강이 도대체 자신의 말뜻을 알아들은 것인지 못 알아들은 것인지 감을 잡을 수 없었다.

이미 여기저기를 다니며 막강에 대한 소문을 귀동냥으로 들은 그였다. 그런데 소문으로 듣고 상상했던 것과는 너무도 다른 막강의 모습에 그는 의아함을 느낄 수밖에 없었다.

'어디서 굴러먹다 온 놈이기에… 에잉!'

이런 쓸데없는 생각에 머리 쓰는 걸 가장 싫어하는 그는 내심 고개를 흔들었다. 그의 머릿속엔 이제 이곳을 빨리 뜨고 싶은 생각뿐이다.

서둘러 자신의 바랑 속에서 환단 두 개를 꺼낸 그는 그것을 막강에게 던져 줬다.

"자, 이거나 먹고 떨어져라!"

소유길이 던진 환단 두 개를 받아 든 막강은 손바닥 위에 놓인 그것들을 내려다보며 물었다.

"이게 뭐에요?"

"뭐긴 뭐냐? 약이지. 작은 것은 몸을 보하는 것이니 잉부(孕婦)에게 먹이고, 큰 것은 아이들이 태어나거들랑 나눠서 먹여라. 크면서 잡병 치레할 걱정은 없을 게다."

"와… 정말 고……!"

고개를 끄덕이며 소유길에게 고맙다는 인사를 하려던 막강은 몸을 벌떡 일으키는 그를 보곤 눈썹을 추켜올린다.

"엇! 가시게요?"

"네놈 부탁도 들어줬으니 나는 이만 갈란다."

"어디로 가시게요?"

"네놈이 그건 알아서 뭐 하게?"

시큰둥한 소유길의 말에 씨익 웃는 막강.

"집도 없으시다면서요? 저랑 같이 여기 사셔도 되는데……."

"훙! 일없다, 이놈아! 너 같은 놈이랑 같이 사느니 산에 들어가 곰이랑 살고 말지! 케헴!"

말은 그래도 그리 싫지는 않은 표정.

'묘하게 끌리는 놈일세.'

하지만 막강은 소유길의 말을 듣곤 귀를 쫑긋 세운다.

"산이요? 호오! 그럼 우리 작은할아버지랑 같이 사시면 되겠네요! 작은할아버지가 지금 혼자 형산에 살고 계시거든요. 괴의 할아버지가 가면 작은할아버지가 정말 좋아하실 걸요?"

"작은할아버지? 그게 누군데?"

"두 문 자 충 자 쓰시는데, 아시나요?"

"뭐어? 두문충? 그놈이 지금 형산에 있단 말이냐?"

"작은할아버질 잘 아세요?"

뜻밖에도 두문충이란 말을 듣고 흥분하는 소유길.

'융중산에서 어디로 튀었나 했더니만 형산에 처박혀 있었어?'

흐릿한 두 눈을 빛낸 그가 돌연 막강을 쏘아봤다.

"그런데 두 가 그 꼬마 놈이 어찌 네 작은할아버지인 것이냐? 그놈은 형산파와는 아무런 상관이 없을 터인데?"

'꼬, 꼬마……?'

팔십이 넘은 두문충을 두고 꼬마라니?

소유길이 두문충을 대뜸 꼬마라고 칭하자 고개를 한차례 갸웃거린 막강은 이내 미소를 띠며 대답했다.

"그건……."

막강에게서 막패와의 얽힌 사연부터 두 아우를 얻기까지의 긴 이야기를 들은 소유길은 고개를 끄덕였다.

"흠, 그놈에게 그런 사연이 있었나?"

소유길이 두문충과 처음 만난 것은 십 년 전이다.

당시 강호 생활을 접고 융중산에 칩거한 두문충이 중독되어 사경을 헤매던 그를 발견하여 살려주었던 것.

그 뒤 두문충의 우직하면서도 다정한 성품에 끌린 소유길은 여기저기를 떠돌다가 이따금씩 생각나면 그를 찾곤 했던 것이다.

그런데 얼마 전 다시 찾아갔을 때 텅 빈 초옥만 남은 것을 보고 내심 섭섭했는데, 뜻밖에도 자신을 구해준 막강에게서 두문충의 소식을 듣게 된 것이다.

'이것도 인연인가?

이때, 그의 귀에 막강의 음성이 들려온다.

"가실 거죠?"

"어딜?"

"형산에요."

"크험! 그놈 참 귀찮게 구는구나! 쩝, 지나는 길에 한번 들러나 볼까, 그럼? 정확한 위치가 어디냐?"

못 이기는 척 고개를 돌리며 묻는 소유길.

어린아이와 같은 소유길의 모습에 언년과 마주 보며 미소를 머금은 막강은 고개를 숙이며 큰 소리로 외쳤다.

"고맙습니다, 괴의 할아버지!"

막강의 거처 바깥에 서 있던 염장팔과 진산 등은 지금 막 안에서 나오는 세 사람을 보며 저마다 다른 표정을 지었다.

“어? 저 노인은……?”

그중 진산이 소유길을 알아보고 그에게 다가가 정중히 포권을 취했다.

“혹시, 괴의 어른 아니십니까?”

잠시 멈추어 눈을 가늘게 뜨고 진산의 위아래를 훑어보는 소유길.

“네놈은 누군데 날 알아보느냐?”

“모르시겠습니까? 제 이름은 진산이고, 제 아버님께서는 강 자, 후 자를 쓰십니다. 수삼 년 전에 아버님과 함께 뵌 적이 있지요.”

그제야 소유길이 기억난다는 듯 고개를 끄덕였다.

“그래, 기억이 나는군. 곰탱이 아비에 곰탱이 아들?”

“크흐…….”

소유길의 말에 남몰래 웃는 염장팔.

진강후를 가리켜 곰탱이라 부르는 사람이 자신의 사부 말고 또 있을 줄은 몰랐던 것이다.

하지만 장내의 누구도 그런 소유길의 말에 대놓고 얼굴을 찌푸리진 못한다. 나이와 명성, 배분 무엇 하나 소유길이 진강후보다 떨어지는 것이 없었기 때문이다.

진산은 사람 좋아 보이는 미소를 머금으며 말했다.

“맞습니다. 그 곰탱이! 하하!”

그러자 못마땅하단 표정이 된 소유길.

'이놈도 실실, 저놈도 실실, 요즘 어린것들은 너무 헤퍼! 쯧쯧!'

내심 혀를 찬 그는 아무 대꾸없이 진산을 지나쳐 걸음을 옮겼다.

"따라올 것 없다."

"……?"

뒤따라오던 막강과 언년에게 한마디를 툭 던지고 유유히 사라지는 그.

암암리에 신법을 발휘했는지 빠르게 멀어지는 통에 막강도 더 이상 뒤따라가는 것을 멈추었다.

"그럼 나중에 형산에서 봬요, 괴의 할아버지!"

잠시 동안 할 말을 잃은 채 멍하니 소유길이 사라진 곳과 막강을 번갈아 쳐다보던 모두는 곧 서로를 돌아보며 인사를 나눴다.

먼저 진산이 나서며 막강을 향해 가볍게 포권했다.

"만나서 반갑군. 자네 이야기는 익히 들어 잘 알고 있네. 난 진산이라고 하네."

"제 오라버니세요."

진소천의 소개가 더해지자 막강이 환하게 웃으며 마주 포권을 취해 보였다.

"아! 그럼 진 대협의……? 전 막강이라고 합니다. 근데 진 대협이랑 정말 많이 닮았네요. 크고, 멋지고! 하하!"

막강의 꾸밈없는 모습이 마음에 들었는지 진산도 마주 웃으며 입을 열었다.

"그런 말은 항상 듣고 있지. 특히 멋지다는… 후후후!"

그 말에 내심 고개를 젓는 진소천과 염장팔.

'대체 어디서 저런 자신감이 나오는지……'

그것을 아는지 모르는지 진산은 대뜸 막강의 어깨에 손을 얹으며 말을 이었다.

"자! 이거 이렇게 만난 것도 인연인데 나와 가볍게 한판 붙어보는 것이 어떤가?"

"……!"

진산의 말에 모두들 어이를 상실한 표정이 되었다.

만나자마자 다짜고짜 한판 붙자니 가당키나 한 말인가?

그러나 그런 어이없는 진산의 생각을 아주 당연하게 받아들이는 사람도 가끔은 있다.

"아! 지금이요? 하하! 그럴까요?"

다시 한 번 모두의 입이 떠억 벌어지고, 곧 막강은 자신의 옆구리를 부여잡으며 비명을 내질렀다.

"아얏!"

찔끔 눈물을 흘린 막강이 자신을 돌아보자 살살 고개를 저으며 작게 읊조리는 언년.

"하지 마웃!"

음성은 작지만 그녀의 표정은 단호했다.

“응? 왜에?”

“싫단 말이에요, 싸우는 거.”

“그, 그래두…….”

막강이 미련을 못 버리자 슬쩍 막강의 곁에 다가와 귀에 대고 속삭이는 그녀.

“싸우기만 해요! 오늘 밤부터 당신이랑 같이 안 잘 거니까.”

“……!”

눈이 왕방울만 하게 커진 막강은 언년을 바라보며 뭐라 말을 하려고 하지만 이미 그녀는 막강의 시선을 피한 상태.

“휴…….”

울상이 된 막강은 어쩔 수 없이 머리를 긁적이며 진산을 향해 어색한 미소를 지었다.

“저기… 지금은 좀……. 다음에 하면 안 될까요? 헤헤.”

“풋!”

진소천은 결국 터지는 웃음을 참지 못하고 입을 가렸다.

언년 나름대로는 막강에게만 속삭인다고 한 것이지만, 그녀가 간과한 것이 하나 있었다. 지금 이 자리에 있는 사람 모두가 무림인이라는 것. 아무리 작게 속삭여 봐야 못 들을 리 없는 것이다.

진산 역시 막강의 사정을 훤히 알게 된 터, 더 이상 막강을 곤란하게 만들 수는 없었다.

"흠… 뭐, 아쉽지만 정히 그렇다면야……."

한데 바로 그때.

'음?!'

좌측 문쪽을 향한 그의 눈이 순간적으로 반짝거렸다.

그곳에선 신나게 낮잠을 즐기고 지금 일어난 단고립이 한껏 기지개를 켜며 이쪽으로 걸어오고 있던 것.

'저런 덩치가 또 있었다니! 아버님보다도 더 큰 것 같잖아?'

단고립의 거구를 잔뜩 호기심 어린 눈으로 바라보던 진산.

"저기 저 친구는 누군가?"

"아, 고립이요? 제 아웁니다."

"오오! 아우라……. 나만큼이나 정말 멋진 친구로군!"

어느새 단고립의 곁으로 다가간 진산.

"누… 누구?"

눈을 끔뻑이며 묻는 단고립.

곧 진산의 손이 단고립의 우람한 어깨에 살짝 올려진다.

"이렇게 만난 것도 인연인데 나와 가볍게 한판 붙어보는 게 어떤가?"

"……?!"

그날 밤.

막강은 진산 등 세 사람과 함께 둘러앉았다.

막강과 마주 보고 앉은 진산은 연방 두 눈을 반짝거리며 막강을 훑어보기에 여념이 없다. 그 시선을 느꼈는지 막강이 쌉쓸한 미소를 머금었다.

"계속 그렇게 쳐다보면 저도 자꾸 아쉬운 생각이 들잖아요. 나중에 색시 몰래 하죠, 우리."

그 말에 진산은 고개를 끄덕이면서도 손으로 입을 가리며 슬쩍 한마디를 내뱉었다.

"지금 몰래 이곳을 빠져나가 한판 벌이는 건 어떤가? 나는 언제든지 준비가… 아얏!"

"그만 좀 하시죠, 오라버니!"

진소천에게 옆구리를 꼬집히고 나서야 진산은 찔끔거리며 팔짱을 낀 채 눈을 감는다. 말은 안 해도 그의 표정엔 잔뜩 아쉬움이 묻어났다.

꿩 대신 닭이라고, 단고립과의 비무는 어느 정도 그의 갈증을 풀어주기에 충분했다. 닭치고는 꽤나 쓸 만했던 것이다. 자신이 조금 사정을 봐줬다고는 해도 무려 오십여 합을 겨루고 나서야 단고립을 때려눕힐 수 있었던 것.

하지만 닭이 아무리 날고 긴다고 한들 역시 닭은 닭일 뿐 꿩이 될 수는 없는 것이다. 때문에 진산은 여전히 목이 탔다. 게다가 바로 눈앞에 꿩이 떡하니 버티고 있으니 참기가 어려웠다.

그리고 이는 막강도 마찬가지였다.

언년 때문에 간신히 자제하고 있을 뿐, 진산을 처음 보았을 때부터 온몸이 근질거렸다. 은근히 드러낸 진산의 장중한 기도가 막강의 구미를 당겼던 것이다.

'쩝, 그래도 색시를 위해서 참자! 참아!'

입맛을 다시며 마음을 다잡는 막강.

언년을 위해서라지만 따지고 보면 결국 자신을 위한 것인 셈이다.

막강에겐 아직까지 감히 언년과 떨어져 밤을 지새울 만한 담력(?)이 없었다.

"남궁 형, 저한테 할 말이란 게 뭐죠?"

막강은 일부러 생각을 다른 곳으로 돌리고자 남궁현을 향해 물었다.

곧 고개를 끄덕인 남궁현이 대답했다.

"내가 이번에 막 소협을 찾아온 것은 본 맹의 익영단주이신 추 대협께서 막 소협에게 전할 말씀이 계서 그것을 대신 전하기 위함이오. 일전에 막 소협은 추 단주님의 청을 받아들여 총단을 한 번 찾아가겠다고 약조를 했다고 들었는데, 혹시 기억하고 있소?"

"으음, 기억나네요. 그때 우리 색시와의 혼인 때문에 갈 수 없어서 나중에 한 번 찾아가겠다고 약속을 했었죠. 근데 그건 왜요?"

남궁현은 입가에 미소를 머금으며 말했다.

“빠른 시일 내에 그 약속을 지켜줄 수는 없겠소? 추 단주님 뿐만 아니라 맹주님께서도 막 소협을 한번 만나 보길 원하고 계시오.”

“아… 그래요? 음, 뭐, 약속을 했으니까 가긴 가야지요. 저를 그렇게 보고 싶어 하신다는데. 헤헤.”

그 말에 잠자코 있던 진산이 눈을 빛내며 냉큼 나섰다.

“그렇다면 내일 아침 당장 우리와 함께 총단으로 가는 건 어떤가? 함께 간다면 절대 심심하진 않을 것 같네만…….”

자신의 코앞으로 얼굴을 들이민 진산을 보며 막강은 어색하게 웃었다.

“하하… 저도 그랬으면 좋겠지만 당장은 안 될 것 같은데요. 요새 상단이 바빠져서 모레 또 사천으로 원행을 떠나야 되거든요.”

“쩝, 그런가?”

금세 맥 빠진 표정이 된 진산.

“아, 맞다! 의천맹 총단이 어디라고 했죠?”

뜬금없이 막강이 물어오자 의아한 표정이 된 남궁현이 대답했다.

“황산에 있소만……?”

“황산이면 안휘성에 있는 거 맞죠?”

“그렇소.”

“그럼 잘됐네요. 다음에 거래할 곳이 안휘성에 있는 조가

장인데 가는 길에 잠깐 들르면 되겠네요.”

“아! 그렇게 해준다면 나로선 고마울 뿐이오. 그럼 대략 시일은 언제쯤 될 거 같소?”

“으음, 사천에 다녀오는 데 스무 날은 걸릴 거 같으니까, 아마도 한 달 뒤쯤이 될 것 같은데요?”

“알겠소. 그럼 추 단주님께 그렇게 전해 드리도록 하겠소.”

남궁현은 만족한 듯 미소를 지어 보였다.

사실 자신이 직접 막강에게 의천맹에 가입할 것을 권유해 보려고도 했으나, 그것보다는 일단 막강을 총단으로 오게 하여 추심언에게 그 일을 맡기는 것이 바람직하리라는 판단이 들었기에 이쯤에서 그치기로 한 것이다.

‘어쨌든 곧 찾아오겠다는 확답을 받았으니…….’

내심 생각하고 있던 남궁현의 귀에 막강의 음성이 들려왔다.

“근데, 남궁 형은 본래 말투가 그런가요?”

“뭐, 뭐가 말이오? 혹, 내가 무슨 실수라도……?”

약간 당황한 듯 남궁현이 묻자 막강은 고개를 젓는다.

“아니, 그런 게 아니라요, 좀 딱딱한 거 같아서. 남궁 형이 나보다 나이도 네 살이나 많은데…….”

“그것은…….”

“우리 현 아우가 좀 고리타분한 구석이 있긴 하지.”

의미심장한 미소를 띠며 끼어드는 진산.

"하! 형님도 참……."

남궁현이 딱딱하게 웃자 막강이 그런 두 사람을 번갈아 쳐다보며 묻는다.

"남궁 형이 동생……?"

진산은 고개를 끄덕이며 말했다.

"내가 두 살 많지. 우린 형제 지연을 맺은 사이라네."

"아! 그렇군요. 진 소저 오라버니시라 저보다 많은 줄은 알았는데, 남궁 형보다도 형님이셨네요."

"그렇지."

재차 고개를 끄덕인 진산은 곧 막강을 향해 넌지시 한마디를 건넸다.

"어떤가? 자네만 좋다면 자네에게도 형님이 되고 싶은데……."

"저도 좋아요, 형님!"

한 치의 망설임도 없이 자신의 청을 받아들이는 막강을 보며 진산은 흐뭇한 미소를 감추지 않았다.

"좋아, 좋아! 모름지기 내 아우라면 그 정도 화끈함은 필수지! 흐흐!"

막강도 마주 웃더니 곧 남궁현을 향해 입을 열었다.

"하하! 그럼 남궁 형도 이제 제 형님이 되겠네요?"

"아… 그, 그렇게 되나……?"

“호오! 자연스레 그렇게 되는군?”

진산마저 거들고 나서자 남궁현은 약간 어리둥절한 표정이 되어 버렸다.

뭔가 두 사람의 손에 놀아나는 듯한 기분이 드는 것이다.

“그럼 산이 형님이라고 부르면 되나요?”

“뭐, 편할 대로.”

“그럼 남궁 형은… 남궁 형님, 아니면 현이 형님?”

“그냥… 편한 대로 부르면 되오.”

“에이! 또 그러시네. 형님이야말로 이제 동생이니까 편하게 말하세요.”

“그럼, 그… 럴까?”

“그럼요!”

어색하게 웃는 남궁현을 보며 고개를 끄덕인 막강은 곧 자리에서 일어섰다.

“어딜 가려고……?”

진산이 묻자 막강은 환하게 웃으며 대답했다.

“이렇게 형님 둘이 생겼으니 제 동생들한테도 당장 알려줘야죠! 금방 데리고 올게요!”

막강이 문을 열고 휘리릭 사라지자 잠자코 있던 진소천이 진산을 의심스런 눈초리로 쳐다보며 입을 열었다.

“무슨 속셈이에요?”

“응? 뭐가 말이냐?”

무슨 말인지 모르겠다는 듯 눈썹을 추켜올리는 진산.

이에 진소천의 두 눈이 가늘어졌다.

"시치미 떼도 소용없어요. 막 소협을 동생 삼은 진짜 이유를 제가 모를 줄 알아요?"

"오! 그래? 우리 어여쁜 누이가 사내들만의 뜨거운 감정을 안다 이 말이지? 이거 빨리 시집가야겠는걸?"

능청스런 진산의 말에 내심 한숨을 내쉰 진소천은 여전히 진산을 흘겨보며 말했다.

"아무튼 이번엔 제발 자중해요. 괜히 형님의 부탁 어쩌고 하면서 막 소협 곤란하게 만들지 마시라고요."

그녀의 말을 들은 진산은 고개를 갸웃거렸다.

"어라? 뭐야? 막 아우의 안사람을 염려한 게 아니라 막 아우가 곤란해질까 봐 걱정하고 있었던 거냐?"

'……!'

그 말에 진소천은 순간 당황했으나 이내 아무렇지도 않은 표정으로 대답했다.

"그게 중요한 게 아니잖아요! 막 소협이 곤란해지든 임 매가 화가 나든, 오라버니 때문에 두 사람 사이가 나빠져서는 안 된다는 거잖아요, 지금!"

하지만 평소보다 약간 큰 목소리가 나오는 것까진 어쩔 수가 없었다.

그녀가 의외로 강하게 몰아치자 찔끔한 진산은 곧 억지로 고개를 끄덕인다.

"알았다, 알았어. 안 하면 될 거 아니냐. 그나저나 이거 갈수록 성격이 까칠해지는데… 이봐, 현 아우."

"…예?"

"이 녀석 빨리 데려가! 더 있다간 오라버니까지 잡아먹을 거 같으니까."

"뭐예요?!"

"하하… 형님도……."

진소천의 눈치를 살피며 계속해서 어색한 미소를 짓는 남궁현.

그녀를 바라보는 그의 두 눈엔 수많은 감정이 떠올라 있었다.

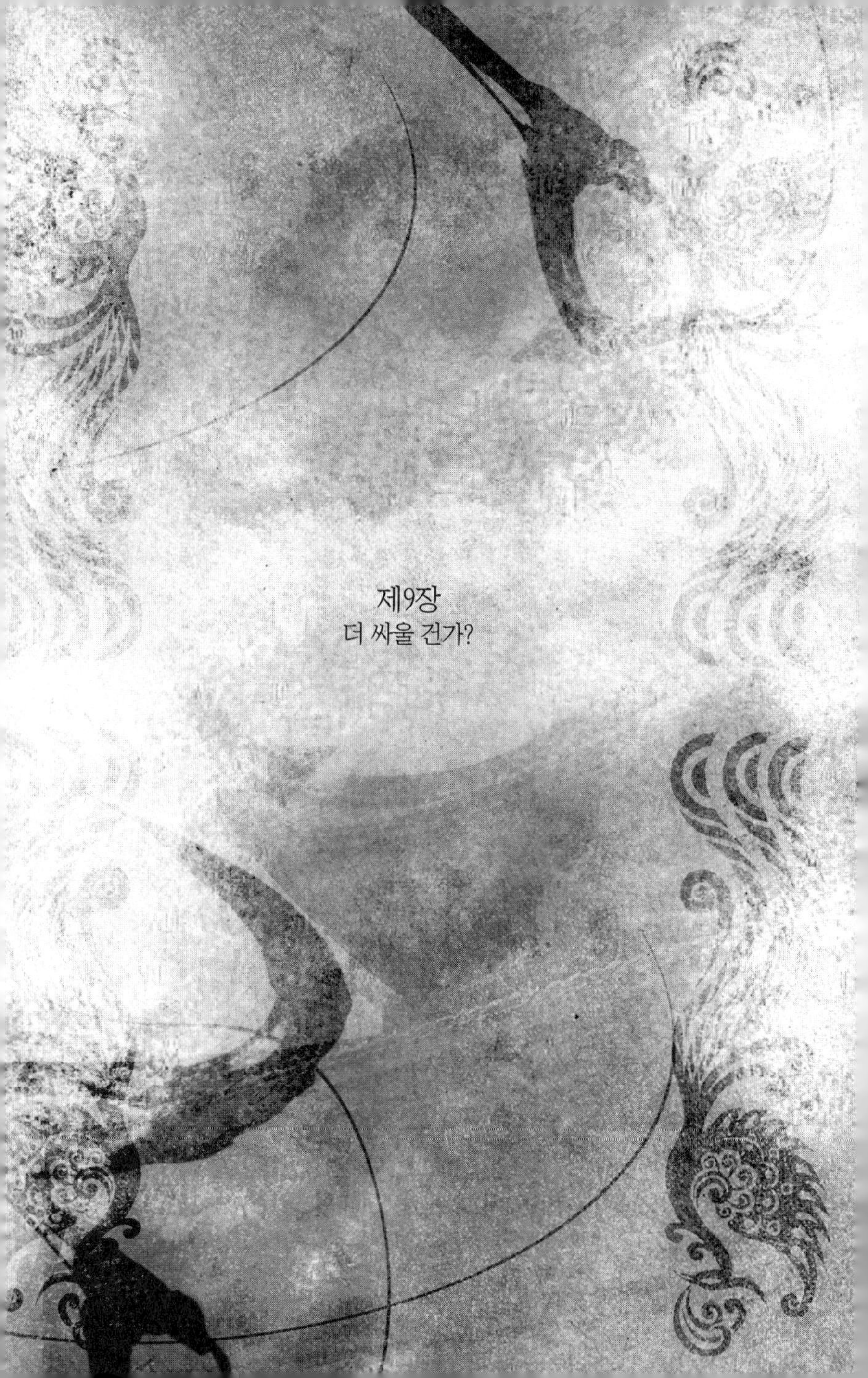

제9장
더 싸울 건가?

　　‘**악**양루(岳陽樓)에 올라보지 않고 동정호를 보았다 말하지 말라!’ 는 말이 있다.

　　그만큼 악양루에서 바라보는 동정호의 풍광이 뛰어나다는 뜻이리라. 그렇지 않다면 시성(詩聖) 두자미가 굳이 악양루에 올라 시를 읊지 않았을 것이며, 예로부터 지금껏 수백, 수천의 시인 묵객들이 악양루를 찾지 않았을 것이다.

　　해는 서산으로 이미 넘어간 지 오래고, 가까이 있는 사람의 형상만이 어렴풋이 보이는 술시 초.

　　진소천은 홀로 악양루로 놓인 돌계단을 사뿐히 오르고 있었다.

웬만한 여인 같으면 엄두도 못 낼 일이지만 그녀는 언제 어디서든지 자기 한 몸 지킬 줄 아는 강호의 여인. 이 정도의 어둠이 그녀의 발걸음을 묶을 순 없었다.

삼층 누각으로 된 악양루 주변엔 한밤중임에도 불구하고 제법 많은 사람들이 서거나 앉아 담소를 나누고 있었다.

진소천은 주위를 한번 둘러보더니 곧 사람이 적은 한적한 곳을 찾아 그리로 발걸음을 옮겼다. 커다란 나무 아래 멈추어 선 그녀는 달빛에 비추인 동정호의 물결을 내려다보며 짧은 한숨을 내쉰다. 그녀 자신도 왜 나오는지 모르는 그런 한숨이다.

진산과 남궁현은 금가장에서 바로 의천맹의 총단이 있는 황산으로 향했고, 홀로 호남 지부로 돌아오는 길에 잠시 허한 마음을 달래고자 악양루에 오른 그녀다.

잠시 막강과 언년의 행복한 모습을 머릿속에 떠올린 그녀의 얼굴엔 희미한 미소가 그려진다.

그리고 그 미소는 점차 힘을 잃더니 곧 그녀의 두 눈엔 허허로운 빛이 드리워졌다.

'이젠 그만 발길을 끊어야만 하는 걸까?'

솔직 담백한 그녀는 오래전부터 자신의 마음이 막강에게로 향해 있음을 알고 있었다. 그리고 그것은 막강이 언년과 혼인을 한 뒤에도 좀처럼 변하지 않았다.

이젠 불가능하다고 여겨지면 마음이 저절로 접힐 만도 한데, 오히려 그 불가능함 때문에 더욱 애틋해졌다고나 할까?

특별히 무슨 욕심이 있는 건 아니다. 그저 보고 있으면 좋을 뿐.

막강의 한마디, 한마디가 그녀를 미소 짓게 한다. 그것뿐이다.

하나가 더 있긴 했다. 막강을 볼 수 없는 시간 동안엔 왠지 마음이 허해진다는 것. 바람이 빠져나가듯 속에서 이따금씩 한숨이 새어 나온다는 것.

만일 막강이 언년보다 자신을 먼저 만났다면 어땠을까?

'그랬으면 막 소협은 날 좋아했을까?

상상의 나래를 펼쳐 보려던 그녀는 이내 고개를 저으며 피식 웃었다.

'진소천 너도 어쩔 수 없는 여자구나. 그런 유치한 생각까지 하다니……'

다시금 그늘진 표정으로 돌아온 그녀.

그런 그녀의 귓가에 부드러우면서도 또렷한 사내의 음성이 들려온 것은 바로 이때였다.

"악양루의 풍광이 좋다곤 하나 야심한 시각에 홀로 나와 즐기는 여인이 있을 줄은 몰랐습니다."

'……!'

진소천은 내심 놀라며 옆으로 시선을 돌렸다.

그곳엔 어디에서 나타났는지 모를 새하얀 백의를 말끔하

게 차려입은 청년 하나가 뒷짐을 진 채 그녀와 동일하게 동정
호의 물결을 내려다보고 있었다.

나무 그림자에 가려 백의 청년의 얼굴을 자세히 확인할 순
없으나, 일견하기에도 빼어난 용모를 소유한 듯 보인다.

'언제 이렇게 가까이……?'

백의 청년과 그녀의 거리는 불과 이 장.

자신이 아무리 깊은 상념에 사로잡혀 있었다고 해도 백의
청년이 이토록 가까이 접근할 때까지 전혀 몰랐다는 것에 그
녀는 크게 놀랐다.

하지만 침착한 그녀답게 금세 평정심을 회복하며 백의 청
년을 향해 입을 열었다.

"누구신가요?"

이에 백의 청년이 천천히 고개를 돌려 그녀와 눈을 마주친
다.

정면에서 보니 그의 얼굴은 더욱 준수해 보인다.

백옥 같은 피부와 갸름한 얼굴로 인해 자칫 글밖에 모르는
서생으로 비칠 수도 있지만 살짝 흘러내린 입꼬리와 뚜렷한
턱 선이 사내다움을 더해줬다.

진소천을 바라보며 살짝 미소 짓는 백의 청년.

"달빛에 취하고 소저의 미색에 취한 이름없는 묵객(墨客)
입니다."

그의 말에 다분히 장난스러움이 섞여 있음을 안 진소천의

표정이 굳어졌다.

"나를 희롱할 생각이라면 이쯤에서 그만두는 게 좋을 거예요."

그러나 그녀의 엄포에도 백의 청년의 미소는 여전했다.

"누가 있어 감히 소저와 같이 아름다운 여인을 희롱할 수 있겠습니까? 그저 홀로 쓸쓸한 사람끼리 말벗이나 했으면 좋겠다 싶어 가까이 와본 것입니다."

"……."

진소천은 대꾸없이 가만히 백의 청년의 얼굴을 살폈다.

그의 미소는 장난스럽되 천박하지 않았고, 오히려 보는 사람으로 하여금 좋은 기분이 들게 하는 그런 미소였다.

이에 진소천은 어느 정도 경계를 풀며 입을 열었다.

"그러신가요? 하지만 미안하군요. 저는 지금 정체도 모르는 누군가와 말을 주고받을 만한 여유가 없으니 다른 사람을 찾아보는 게 좋을 거예요."

비록 완곡하긴 하나 명백하고도 단호한 거절이다.

백의 청년은 그녀가 정체를 숨기고 당당치 못하게 접근한 자신을 은근히 꼬집는 것을 알아채곤 곧 손으로 머리를 짚으며 고개를 흔들었다.

"아차! 실수했습니다. 먼저 이름을 밝히는 게 예의인데… 하하, 나는 효운비(孝雲泌)라고 합니다."

'효운비?'

진소천은 백의 청년이 밝힌 이름을 떠올려 보았으나, 전혀 기억에 없는 이름이었다.

"효 공자시군요. 저는 진소천이에요."

"아! 소천……. 아름다운 이름이군요. 그럼 이제 통성명을 했으니 말벗이 되어주시는 겁니까?"

그 말에 진소천은 효운비의 눈을 응시하며 살짝 미소를 머금었다.

"제게 접근한 진짜 이유가 뭐죠?"

"그건 조금 전에 이미 밝혔지 않습니까. 진 소저의 미색에 취했다는……."

진소천은 두 눈을 반짝이며 다시 입을 열었다.

"제 이목을 피해 이 정도까지 접근할 수 있는 고수 중 효 씨 성을 가진 남자의 이름은 아직까지 들어보지 못했어요."

이에 효운비는 달빛이 넘실거리는 물결을 한차례 쳐다보더니 다시금 그녀에게 시선을 주며 미소를 지었다.

"강호는 본래 넓지 않습니까. 저 동정호처럼."

자신의 말에 딱히 부정도 긍정도 하지 않는 묘한 그의 말에 진소천의 눈이 더욱 빛났다.

"그렇군요. 강호는 확실히 넓은 곳이네요. 효 공자와 같은 사람이 전혀 알려지지 않은 것을 보면."

그러자 쑥스러운 듯 효운비가 손을 내저었다.

"하하, 별말씀을. 그런 뜻으로 한 말은 아닙니다."

그의 그런 모습을 바라보는 진소천의 머릿속에 문득 한 사람의 얼굴이 떠올랐다.

'닮았어. 그 사람과……'

생김새가 닮았다는 것이 아니다.

풍기는 분위기가 사뭇 비슷했다.

좀 더 다듬어지고, 좀 더 절제되었다는 것이 차이일 뿐, 느껴지는 것은 그녀가 매우 잘 아는 한 사람, 막강의 그것과 비슷한 것이다.

진소천은 지금까지 막강만이 풍기는 그와 같은 느낌이 단순히 순수함과 솔직함이라고만 여기고 있었다. 하지만 오늘 그녀는 자신의 눈앞에 나타난 효운비를 통해서 진정 막강만이 가지고 있는 것이 무엇인지 깨달았다.

그것은 여유였다. 의식할 필요도 없이 어떠한 상황에서든 절로 흘러넘치는 여유.

'과연 얼마만 한 고수이기에……?'

새삼 효운비의 진짜 정체가 궁금해지는 그녀다.

"효 공자의 사문은 어디인가요?"

이에 효운비의 표정이 밝아졌다.

"드디어 제 말벗이 되어주는 겁니까? 하하, 딱히 사문이랄 것도 없습니다. 집이라면 저 멀리 운남에 있지요."

"비밀이 많은 분이군요?"

"이런! 어째 대답을 하다 보니 그렇게 되었군요. 소저의 기분을 상하게 했다면 미안합니다.”

“아니에요. 굳이 제게 모든 걸 밝힐 이유는 없죠. 그런데 그 먼 곳에서 악양까진 무슨 일로 오신 건가요?”

“아! 그거라면 확실히 대답할 수 있습니다. 세상을 구경하고자 여기저기를 돌아다니다 보니 발길이 이곳에 닿더군요. 아무래도 진 소저를 만나게 하려는 하늘의 깊은 뜻이……?”

히죽 웃는 그를 잠시 쳐다보던 진소천은 입가에 옅은 미소를 머금으며 검은 물결로 시선을 옮겼다.

“여인들을 많이 상대해 본 말솜씨네요.”

그러자 효운비는 손을 들어 머리를 긁적였다.

“하지만 반응은 늘 신통치 않지요. 지금처럼. 하하!”

“훗!”

정말로 안타까워하는 듯한 그의 표정을 보며 짧게 웃어 보인 진소천은 재차 물었다.

“세상 구경은 어떤가요? 재미있으신가요?”

“흐음, 재미라……. 뭐, 워낙 어려서부터 집에만 갇혀 지낸 탓에 모든 게 신기해 보이긴 하더군요. 하지만 아직까지는 특별한 재미를 느껴보진 못했습니다.”

잠시 말을 멈춘 효운비는 진소천을 힐끔 쳐다보며 재차 말을 이었다.

“어쩌면 진 소저가 제게 재미를 주는 첫 번째 사람이 될 수도 있을 것 같습니다만…….”

그 말에 진소천은 효운비의 얼굴을 가만히 응시했다.

"유감이네요. 저는 누군가의 흥밋거리가 되고 싶은 마음이 없군요. 그 누군가가 정체가 확실치 않은 사람이라면 더더욱……."

이에 효운비는 서운한 표정이 되었다.

"이런! 예상은 했지만 확실히 진 소저는 상대하기가 쉽지 않은 여인이군요. 하지만 오히려 그러니까 더욱 오기가 나는데요?"

"오기라……. 그 말의 뜻은 뭐죠?"

진소천이 눈을 가늘게 뜨며 캐묻자 슬쩍 얼굴에 힘을 풀며 웃어 보이는 효운비.

"하하, 뜻은 무슨, 그저 그렇다는 겁니다. 설마 제가 진 소저 뒤를 졸졸 따라다니기야 하겠습니까?"

"……."

끄덕.

"역시 예리하시군요. 하하."

장난스런 표정으로 대꾸하는 그.

"훗!"

진소천은 피식 웃고는 곧 효운비를 향해 돌아섰다.

"바람이 차군요. 저는 이만 가봐야겠어요."

그 말에 효운비는 살짝 아쉬운 표정을 지으면서도 미소를 잃지 않고 말했다.

"진 소저처럼 아름다운 여인을 밤길에 홀로 가시게 하는 건 사지 멀쩡한 사내의 도리가 아니지요. 하여 댁까지 제가 모셔다 드리고 싶습니다만……?"

진소천은 눈을 가늘게 뜨며 대꾸했다.

"앞에 덧붙인 말만 아니면 고려해 보았을 거예요."

"이런, 이런! 진 소저 앞에서는 실수만 연발하는군요."

손바닥으로 자신의 이마를 치는 시늉을 하며 고개를 젓는 효운비.

잠시 그런 그를 가만히 바라보던 진소천은 살짝 고개를 숙이곤 발길을 옮겼다.

"그럼."

효운비 또한 더는 그녀를 붙잡을 마음이 없는지 그녀를 향해 포권을 취해 보였다.

"잠시나마 말벗이 되어주어 고마웠습니다. 다시 소저 앞에 나타나면 반겨주시겠습니까?"

진소천은 잠시 멈칫거리며 말했다.

"그건… 효 공자의 진짜 정체가 무엇인지에 따라 다르게 될 거예요."

"후후, 그렇겠군요."

효운비는 웃으며 멀어지는 진소천의 뒷모습을 바라보았다.

그러던 그는 돌연 진소천이 향하는 허공을 향해 손을 살짝 휘저었다.

스윽.

그러자 진소천의 머리 위로 한줄기 백선이 길게 그어지더니, 곧 그것은 사르르 아래로 흩어져 내리기 시작했다.

'음?

진소천은 갑자기 허공에서 빛이 번쩍이자 흠칫했으나, 곧 눈앞으로 마치 주렴처럼 떨어져 내리는 빛무리를 보곤 자신도 모르게 탄성을 발했다.

"아……!"

그 모습을 보며 효운비는 흡족한 미소를 머금었다.

"진 소저에게 드리는 작은 선물입니다."

"……!"

그제야 빛무리를 만든 것이 효운비인 것을 깨달은 진소천은 황급히 고개를 돌려 그를 찾았다.

하지만 그녀의 눈에 들어온 것은 짙은 어둠에 덮인 동정호의 물결뿐, 이미 효운비는 떠나고 없었다.

잠시 멍한 듯 서 있는 그녀의 귀로 효운비의 음성이 들려온 것은 바로 그때였다.

"다음에 만날 땐 좀 더 멋진 선물을 드리도록 하지요. 하하!"

*　　　*　　　*

해의 길이가 조금씩 길어져 가는 늦봄의 새벽.

이틀 전 동유(桐油), 오배자(五倍子) 등을 잔뜩 싣고 사천에서 돌아온 막강은 또다시 떠날 채비를 한다. 싣고 온 물건을 합비로 운송할 겸, 일전에 남궁현과 한 약속을 지키기 위함이다.

"조심해서 다녀와요."

"응. 가기 싫다."

막강은 언년을 꼭 끌어안은 채 놓을 줄을 모른다.

막강의 가슴에 푹 파묻힌 언년은 푸근한 미소와 함께 슬며시 입을 연다.

"사람들 기다려요."

"조금만 더 이렇게 있자."

"숨 막힌단 말이에요."

"에구, 우리 색시 숨 막히면 안 되지!"

서둘러 언년을 떼어놓은 막강은 허리를 숙여 언년의 배에 손을 가져간다.

"많이 나왔네? 쌍둥이라 그런가? 움… 이제 색시 안지도 못하는 거 아니야? 아! 아! 얘들아! 아빠 말 들리니?"

"뭐 하는 거예요!"

막강이 얼굴을 자신의 배에 바짝 대고 말하자 언년은 눈을 동그랗게 뜨며 그런 막강의 머리를 살짝 밀어냈다. 그러자 막강은 언년을 향해 씩 웃어 보이며 입을 열었다.

"엄마 배 좀 그만 크게 만들라고 부탁하려구. 헤헤."

"이그! 못 말린다니까, 정말!"

한심한 듯 곱게 눈을 흘겨보지만 언년의 얼굴에 떠오르는 것은 미소다.

"빨랑 안 나옵니까! 기다리는 사람들 좀 생각해 달라고요!"

"……!"

이때 밖에서 들려오는 구공산의 볼멘 음성.

"것 봐요. 어서 나가 봐요."

언년은 억지로 막강의 신형을 돌려세우며 등을 떠밀었다.

"아, 알았어. 나가면 되잖아."

아쉬워하면서도 그녀에게 떠밀려 밖으로 나서는 막강.

처소 마당에는 입이 밖으로 쭉 튀어나온 구공산이 팔짱을 낀 채 서 있었다.

"매번 떠날 때마다 이럴 겁니까, 진짜?!"

자신을 향해 못마땅한 표정을 짓는 구공산을 보며 막강은 멋쩍게 웃었다.

"오래 기다렸어? 헤, 금방 나온다는 게 그만……. 이 형님이 미안하다, 미안해!"

"쳇! 미안하면 다예요? 뭐, 나만 빼놓고 가준다면야 미안해할 것도 없을 텐데……."

혹시나 하는 생각에 실눈을 뜨고 막강의 반응을 살피는 구공산.

하지만 그는 곧 자신의 어깨를 누르는 큰 압력에 움찔거릴 수밖에 없다.

"하하! 이 녀석, 농담도! 내가 어떻게 공산이 너를 혼자 두고 갈 수가 있겠냐? 자, 사람들 기다리겠다! 빨리 가자구!"

"윽!"

어깨에 올려진 막강의 손이 꿈틀거릴 때마다 구공산의 몸은 저절로 조금씩 아래로 움츠러든다.

"그럼 색시야, 나 금방 다녀올게!"

"몸조심해요!"

언년을 향해 환하게 웃으며 손을 흔들어 보인 막강은 구공산과 어깨동무를 한 채 정문으로 향한다.

잠시 후.

"어라? 니가 이 시각에 웬일이냐?"

정문으로 나가 막 수레를 이끌고 출발하려던 막강은 돌연 눈앞에 나타난 한 사람을 보고는 눈을 치뜬다. 그는 다름 아닌 염장팔.

막강이 놀란 것은 염장팔이 나타나서가 아니라, 염장팔이 자신을 찾아온 시각 때문이다. 이처럼 이른 시각엔 평소 게으른 염장팔이라면 어디선가 늘어지게 잠을 자야만 하는 것이다.

아니나 다를까.

그것을 말해주듯 염장팔의 눈은 아직까지도 몽롱했고, 눈
가엔 떼지도 않은 눈곱이 잔뜩 끼어 있었다.

"설마 지금 나랑 한판 붙자고 찾아온 거야? 근데 어쩌지?
나 지금 가야 하는데……."

"알아."

막강의 말에 염장팔은 눈을 비비며 대꾸했다.

"안다구? 알면서도 한판 붙자는 거야, 지금?"

"내가 미쳤냐? 한판 붙자고 잠도 안 자고 널 찾아오게?"

"그럼?"

"시꺼! 잔말 말고 출발이나 해!"

"어라?"

다짜고짜 수레 하나에 올라가 새우처럼 드러눕는 염장팔.

곧 늘어지게 코를 골기 시작했다.

"커커커커! 푸우……!"

그것을 본 구공산이 눈을 가늘게 뜨며 입을 열었다.

"음… 너냐?"

뜨끔!

염장팔의 코 고는 소리가 순간 멈추더니 이내 힘없이 늘어
졌다.

"니가 의천맹에서 우리 길잡이로 보내준다고 한 놈이지?"

"드르렁! 드르렁!"

"맞구먼! 흐흐! 의천맹에서 뭐 하나 했더니만 고작 길잡이

노릇이나 하고 있었던 거냐? 크크! 근데 왜 그러고 있는 거야? 아하? 쪽팔려서 말도 못하는 거지? 그치? 우히히히!"

"……!"

코 고는 소리는 더 이상 들리지 않았다. 대신 부들부들 떨리는 염장팔의 등이 보일 뿐이다.

"아! 그랬구나. 전에 현이 형님이 안내하는 사람 한 명 보내줄 거라고 하더니 그게 장팔 너였구나. 하하! 잘됐다. 심심하지 않고 재밌겠는걸?"

고개를 끄덕이며 대수롭지 않게 말하는 막강.

그러나 등을 보인 채 꼼짝도 않는 염장팔은 입술을 깨문다.

'아아! 제기랄! 가면 맹이고 뭐고 다 때려치우고 말 거야!'

왜 굳이 자신이란 말인가!

익영단에 사람이 좀 많은가?

그럼에도 막강을 맹까지 안내할 사람으로 자신을 지목한 익영단주 추심언을 생각하며 염장팔은 속으로 온갖 욕을 해댔다.

'사부님한테 할 화풀이를 왜 나한테 해대냐구! 왜! 휴우… 어쩌다가 전도유망한 내 처지가 동네북 신세가 됐단 말인가!'

내심 신세 한탄을 하며 서러운 눈물을 삼키는 그의 귀로 막강의 우렁찬 음성이 들려온다.

"자! 출발!"

상큼한 새벽 공기.

서서히 멀리서 동이 터오고 있었다.

따각따각!

덜그덕덜그덕!

금가장을 떠난 지 사흘.

호북에 들어선 막강 일행은 호북의 자랑인 동호(東湖)를 지나고 있었다.

항주엔 서호, 무창엔 동호라 했던가?

예로부터 시인묵객들의 발길이 끊이지 않는 걸 보면 과연 동호의 풍광이 어떠할지 짐작해 봄 직하다.

하지만 이미 상단을 이끌고 동호를 지나봤던 막강이기에 이번엔 담담히 호수와 어우러진 주변 경치를 즐긴다.

"근데 어째 사흘을 오는 데도 그 흔한 초적 놈들 하나 보이질 않는 거야, 지루하게."

수레에 팔베개를 하고 드러누운 염장팔이 코를 후비며 입을 연다. 그동안 나름대로 마음을 잘 다스린 것일까? 출발할 때와는 달리 제법 여유가 있는 표정이다.

하나, 기실은 마음을 다스렸다기보다는 거지 특유의 철판신공이 발휘되었다고 하는 것이 정답일 것이다. 안내인이든 길잡이든 어차피 하기로 한 거, 더 열을 내봐야 무엇 할까?

"그게 우리 형님이 보이는 족족 초적 놈들을 다 때려잡은 탓 아니겠냐? 흐흐, 그 덕에 검천신룡이라나 뭐라나? 아무튼 꽤나 유명해졌지, 아마?"

수레 옆에서 말을 몰고 가는 구공산이 염장팔의 말에 심드 렁하게 대꾸했다.

"쳇! 신룡은 무슨! 칠신룡에 비하면 한참이나 떨어지는데!"

투덜대며 앞서 가는 막강의 뒤통수를 노려보는 염장팔.

그 말에 막강이 슬쩍 뒤를 돌아보며 입을 열었다.

"응? 칠신룡이 그렇게 대단한가 보지?"

"당연하지! 배경으로 보나 무공으로 보나 너 같은 놈이랑 은 상대도 안 된다고!"

"으음… 그렇구나. 예전에 총관 어른이 칠신룡이 어떻고 하셨는데. 근데 그 일곱 사람은 누구지? 얼마나 강한지 한 번 보고 싶은걸?"

자극시키려고 일부러 강하게 말했음에도 여전히 담담한 태도를 보이는 막강을 보며 염장팔은 뿌득 이를 갈며 말했다.

"칠신룡이 누군지도 여태 몰랐단 말이야? 벌써 세 사람이 나 보았으면서도? 쯧쯧, 멍청하긴!"

"세 사람? 누구지?"

"누구긴 누구냐! 대단한 진 씨 오누이 분들이랑 현이 형님 이지."

"엇! 정말이야? 그 세 사람이 칠신룡이었다구?"

놀라운 듯 눈썹을 치켜 올리는 막강.

이내 아쉬운 듯 입맛을 다신다.

"쩝, 그런 줄 알았으면 그때 형님들이랑 한판 붙어보는 거였는데……. 다음엔 꼭 겨뤄봐야지. 히!"

잔뜩 기대에 찬 막강을 보며 염장팔은 인상을 구겼다.

'도대체 뭐야! 저 녀석한테는 싸움에 대한 두려움 따윈 전혀 없는 건가?'

자신과 처음 만났을 때도 그랬다. 자신이 먼저 시비를 걸긴 했지만, 그에 대한 막강의 반응은 그야말로 '이게 웬 떡이냐'였던 것.

그뿐인가?

진강후와의 비무도 그렇다. 그것 또한 막강이 먼저 요청하여 이루어진 것이 아닌가?

하나, 정작 중요한 것은 막강의 태도가 아니라 그 결과였다.

자신에겐 물론이고 진강후에게도 패하지 않았던 것이다.

사실 솔직히 말해 염장팔의 내심은 겉으로 내뱉은 말과는 달랐다. 강호를 통틀어 막강의 실력이 어떤지 직접 몸으로 부딪쳐 본 사람은 몇 없다. 그리고 그중에서도 이미 십여 차례나 막강을 상대한 염장팔보다 막강의 실력을 잘 파악하고 있는 사람 또한 없을 것이다.

막강은 어쩌면 칠신룡 중 어느 누구보다 강할지도 모른다.

그런 생각이 자꾸만 머릿속을 맴돌고 있다. 그것을 부인할 수 없다는 것이 염장팔을 더욱 짜증나게 하는 것이다.

"근데 세 사람 말고 나머지 넷은 누구지?"

막강의 질문에 상념에서 벗어난 염장팔은 짜증스런 표정을 지으면서도 말했다.

"무정도(無情刀) 팽무혁, 천향빙화(天香氷花) 황보설, 섬전수(閃電手) 당하정, 그리고 무명기협(無名奇俠)이다."

"무명기협? 이름이 없다는 거야?"

"사람인데 이름이 없겠냐? 이름이 없는 게 아니라 이름을 모른다는 거지."

"그래? 이름을 알려주지 않았나 보네?"

그 말에 염장팔은 막강의 뒤통수를 한심스럽게 쳐다봤다.

"그렇게밖에 생각이 안 되냐? 이름을 모르면 뭔가 사연이 있겠다… 싶은 생각은 안 들어?"

"엇! 뭔가 재밌는 사연이 있는 거야?"

그제야 흥미가 동한 듯 말의 속도를 줄이며 염장팔의 수레와 보조를 맞추는 막강.

"무슨 사연인데?"

기대에 찬 눈으로 자신의 얼굴을 바라보는 막강을 보며 염장팔은 내심 한숨을 내쉬더니 곧 입을 열기 시작했다.

"무명기협이 강호에 모습을 보인 건 딱 한 번뿐이야."

"딱 한 번?"

"그래."

이어진 염장팔의 설명은 이러했다.

지금으로부터 정확히 육 년 전.

장성(長城)을 넘어 산서(山西) 지역으로 쳐들어와 노략을 일삼던 북방 이민족 무리가 있었다.

당시 산서 지역을 방비하던 군사들은 쉬이 이들을 몰아내지 못하고 있었는데, 그 이유는 쳐들어온 무리를 막후에서 조종하고 있던 자가 대막(大漠) 무림의 패자라 알려진 야율녕(耶律寧)이었기 때문이다.

일반 군사로서 무공을 익힌 고수들을 상대하기가 벅찬 것은 불문가지(不問可知).

바로 그때, 홀연히 나타나 단신으로 그들을 쓸어버렸을 뿐만 아니라, 그대로 대막으로 건너가 야율녕을 단 삼 초 만에 격파한 자가 바로 무명기협인 것이다.

소식이 전해지면서 조정에서뿐만 아니라, 의천맹에서도 그의 공적을 치하하기 위해 그를 찾았으나 이미 그는 등장했을 때처럼 홀연히 종적을 감춘 뒤였다.

그에 대하여 알려진 것이라곤 이십대 전후의 매우 젊은 사내라는 것뿐.

이후 사람들은 그를 두고 무명기협이라 부르며 제멋대로 칠신룡의 한자리에 올려놓았다. 사실 야율녕을 쓰러뜨린 그의 실력만을 놓고 본다면 칠신룡의 한자리로는 부족한 감이 없지 않았으나, 그가 아직 젊고 정체가 알려지지 않았다는 점 때문에 칠신룡에 머물러 있었던 것이다.

"음… 한마디로 멋지고 좋은 사람이네."

염장팔의 이야기가 끝나자 막강이 고개를 끄덕이며 한마디를 내뱉는다. 그러자 염장팔은 여전히 한심스런 눈으로 막강을 쳐다보며 묻는다.

"그걸 어떻게 알아? 니가 봤어?"

"응? 뭐, 강하니까 멋지고, 사람들도 구하고 나라도 구했으니까 좋은 사람 아닌가?"

그 말에 그럴 줄 알았다는 듯 혀를 차는 염장팔.

"쯧쯧, 단순하긴. 너는 사람을 멋진 놈, 안 멋진 놈, 좋은 놈, 안 좋은 놈으로만 나누냐?"

막강은 그런 염장팔이 재밌는 듯 살짝 미소를 머금는다.

"그럼 좋은 사람이 아니란 말이야?"

염장팔은 막강의 미소에 살짝 눈살을 찌푸리곤 재차 입을 열었다.

"으이구! 구제불능이구먼. 누가 좋은 사람이 아니라고 했냐? 무명기협이 어떤 사람인지 쉽게 단정할 수 없다는 거지. 일단 정체도 모르고, 왜 갑자기 나타났다가 또 왜 갑자기 사라졌는지 그 이유도 모르는 상태야. 사실 무명기협이 야율녕을 찾아가서 죽인 것을 반드시 나라와 백성을 구하기 위한 일이었다고 확언할 수만도 없는 것이지. 뭐, 사람들은 그렇게 믿고 있지만 말이야."

"흐음, 듣고 보니 그런 것 같기도 하네?"

고개를 끄덕인 막강은 염장팔을 슬쩍 쳐다보며 물었다.

"근데 장팔 너는 칠신룡이 아니었어?"

'……!'

막강의 갑작스런 질문에 움찔한 염장팔은 이내 코웃음을 치며 말했다.

"흥! 나는 그까짓 신룡이니 뭐니 하는 시시한 이름 따윈 관심도 없어!"

하지만 그에 대한 대꾸는 구공산에게서 나왔다.

"오호! 그러서? 실력이 안 되는 게 아니고? 흐흐!"

"크윽! 너 이 자식! 진짜 제대로 한번 나한테 맞아볼 테냐!"

염장팔이 발끈하자 구공산은 더욱 장난스런 표정으로 빈정댔다.

"뭐, 그러시든가. 근데 나를 건드리면 이 녀석이 가만히 있지 않을걸? 나만 싸우는 꼴을 못 보는 녀석이거든. 안 그러냐, 곰탱아?"

"…으응?"

말 위에 앉아 꾸벅꾸벅 졸고 있던 단고립은 곰탱이란 말에 얼굴을 굳히며 구공산을 쳐다봤다.

"지, 지금 싸, 싸우자는 거냐?"

"나 말고 쟤가 싸우자는데?"

구공산의 손가락을 따라 시선을 옮기는 단고립.

“……?”

아직 잠에서 덜 깬 단고립의 흐릿한 눈이 자신을 향하자 염장팔은 인상을 썼다.

“뭘 봐!”

“지, 지금 싸, 싸우자는 거냐?”

“이 자식들이 진짜! 니들 당장 다 말에서 내려!”

순간 더 이상 참을 수 없던 염장팔은 버럭 소리를 지르며 벌떡 일어섰다.

“어쭈! 진짜 해보시겠다?”

때는 이때다 하고 구공산이 냉큼 말에서 내리려고 하는 찰나.

“잠깐 조용히들 해봐.”

막강이 돌연 말을 멈춰 세우며 입을 열었다.

그와 동시에 모든 수레와 말이 멈춰 섰고, 염장팔은 인상을 구기며 막강을 쏘아봤다.

“뭐야! 동생들이라고 편들겠다는 거냐!”

하지만 막강은 그에 대한 대꾸없이 표정을 굳히며 전방을 주시했다.

“누가 이쪽으로 오고 있어. 그것도 아주 빠르게.”

“오긴 누가 온다는… 어?”

한마디 더 쏘아주려고 했던 염장팔은 그제야 무언가를 감지한 듯 두 눈을 빛내며 막강과 동일하게 전방을 주시했다.

"뭐지?"

오십 장 앞.

이쪽으로 빠르게 다가오고 있는 기운이 느껴졌다.

그 다가오는 속도가 어찌나 빠른지 그 기운들을 감지한 순간에 다시 십여 장을 좁혀올 정도다.

사십 장, 삼십 장…….

드디어 멀리 하나의 점이 보이더니 그것은 곧 인영으로 바뀐다.

쉬익!

"어? 저 사람은……?"

인영의 얼굴을 확인하곤 두 눈을 반짝이는 막강.

본 적이 있는 얼굴이다.

"사… 비영?"

"어?"

인영의 정체를 알아본 염장팔 또한 놀란 표정이 된다. 하지만 곧 그의 얼굴은 심각하게 굳어졌다.

사비영의 뒤.

다시 십여 개의 검은 점이 그의 눈에 들어왔기 때문이다.

"허억! 허억……!"

사비영은 턱까지 차오르는 숨을 거칠게 뱉어내며 내달렸다.

벌써 반 시진째.

한시도 쉬지 않고 달린 그에겐 더 이상의 힘은 남아 있지 않았다.

시작은 사흘 전 익영단으로 날아든 수천 건의 보고문 중 하나로부터였다.

O월 O일 사시 초, 무창성 내에 신비인 이십 인 출현.

보고서의 내용은 그것이 전부였다.

언뜻 보기엔 늘상 보고될 만한 별 특징 없는 내용이나, 익영단주 추심언은 보고문을 읽은 뒤 정확히 한 시진 후 급히 사비영을 불러들였다. 보고문을 보낸 단원에게서 더 이상의 보고가 올라오지 않았기 때문이다.

익영단원은 반드시 하루에 열두 번 총단으로 자신이 보고 들은 것을 보고해야 한다. 그러한 보고가 끊긴다는 것은 필경 불미스런 일이 발생한 것일 터, 그에 대한 즉각적인 조처가 취해지는 것은 당연한 일이었다.

추심언의 지시로 총단에 상주하는 단원 셋을 이끌고 무창으로 향한 사비영은, 근방에 있던 단원들과의 연락을 통해 무창을 빠져나와 동호 근처로 이동하는 신비인들을 발견하게 된다.

하지만 불행히도 그 역시 신비인들에게 발각되고 말았고,

기습에 의해 같이 움직인 단원 셋을 잃은 그는 간신히 몸을 빼내 도주하기에 이른 것이다.

그러나 도주 또한 쉽지 않았다.

빠르기로 치면 익영단 내에서도 수위를 다투는 그였지만 그 역시 옆구리에 깊은 자상을 입은 데다가 신비인들의 몸놀림 또한 무시하지 못할 정도였기 때문이다.

'놈의 검에 서렸던 것은 분명 마기였다. 크으! 드디어 놈들이 움직이기 시작한 것인가?'

사비영은 반 시진 전 자신을 공격했던 자의 모습을 떠올리며 입술을 깨물었다.

'어떻게든 이 사실을 알려야 하는데……'

움켜쥔 옆구리에선 계속해서 검붉은 피가 새어 나온다.

한계였다. 많은 출혈로 정신마저 혼미해지고 있었다.

사비영은 힐끔 자신의 뒤를 돌아본다.

불과 오 장 거리에 십여 명의 흑의를 걸친 자들이 보였다.

그중 가장 선두에 서서 그의 뒤를 쫓는 자.

깃이 넓은 검은 장포로 하관(下觀)을 가린 그가 바로 사비영에게 부상을 입힌 장본인이었다.

'틀렸군.'

사비영은 내심 절망이란 단어를 떠올리며 고개를 저었다.

그때였다.

'음?'

삼십여 장 앞에 서 있는 인영들이 그의 눈에 들어왔다.

그들 역시 자신을 바라보고 있었는데, 곧 그들의 정체를 확인한 사비영은 두 눈을 반짝거렸다.

'저 사람들은?'

하지만 그에게는 놀랄 만한 더 이상의 시간이 없었다.

그의 뒤에서 세 개의 검이 동시에 그를 찔러왔기 때문이다.

"하압!"

이를 악문 사비영은 달리던 속도 그대로 신형을 돌리며 들고 있던 검을 허공에 휘젓는다.

따앙! 팅! 팅!

"크윽!"

간신히 흑의인들의 공격을 막아낸 사비영.

하나 지칠 대로 지친 그는 결국 충격을 이기지 못하고 그대로 검을 놓쳐 버렸다.

이에 조금의 틈도 없이 재차 그를 찔러오는 한 자루의 검.

슈슉!

사비영은 눈을 부릅뜨며 황급히 손을 올려보지만 이미 흑의인의 검은 그의 가슴에 닿고 있었다.

그리고 곧.

퍽!

둔탁한 소리가 그의 귓전을 때렸다.

그리고 놀랍게도 그의 눈앞에서 그를 공격했던 흑의인의

신형이 뒤로 날아가는 것이 보였다.

"괜찮은가요?"

어느새 그의 곁에 선 누군가로부터 음성이 들려왔다.

고개를 돌린 사비영은 음성의 주인공을 확인하곤 살짝 입술을 떼었다.

"막… 소협!"

염장팔 등과 같이 서 있던 막강은 사비영이 갑작스레 흑의인들에게 공격당하는 것을 보고 단숨에 이곳까지 날아들어 그를 도와준 것이다.

사비영을 향해 한차례 고개를 끄덕인 막강은 곧 흑의인들을 바라보며 얼굴을 굳혔다.

"음, 생각보다 강한 사람들 같은데, 누구죠?"

"놈들은 멸천교의 마인들입니다."

"멸천교……. 으음, 역시 그런 것 같았어요."

흑의인들에게서 느껴지는 사이한 기운을 이미 접해본 막강은 사비영의 말에 고개를 끄덕였다. 그리곤 곧 사비영을 향해 입을 열었다.

"내 뒤로 바짝 붙어요."

막강의 등장으로 잠시 주춤거렸던 흑의인들이 서서히 두 사람을 향해 다가오고 있었다.

즉가 막강의 말대로 움직인 사비영은 긴장된 표정으로 말했다.

"조심하십시오. 놈들은 예상외로 강합니다."

순간,

슉!

정면에 있던 흑의인 하나가 막강의 가슴팍을 향해 일검을 찔러온다.

예상 외로 빠르고 날카로운 공격에 막강은 흠칫했으나 피하진 않는다. 자신이 쉽게 몸을 움직인다면 뒤에 있는 사비영이 위험해질 수 있기 때문이었다.

재빨리 옥청건곤심공을 운용하여 진기를 끌어올린 막강은 날아오는 검을 비끼며 그대로 주먹을 내질렀다.

퍽! 퍼벅!

둔탁한 격타음이 연속적으로 들리며 막강을 공격했던 흑의인이 가슴과 배에 주먹을 격중당한 채 그대로 뒤로 날아갔다.

그러나 동료가 당하는 것을 보았음에도 다른 흑의인들은 조금도 주춤거리지 않고 이번엔 다섯 명이 동시에 막강을 향해 달려들기 시작했다.

다섯 중 셋은 막강의 전방과 좌우 측면에서 일제히 검을 뻗쳐 오고, 다른 하나는 막강의 뒤에 바짝 붙어 있던 사비영을 향해서, 그리고 남은 하나는 허공을 격하여 막강의 정수리를 쪼갤 듯 내리찍고 있는 다급한 상황.

쐐애액!

이를 본 막강의 얼굴이 딱딱하게 굳었다.

자신을 향한 공격은 막을 자신이 있다. 그러나 문제는 사비영을 겨냥한 공격이다.

자신이 흑의인들의 손을 막아내는 동안 사비영은 또 다른 흑의인의 공격에 그대로 노출될 터다.

'으음… 잘될지 모르겠지만 일단 한 번…….'

짧은 순간 어찌해야 할지 갈등한 막강은 곧 미간을 좁히며 그 자리에서 신형을 뽑아 올렸다.

마치 한 마리의 나비가 허공에서 방향을 선회하듯 부드럽게 뒤로 몸을 한 바퀴 회전시키는 막강.

그러자 순식간에 뒤쪽에서 사비영을 공격하던 흑의인의 등이 막강의 눈앞에 훤히 드러났다.

빡!

막강의 뒤꿈치에 정확히 턱을 가격당한 흑의인은 비명도 지르지 못한 채 그대로 나가떨어졌다.

그 와중에 허공을 향해 손을 뻗는 헛수고를 해야 했던 다른 네 명의 흑의인은 재빨리 방향을 틀어 이제 막 땅에 내려서려는 막강의 전신을 향해 각각 일검씩을 쏘아냈다.

슈슈슛슉!

대기를 꿰뚫는 파공성!

'이크!'

예상보다 빠른 흑의인들의 움직임에 내심 놀라는 막강.

조금 전과 같이 땅에서 상대하는 것이라면 얼마든지 막을 수 있는 공격이었다. 하지만 지금은 두 다리가 모두 허공에 떠 있는 매우 불리한 상황.

사실 처음 공중으로 몸을 날려 단번에 뒤쪽의 흑의인을 처리하겠단 생각을 가질 때부터 나머지 네 명의 흑의인의 이런 식의 대처는 어느 정도 예상하고 있던 막강이다.

그러나 모든 일이 예상대로 되진 않듯, 흑의인들은 생각보다 훨씬 빠른 몸놀림으로 막강이 땅에 내려서기도 전에 공격을 해왔던 것이다.

조금 전보다 더욱 곤란한 상황.

하지만 이럴 때 필요한 것이 바로 임기응변이라 했던가?

휘릭!

떨어져 내리던 막강의 몸이 돌연 방향을 바꾸며 땅과 수평이 됐다.

그러더니 막강은 곧 마치 팽이가 돌 듯 신형을 회전시키며 양다리를 교차로 내뻗기 시작했다.

퍼퍼퍼퍼벅!

"크윽!"

"으악!"

거의 동시에 막강의 발에 가슴을 격중당한 흑의인들은 피를 토하며 뒤로 날아갔다.

이윽고 땅에 사뿐히 내려선 막강은 슬쩍 아래를 내려다보며 짧은 한숨을 내쉬었다.

"휴, 큰일날 뻔했는걸?"

하의의 아랫단이 잘게 찢겨져 나가 흐느적거리고 있었다. 안정되지 못한 자세에서 급하게 공격을 펼친 탓에 흑의인들의 공격을 완전히 무마시키지 못한 결과였다.

"괜찮습니까?"

뒤에서 사비영의 걱정스런 음성이 들려오자 막강은 슬쩍 눈길을 주며 씁쓸한 미소를 머금었다.

"네. 뭐, 위험하긴 했지만. 후."

그러면서도 막강은 손을 길게 늘어뜨리며 전방을 경계했다.

아직까지 열두 명의 흑의인이 눈앞에 서 있었다. 그리고 그들은 여전히 막강과 사비영을 향해 다가오는 것을 멈추지 않고 있었다.

그런데 바로 그때다.

"물러서라."

흑의인들 중에서 유일하게 검은 장포로 하관을 가린 자가 다른 흑의인들을 제지하고 나섰다. 그는 지금껏 뒤쪽에서 막강과 흑의인들의 싸움을 잠자코 지켜보고 있었다.

곧 그의 명에 의해 흑의인들이 뒤로 물러서자, 그는 자연스럽게 막강 앞으로 나선 모습이 됐다.

"네가 막강이란 놈이구나."

낮게 가라앉은 음성이 흑포인에게서 흘러나왔다.

그와 동시에 막강과 흑포인의 시선이 허공에서 교차한다.

'으음?'

살짝 흔들리는 막강의 시선.

흑포인의 눈은 마치 회색 비늘을 씌워놓은 듯 흐릿했다.

짙은 먹구름이 끼인 날, 홀로 들판에서 하늘을 올려다보고 있는 기분이라고나 할까?

하지만 막강이 진정 그의 눈을 마주하며 느낀 것은 지금도 계속해서 온몸을 조여오는 어둡고도 무거운 기운.

그 기운이 조금씩 강해질수록 막강의 기분은 더욱 나빠졌다.

"왜 멸천교는 무조건 사람을 죽이려… 음?"

막강은 더 말을 잇지 못하고 눈을 부릅떴다.

흑포인의 신형이 갑자기 사라지는가 싶더니 돌연 바로 코 앞에 나타난 것이다.

츄리릭!

어느새 흑포인의 손에 쥐어진 무언가가 괴음(怪音)을 내며 막강의 면전으로 날아들었다.

사라짐과 공격까지 숨 한 번 들이쉴 틈도 없는, 그야말로 찰나와도 같은 시간.

전혀 예상치 못한 흑포인의 쾌속 무비한 움직임에 순간 움찔한 막강은 황급히 허리에 찬 묵룡의 손잡이를 뽑아 올렸다.

채앵!

고성을 내지르며 가볍게 흑포인의 공격을 차단한 묵룡이 새하얀 나신을 드러냈다.

막강이 형산을 내려와 묵룡을 꺼내 든 것은 진강후와의 비무 이후 두 번째.

일부러 꺼내지 않은 것은 아니다. 그저 굳이 사용할 필요를 느끼지 못했을 뿐이다.

기실 막강은 검보다는 맨손으로 싸우는 것을 즐긴다. 이유인즉, 직접 피부로 와 닿는 감촉이야말로 진정한 싸움의 즐거움이라 여기고 있기 때문이다. 그래서 진강후와의 비무를 제외한 지금껏 치른 모든 싸움을 맨손으로 한 것이다.

그 외에도 막강이 검을 잘 쓰지 않는 또 하나의 이유가 있다면, 그것은 바로 기본적으로 검이 지니고 있는 날카로움 때문이었다.

아무래도 검을 꺼내 싸우기 시작하면 본의 아니게 상대를 상해하고 피를 볼 가능성이 높아진다. 막강에겐 그 같은 일이 그다지 달갑지 않은 것이기에 자연스럽게 검을 자주 쓰지 않게 된 것이다.

하지만 그럼에도 꼭 필요하다면 사용을 해야 할 터.

지금이 바로 그때였다. 무엇보다 사비영의 안위를 위해 쉽게 운신할 수 없는 상황인 것이다.

쉿쉿!

일격이 가볍게 막히자 잠시 주춤한 흑포인이 재차 기이한 몸놀림으로 막강을 향해 달려든다.

츄리리릿!

또다시 들려오는 괴음.

흐릿한 잔상을 일으키며 흑포인의 신형이 쾌속하게 막강을 찔러온다.

이에 막강은 묵룡을 길게 늘어뜨린 채로 대비를 하는 동시에 흑포인의 손을 주목했다.

은빛을 띤 한 마리의 뱀이 허공을 날아 휘어져 오고 있는 것이 보였다.

'연검? 아니……'

쉴 새 없이 흐느적거리며 섬뜩한 괴음을 내는 그것은 분명 연검과 닮아 있지만 연검이라 할 수는 없다. 검이 아닌 것이다. 검이라면 날이 양쪽에 서 있어야 할 터, 흑포인의 손에 들린 것은 검날이 한쪽에만 서 있는 것이다. 굳이 말하자면 연도(軟刀)라고나 할까?

어쨌든 태어나서 처음 상대하는 무기.

막강은 긴장과 함께 약간의 흥미를 느끼며 묵룡을 가볍게 들어 올린다.

치릿!

묵룡에 부딪친 흑포인의 연도가 묵룡의 검신을 감아 돈다.

순간!

‘음!’

막강은 묵룡이 아래로 딸려 내려가는 것을 느끼며 흠칫한다. 연도가 묵룡의 검신을 말아 쥔 짧은 순간을 이용하여 흑포인이 연도를 밑으로 잡아당겼던 것이다.

묵룡을 빼내기 위해 황급히 진기를 끌어올리는 막강.

하나, 다시 그 순간.

‘엇?’

기다렸다는 듯이 연도가 길게 펴지며 막강의 목젖을 노렸다.

당황한 막강은 묵룡을 들어 막기보다는 슬쩍 몸을 틀어 연도를 흘린 후 손목을 비틀어 묵룡의 검병(劍柄:손잡이) 끝으로 연도를 쥔 흑포인의 팔을 찍어 눌렀다.

팍!

얄팍한 타격음과 함께 흑포인이 얼굴에 작은 경련을 일으키며 물러섰다.

잠시 서로를 바라보는 두 사람.

흑포인의 얼굴엔 아무런 표정이 떠오르지 않았다. 분명 검병에 팔이 격타당했음에도 고통스런 기색 따윈 찾아볼 수 없었다.

하지만 막강은 그런 흑포인의 반응을 기이히 여기지 않았다. 흑포인이 마지막 순간에 교묘히 자신의 공격을 흘린 것을 알고 있기 때문이다.

막강은 손을 들어 슬쩍 목을 매만졌다. 손가락이 훑고 지나간 자리에 보일 듯 말 듯한 가느다란 실선이 보인 것이다.

약간의 따가움을 느낀 막강은 입가에 미소를 그렸다.

"신기한 무기네."

"……!"

막강의 미소를 본 흑포인의 얼굴에 또 한차례 잔 경련이 일었다. 그와 동시에 그의 눈에 떠오른 잿빛이 더욱 짙어지기 시작한다.

"본 영주를 우습게보다니……."

이에 막강은 고개를 저었다.

"우습게보는 건 아니지만 지금 보여준 게 다라면 날 이기진 못할 거야."

꿈틀!

처음으로 흑포인의 표정에 변화가 일었다.

동시에 그의 주변에 넘실거리는 음험한 기운.

"네놈은 곧 그 말을 후회하게 될 것이다."

츄릿!

그의 연도가 빳빳하게 펴지며 잿빛으로 물들었다.

그것이 검기의 일종임을 알아챈 막강은 살짝 눈살을 찌푸리더니 곧 흑포인의 눈을 직시하며 입을 열었다.

"예전에 본 사람도 그렇고, 정말 기분 나쁜 기운이야. 멸천교는 전부 그런 기분 나쁜 무공을 사용하나 보지?"

하지만 흑포인에게선 아무런 대꾸가 없다. 그저 그에게서 뻗어 나오는 기운만이 더욱 강렬해질 뿐이다.

대신 음성이 흘러나온 곳은 뒤쪽에 서 있던 사비영으로부터였다.

"놈이 사용하는 것은 흑마기입니다. 상대의 몸에 침투하여 정신을 혼미해지게 만드는 마공이니 정면 대결은 피하시는 게 좋습니다."

멸천교의 팔대마공 중 하나로 알려진 묵령마공(墨靈魔功). 그것을 익힌 자만이 펼칠 수 있는 것이 바로 흑마기다.

흑마기는 사십 년 전, 또 다른 팔대마공인 적마기와 더불어 멸천교의 정예였던 색혈대를 상징한 마공이다.

장사 인근에서 적의인들이 발견된 이후 일 년여간 전혀 종적을 찾을 수 없던 멸천교인데, 지금 이처럼 버젓이 흑마기를 쓰는 자가 나타난 것은 과연 무엇을 의미하는가?

그것은 곧 색혈대의 부활이다.

색혈대의 부활은 또한 멸천교가 드디어 모든 준비를 끝내고 본격적으로 움직임을 시작했다는 반증이었다.

눈앞의 흑포인을 보며 이러한 확신을 가진 사비영은 막강이 흑포인을 비롯한 흑의인들을 제압하길 내심 바랐다.

지금까지 자신이 지켜본 막강의 무위를 생각할 때, 막강의 실력이라면 흑포인을 어찌 어찌 상대할 수 있을 것 같았다. 하지만 뒤에 서 있는 흑의인들이 합공을 펼친다면 어려울 것이다. 게다가 자신은 여전히 무공을 펼치기가 곤란한 상태였다.

'한데 남은 사람들은 왜 이쪽으로 달려오지 않는 것이지?'

불현듯 떠오른 의문.

분명 막강 말고 다른 이들이 함께 있었는데 아직까지 전혀 기척이 없는 것이다.

그중에는 그가 너무나 잘 알고 있는 염장팔도 섞여 있지 않은가? 그들만 도와준다면 충분히 흑의인들을 제압하는 것이 가능할 터였다.

사비영은 궁금함을 참지 못하고 고개를 돌려 뒤를 돌아보았다.

멀리 짐을 잔뜩 실은 수레를 세워놓은 일단의 무리가 보인다.

그들 모두는 마치 유람을 나온 듯 제각각 서서 이쪽을 빤히 바라보고만 있었는데, 개중에는 수레에 드러누워 턱을 괸 채 구경하는 자도 보였다.

'대체……!'

사비영은 선뜻 이해하기 어려운 그들의 행태에 눈살을 찌푸렸다.

일행 중 하나가 여러 명과 싸움을 벌이고 있는데 어찌 저렇듯 태평할 수가 있단 말인가?

"야, 저 사람이 너보고 인상 쓰는데?"

수레 위에서 단고립의 딱딱한 배를 베고 드러누워 있던 구공산이 맞은편 수레에 홀로 누워 있는 염장팔을 힐끔거리며 입을 열었다.

이에 염장팔은 구공산을 한차례 노려보며 입술을 들어 올렸다.

"죽을래?"

하지만 그뿐, 키득거리는 구공산을 향해 더 이상 뭐라 하지 않는 염장팔이다. 이제는 구공산의 개갬에 면역이라도 된 것일까? 염장팔은 오히려 자못 신중한 눈으로 막강이 서 있는 곳을 주시했다.

"근데 너희들."

"왜 불러? 한판 뜨자구?"

"계속 이대로 있을 거냐?"

"뭐가?"

"니들 형님한테 안 가볼 거냐고."

염장팔의 질문에 구공산이 인상을 찡그리며 투덜거리듯 말했다.

"오지 말고 여기 있으라고 했으니까 있어야지 어쩌겠어! 아무튼 재미는 만날 혼자만 보려구 한다니까! 쳇!"

"마, 맞아. 우리도 싸, 싸우고 싶은데……."

잠자코 있던 단고립까지 거드는 것을 보며 염장팔은 한심스러워하면서도 잠시 두 사람의 표정을 살폈다.

‘으음… 전혀 걱정하는 표정들이 아니군. 그만큼 저놈을 믿는다는 건가?’

염장팔은 자신이 막강의 실력을 잘 안다고 여겼다. 적어도 지금까지 보여준 것이 막강이 가진 실력의 전부가 아니라는 것 정도는 알고 있었기 때문이다.

하지만 그가 보기엔 흑포인의 무공 또한 만만치 않았다. 무조건 막강의 승리를 확신하기엔 무리가 있는 것이다.

그럼에도 막강을 바라보는 구공산과 단고립의 눈빛에선 일말의 의심도 찾아볼 수가 없었다.

염장팔은 그런 둘을 보며 문득 막강이 부럽다는 생각을 했다.

자신을 전적으로 신뢰해 주는 동생들이 있다는 것.

매우 기분 좋은 일이 아닐 수 없었다.

‘쳇! 내가 지금 무슨 생각을……. 저런 못되 처먹은 동생들이 있는 걸 부러워하다니!’

돌연 크게 고개를 흔들어 보인 염장팔은 다시 막강과 흑포인이 서 있는 전방을 향해 시선을 던졌다. 드디어 본격적인 대결이 시작되려 하고 있었다.

우웅!

묵룡이 검신을 잘게 떨었다.

동시에 검끝에서 피어나는 은은한 청광(淸光).

'······!'

그것을 본 흑포인의 눈이 작게 흔들린다. 청광이 순식간에 두 자나 뻗어 나가고 있는 것이다.

서서히 묵룡을 앞으로 세운 막강의 눈이 흑포인을 향했다.

"난 누굴 다치게 하는 걸 별로 좋아하지 않지만, 걸어오는 싸움을 피하진 않아. 그러니까 나하고 더 싸울 거면 다칠 각오는 해야 할 거야. 죽을 수도 있어."

입을 여는 막강의 표정은 평소와는 달리 자못 신중했다.

묵룡을 뽑은 이상 피를 볼지도 모른다.

지금 자신의 기분도 그다지 좋지 않은 데다가, 무엇보다 검은 맨손과 달리 제어하기가 간단치 않아 본의 아닌 결과를 만들 수도 있다.

그렇기에 막강은 나름대로 마지막 기회를 흑포인에게 주고 있는 것이다. 이만 끝내고 돌아가라는.

하지만 흑포인은 전혀 그럴 생각이 없어보인다.

오히려 막강의 말에 그의 기세가 더욱 강렬해졌던 것이다.

꽝!

빳빳해진 흑포인의 연도가 회색 기운을 끊임없이 토해냈다.

"네놈이 뱉은 말을⋯ 그대로 돌려주마."

순간,

사삭⋯⋯.

흑포인의 신형이 흐릿해지더니 순식간에 막강의 좌측에 나타났다.

츄리릿!

여지없이 쏘아져 오는 연도.

당장이라도 막강의 가슴을 헤집을 듯 그 기세가 맹렬하다.

하지만 막강은 이를 느끼면서도 조금의 미동도 하지 않았다.

그렇게 막 연도가 막강의 가슴에 닿을 찰나.

스팟!

막강의 코앞에서 한 가닥 푸른 빛줄기가 그어졌다.

차앙!

"크윽!"

금속성과 함께 짧은 신음이 터져 나왔고, 연도를 감싸던 회색 기운이 깨끗하게 사라졌다.

잠시 찾아든 정적.

막강은 묵룡을 가볍게 세운 자세 그대로 서 있었고, 흑포인을 포함한 장내의 누구도 입을 열지 않았다.

'어, 어떻게 된 일이지……?'

사비영은 서둘러 방금 전의 상황을 떠올려 보았다.

그러나 어찌 된 영문인지 도무지 알 길이 없다. 가장 중요한 막강의 움직임을 보지 못한 까닭이다.

그리고 그것은 바로 코앞에서 막강을 공격했던 흑포인도

마찬가지.

그의 하관을 가렸던 넓은 깃은 길게 찢겨 나갔고, 그 사이로 딱딱하게 굳어버린 창백한 얼굴이 드러나 있었다.

비록 흐릿한 눈빛 탓에 정확한 그의 감정을 읽은 순 없으나, 미동조차 없는 그의 몸은 그가 지금 적지 않은 충격에 휩싸여 있음을 짐작케 했다.

그 역시 보지 못한 것이다. 막강의 움직임을.

"우욱!"

흑포인이 돌연 허리를 숙이며 검붉은 피를 토해냈다.

심각한 내상을 입은 듯 무릎을 꿇은 그의 몸이 크게 떨렸다.

그것을 본 막강이 진기를 거두며 입을 열었다.

"더 싸울 건가?"

"……."

흑포인에게선 아무런 대꾸가 없다.

이에 막강은 묵룡을 검집에 돌려 넣으며 말한다.

"지금 치료하면 죽진 않을 거야."

이윽고 신형을 돌린 막강은 사비영을 보며 희미한 미소를 머금었다.

"그만 갈까요?"

멍한 표정으로 막강을 바라보고 있던 사비영은 그 말에 정신을 차리며 고개를 끄덕였다.

“아! 예…….”

그러던 그가 갑자기 막강의 뒤쪽을 보곤 두 눈을 크게 치뜬다.

“막 소협! 조심……!”

츄릿!

그의 말이 다 끝나기도 전,

팟!

가느다란 청광이 허공에 번뜩였다.

조금 전 보았던 바로 그것이었다.

막강의 손엔 어느새 묵룡이 다시금 쥐어져 있었고, 흑포인은 막강을 향해 연도를 내뻗은 채 그대로 굳어 있었다.

주륵.

이마를 타고 흘러내리는 한줄기 선혈.

털썩!

막강은 바닥에 쓰러진 채 더 이상 움직이지 않는 흑포인의 시신을 보며 착잡한 표정이 된다.

“왜 목숨을 이렇게…….”

흑포인의 상태는 몸을 가누지 못할 지경이었다. 그럼에도 이렇듯 자신을 향해 재차 공격을 감행한 것은 일부러 목숨을 버렸다고밖에는 달리 생각할 수가 없는 것이다.

한데, 다시 그때였다.

“크으!”

탁한 신음 소리가 이어지더니 흑포인의 뒤에 서 있던 흑의 인들이 피를 토하며 연이어 쓰러지기 시작했다.

"……!"

그 모습에 당혹스러움을 감추지 못한 막강은 황급히 몸을 날리려고 했지만 이미 그들은 모두 절명한 상태.

"이건… 지난번에도 그러더니!"

막강이 잔뜩 인상을 찌푸리며 입을 열자, 사비영이 옆으로 다가오며 말했다.

"일견 안타까운 장면이지만 저들 입장에서는 저것이 마지막까지 멸천교주에 대한 충정을 보이는 길일 겁니다. 임무를 완수하지 못하느니 죽음을 선택하는……. 어차피 돌아가 봐야 저들을 기다리고 있는 것은 죽음뿐이기 때문입니다."

사비영의 말에 막강은 더욱 눈살을 찌푸렸다.

"본래 그런 곳인가요, 멸천교라는 곳이? 다른 사람들뿐만 아니라 자기 문파에 속한 사람들까지도 이렇게 죽게 만드는……?"

"피와 살육은 마교의 속성이고, 그렇기에 마교의 맥을 이은 멸천교를 좌시할 수 없는 것입니다."

사비영은 말을 하면서도 막강의 얼굴을 기이한 눈으로 바라보았다.

'사람을 절대 보이는 대로만 판단해선 안 된다더니 오늘에야 그 말의 무게를 실감하게 되는구나.'

막강이 흑포인을 해치우며 보여준 단 두 번의 움직임에 큰 충격을 받은 사비영이다. 막강의 실력이 그 정도일 줄은 전혀 예상치 못한 것이다.

비록 강호에 자신의 실력이 알려져 있진 않지만 자신을 포함한 다섯 명의 비영이 지닌 실력은 웬만한 문파의 일류고수들과 비교해도 결코 뒤처지지 않는다고 자부하는 그였다. 그렇기에 소문으로만 듣던 막강의 실력을 쉽게 인정하지 못한 것이다.

하지만 직접 눈으로 본 막강의 실력은 자신과는 차원을 달리하는 듯했다. 전혀 그 움직임을 확인할 수가 없었던 것이다.

무인이 다른 무인의 움직임을 따라잡을 수 없다는 것은 무엇을 의미하는가?

그것은 곧 자신은 그의 일초지적도 되지 못한다는 의미이며, 그가 자신을 죽이고자 한다면 죽을 수밖에 없다는 뜻이다.

"막 소협, 실례인 줄은 알지만⋯ 아까 보여준 한 수가 정확히 무엇이었는지 말씀해 주실 수 있으십니까?"

사비영은 결국 궁금함을 참지 못하고 넌지시 막강에게 묻는다. 그것은 모든 것을 떠난 순수한 무인으로서의 호기심이리라.

한편, 생각에 잠겨 있던 막강은 사비영의 물음에 그에게 시선을 주며 희미한 미소를 머금었다.

"그건 무류흔(無流痕)이란 초식입니다."

"무류흔……."

막강이 묵룡을 뽑을 당시를 떠올리며 그 이름이 너무도 잘 어울린다고 생각하는 사비영이다.

막패에게서 막강이 배운 검법은 모두 두 가지.

건곤삼검(乾坤三劍)과 대정무의검(大正無儀劍)이 바로 그것이다.

강호에서 형산파의 검법은 오래전부터 뚜렷한 색깔이 없다고 알려져 있다.

무당의 검법 하면 장중함이 떠오르고, 화산 하면 화려함이 떠오르며, 남궁세가의 검법 하면 웅혼함이 떠오르는 것과는 달리 형산파의 검법 하면 확실하게 사람들의 뇌리를 스치는 것이 없었다.

그러나 그렇다고 형산파의 검법이 이들 문파의 것보다 뒤떨어진다고 여기는 자들 또한 아무도 없었다. 멸천교에 의해 멸문당하기까지 형산파는 분명 이들 세 문파와 함께 검법으로 당당히 이름을 떨쳤던 것이다.

"…검을 익힘에 있어서 항상 경계해야 할 것은 바로 치우침이다. 감정도 치우침이 없어야 하며, 검의 기운 또한 치우침이 없어야 한다……."

언젠가 막패는 막강에게 형산파의 검법이 뚜렷한 색깔을 가지고 있지 않은 이유에 대하여 이렇게 말해주었다.

"검법이 색을 갖는다는 것은 결국 스스로 그 한계를 긋는 것이 될 수도 있을 터, 어느 검법이든 그 끝에 다다르면 결국 그 색이 무의미해진다고 하여도 애초에 검법 자체에 색을 담고 시작한다면 그 극의에 다다르는 데 걸리는 시간이 더욱 길어질 수가 있는 것이다. 하여 본 파의 조사들께선 검법에 어떠한 색도 담지 않으려 노력하셨다. 그 때문에 어쩌면 본 파의 검법이 당장엔 다른 검법보다 익히는 데 더욱 힘이 들지도 모른다……."

건곤삼검과 대정무의검은 바로 이러한 형산파만의 특징을 고스란히 담은 검법이다.

하지만 마지막 막패의 작은 우려를 비웃기라도 하듯 그가 가르친 두 검법을 거침없이 습득했던 어린 막강이다.

형산파의 검법에 대하여 자세히 아는 바가 없는 사비영은 더 묻고 싶은 것이 있었지만 참았다. 더 묻는 것은 도리가 아니기 때문이다.

"근데 이 사람들에겐 왜 쫓기고 있었던 건가요?"

이번엔 막강이 새삼 궁금한 듯 사비영에게 물었다.

"그것은……."

사비영이 대답하려는 찰나.

"으! 집단 자살이라니, 진짜 지독한 놈들이네."

어느새 상단을 이끌고 가까이 다가온 구공산의 음성이 두 사람의 귀에 들려왔다. 그들은 모든 상황이 종료된 것을 보고 이곳으로 움직인 것이다.

구공산 등을 돌아본 사비영은 곧 주변을 한차례 쓸어보더니 막강을 향해 다시 입을 열었다.

"사정을 말씀드리는 것은 나중으로 미루고 일단 이곳을 정리하고 떠나는 것이 좋을 듯합니다."

그 말에 막강도 동의하며 고개를 끄덕였다.

"음, 그게 좋을 것 같네요."

어쩐지 계속 시신들을 보고 있자니 씁쓸한 마음이 쉽게 가시지 않았던 것이다.

덜커덩.

짐을 실은 수레가 작은 턱을 넘었다.

막강 일행은 동호를 뒤로하고 안휘로 들어섰다.

"예에? 그놈들이 멸천교 놈들이었다구요?"

사비영의 말을 들은 염장팔이 큰 소리로 되물었다.

"어쩐지 지독하더라니……."

구공산도 한마디를 내뱉었다.

"그럼 놈들이 드디어 대놓고 움직이기 시작했다는 말입

니까?"

염장팔의 물음에 고개를 끄덕이는 사비영.

"놈들을 만날 때까지는 반신반의했으나, 지금은 그것이 확실한 듯합니다. 이미 단주님께도 그렇게 보고를 올렸습니다."

"으음… 앞으로 바빠지겠는걸. 쩝."

옆에서 염장팔과 사비영을 가만히 지켜보던 구공산.

뭔가 의문이 생겼는지 사비영을 향해 물었다.

"근데 사비영은 왜 얘한테 반말 안 해요? 나이도 더 많은 거 같은데."

"예? 아! 그것은……."

사비영이 대답하려 하자 염장팔이 인상을 구기며 끼어들었다.

"반말을 하든 존댓말을 하든 니가 뭔 상관이야?"

"너한테도 존댓말을 하는 사람이 있다는 게 신기해서 그런다. 야, 너도 그렇지?"

옆에서 묵묵히 말을 몰고 있는 단고립의 옆구리를 쿡 찌르는 구공산.

"응? 응… 시, 신기해."

"큭! 이 자식들을 진짜!"

분위기가 험악해지려 하자 당황한 사비영은 저만치 앞서 가는 막강을 쳐다보았다. 좀 말려줬으면 했기 때문이다. 하지만 막강은 아까부터 혼자 떨어져 하늘만 쳐다보고 있을 뿐 말이 없다.

그것을 본 사비영은 하는 수 없이 자신이 나서기로 했다.

"염 순찰이 비록 저보다 나이는 어리지만 맹 내에선 엄연히 대등한 서열입니다. 조직에선 서로 말을 높이는 것이 당연하지요."

"예? 염… 순찰이요?"

순찰이란 말에 관심을 보인 구공산이 되묻자 사비영은 이어서 설명을 해주었다.

염장팔이 소속된 곳은 순찰당(巡察堂).

순찰당은 총단과 각 지부와의 연락 및 지부에 대한 지원을 담당하는 곳으로, 정보를 담당하는 익영단과는 독립된 관계다. 따라서 순찰당의 순찰과 익영단의 비영은 서열상으로 같게 되는 것이다.

"오! 순찰이라… 염 순찰……."

"험험!"

사비영의 설명을 듣고 감탄하는 구공산을 보며 염장팔은 내심 흡족해하며 헛기침을 했다.

하나, 곧이어 들려오는 구공산의 음성에 그의 얼굴은 여지없이 구겨져 버렸다.

"쩝, 의천맹도 생각보다 대단하지 않은가 보네. 저런 애를 순찰씩이나 시키는 걸 보면. 우히히히!"

부들부들!

떨리는 염장팔의 몸.

퍼억!

"윽!"

더 이상 참을 수 없던 염장팔이 드디어 웃고 있는 구공산의 얼굴에 한 방을 먹였다.

쿠웅!

말에서 떨어진 두 사람은 누가 먼저랄 것도 없이 뒤엉켜 주먹을 날리기 시작했다.

"크윽! 이 자식, 오늘 이 형님의 주먹 맛이 어떤지 뼈저리게 느끼게 해주마!"

"어쭈! 그래, 그 주먹 한번 먹어보자! 얼마나 맛있나! 형님 좋아하네! 이익!"

퍽! 퍽! 퍼벅!

쉴 새 없이 터져 나오는 격타음.

사비영은 난감한 표정으로 단고립을 쳐다본다. 그러나…….

꾸벅…….

큰 머리를 아래위로 흔들며 그새 졸고 있는 단고립.

"휴우… 이거야 원."

절로 한숨이 새어 나오는 사비영이다.

그가 막강 등 이들 세 사람과 함께한 것은 고작 두 시진 남짓.

짧은 시간이지만 사비영은 벌써 정신적으로 피곤함을 느꼈다.

세 사람에 대해 쉽게 적응이 되질 않는 것이다. 부상만 아니었다면 세 사람과 떨어져 지금이라도 혼자 복귀했을 터였다.

그는 어쩔 수 없이 다시 막강을 쳐다보았다. 두 사람을 말릴 사람은 막강밖에는 없을 듯했다.

서둘러 막강에게 다가간 사비영은 조심스럽게 막강의 얼굴을 살폈다.

"저기… 막 소협."

그때까지 그가 다가온지도 모른 채 하늘을 보며 눈을 끔뻑이고 있던 막강은 움찔하며 그를 돌아보았다.

"아! 저, 불렀나요?"

"예. 근데 무슨 고민이라도……? 혹시 아까 그 일 때문이라면…….."

흑포인 등의 죽음 때문에 막강이 아직까지 기분이 가라앉아 있는 것으로 짐작한 사비영.

그의 짐작이 맞기라도 하듯 막강은 약간 울상이 된 채 고개를 떨어뜨렸다.

"아뇨. 그런 건 아니고, 그냥 오늘 따라 우리 색시가 너무 보고 싶어서…….."

"……!"

그 말에 사비영은 입이 떡 벌어진 채 그대로 굳어버렸다.

차라리 막강에게 사랑 고백을 받았다면 이 정도로 황당했을까?

'도대체 이 부적응의 끝은 어디란 말인가!'

"엇! 어디 아파요? 안색이 안 좋아 보여요."

"아, 아닙니다."

정신을 수습한 사비영은 드디어 막강을 찾은 목적을 떠올리며 슬쩍 뒤를 가리켰다.

"저기… 저쪽을 좀……."

"네?"

고개를 돌려 신나게 바닥을 뒹굴고 있는 두 사람을 발견한 막강.

"아니, 저 녀석들이!"

"말려야 될 것 같……!"

"나만 빼고 자기들끼리 싸우다니!"

"저기, 막 소……!"

"좋아! 기분도 별로였는데 잘됐군!"

"아니, 그게 아니라……."

휘익!

어느새 말 위에서 몸을 날려 염장팔과 구공산이 엉켜 있는 곳으로 달려가고 있는 막강.

"……"

그것을 본 사비영의 입은 다시 한 번 떠억 벌어졌다.

과연 부적응의 끝이 있기는 한 걸까?

'휴우…….'

어느 때인가부터 그의 손은 지끈거리는 머리를 지그시 누르고 있었다.

*　　　*　　　*

안휘성 남쪽에 이름만 대면 누구나 알 정도로 유명한 두 산이 있다.

황산과 구화산이 바로 그것이다.

두 산의 풍광은 사뭇 다르고 각기 놀라운 산세를 자랑하지만, 둘 중 굳이 하나를 꼽으라면 황산을 꼽을 것이다.

오악 중의 하나라서가 아니라 오악 중에 으뜸이기 때문이다.

그러한 황산의 자랑 중 하나인 적송해(赤松海).

수십만 그루의 적송이 빽빽하게 들어차 있는 곳.

그 가장자리에 웅장한 규모의 건물 이십여 채가 세워져 있다.

높이 십 장을 훌쩍 넘는 적송들이 양쪽으로 길게 우거진 길을 지나가는 동안, 막강은 그 고즈넉한 분위기에 한껏 심취되어 버렸다.

“와아, 정말 조용하네. 형산에도 여기랑 비슷한 곳이 있었
는데…….”

하지만 어디서든 독특한 생각을 품는 사람은 있기 마련인
것.

“낮잠 자기엔 그만이지.”

염장팔이 시퍼렇게 멍이 든 눈을 실룩거리며 심드렁하게
말했다.

사흘 전 구공산과의 주먹다짐의 결과 그의 얼굴엔 여기저
기 상처투성이다.

그저께 무사히 합비에 도착하여 거래를 끝낸 막강은 일행
을 모두 그곳에 두고 혼자 염장팔과 사비영을 따라 의천맹 총
단이 있는 황산으로 향했던 것.

“다 왔습니다. 저곳이 본 맹의 총단입니다.”

사비영이 전방을 가리키며 입을 열었다. 부상에서 제법 회
복이 된 듯 그의 안색은 훨씬 좋아보였다.

“아! 저기가 의천맹……!”

막강의 눈에 멀리 좌우로 길게 둘러쳐진 담장과 그 너머로
솟은 커다란 지붕들이 보였다. 드디어 의천맹 총단에 도착한
것이다.

잠시 후 정문에 도착한 막강은 ‘義天盟(의천맹)’이라고 쓰
인 커다란 현판 아래를 지나 곧바로 익영단주가 있는 곳으로

안내되었다.

보통 손님이 오면 객실에서 잠시 머물게 하는 것이 상례인데, 그것마저 생략했다는 것은 그만큼 급하게 막강을 만나고자 하는 익영단주 추심언의 내심을 알 수 있게 했다.

복귀 신고를 위해 순찰당주를 찾아간 염장팔과 헤어지고, 사비영과 단둘이 의천맹 내부 깊숙한 곳으로 걸어 들어간 막강.

일각 정도가 지난 후 두 사람이 걸음을 멈춘 곳은 수풀이 우거진 한적한 장소였다.

그 중앙에는 지은 지 얼마 되지 않은 듯한 정자 하나가 서 있는데, 그곳에 지금 한 사람이 앉아 칠현금(七絃琴)을 매만지고 있는 모습이 눈에 들어왔다.

나이는 오십이 훌쩍 넘어보이고, 걸치고 있는 옷은 선이 날렵한 푸른 학창의다.

또렷한 눈매와 매끄러운 피부, 잘 다듬어진 입가의 수염이 매우 잘 어울리는 그가 바로 익영단주 추심언인 것이다.

"단주님, 막 소협을 모시고 왔습니다."

막강과 함께 정자 앞으로 다가간 사비영이 추심언을 향해 고개를 숙였다. 그러자 또렷하면서도 정제된 음성이 추심언에게서 흘러나왔다.

"수고했다. 곧 따로 부를 것이니 잠시 물러가 있도록."

"그럼……."

다시 고개를 숙인 사비영은 막강을 향해서도 말없이 한차례 고개를 숙여 보이곤 곧 왔던 곳으로 사라졌다.

사비영이 떠난 후에야 멀뚱히 서 있던 막강에게 시선을 주는 추심언.

그와 눈이 마주치자 막강은 재빨리 포권을 취해 보였다.

"안녕하세요. 막강이라고 합니다."

미소 띤 막강의 얼굴을 신기한 듯 쳐다본 추심언은 한차례 고개를 끄덕이며 입을 열었다.

"추심언이네. 먼 길 오느라 수고가 많았군."

"하하, 뭘요. 이렇게 불러주셔서 고맙습니다."

"오히려 내가 고맙지. 일단 앉게."

추심언의 표정과 언행은 지루하도록 차분하기만 했다.

여느 사람이라면 답답함을 느낄 만도 했으나, 막강은 전혀 그렇지 않은 듯 냉큼 추심언의 앞에 털썩 주저앉았다.

"……"

그런 막강의 얼굴을 잠시 빤히 쳐다보던 추심언은 곧 말없이 무릎에 놓인 칠현금에 손을 가져갔다.

슬금슬금 움직이기 시작하는 그의 손가락.

"어……?"

자연스레 줄을 튕기는 추심언의 손가락에 눈길을 줬던 막강이 순간 눈을 치떴다.

"줄이……?"

그랬다. 희한하게도 칠현금의 목판 위에는 가장 중요한 줄
이 놓여 있지 않았다.

그런데 더욱 기이한 것은 그럼에도 추심언은 연방 손가락
을 목판 위에서 튕기고 있다는 사실이다.

"……?"

두 눈을 끔뻑이며 추심언과 칠현금을 번갈아 쳐다보는 막
강.

지그시 두 눈을 감은 채 탄금(彈琴)에 열중하던 추심언의
입이 드디어 열렸다.

"줄이 보이지 않는가?"

"네? 네에……."

"그렇다면 금의 선율도 들리지 않겠군."

"그, 그렇죠."

"으음, 안타깝군. 하지만 이 칠현금엔 분명히 일곱 개의 줄
이 매어져 있네. 단지 자네 눈에 보이지 않을 뿐이지."

"예에? 줄이 매어져 있다구요?"

"그렇다네. 못 믿겠다면 안력을 돋워 확인해 보게."

"흐음……."

갈수록 이해하기 어려운 말을 늘어놓는 추심언.

고개를 갸웃거린 막강은 곧 진기를 끌어올렸다. 추심언의
말대로 자신이 보지 못한 가는 선이라도 매어져 있는지 확인
해 보기 위함이다.

순간 푸른빛이 떠오른 막강의 눈.

그것을 본 추심언의 두 눈에 이채가 어린다.

'저것이 형산파의 옥청건곤심공……?'

이때.

팟!

돌연 정자 안이 푸른 빛줄기로 가득 차 버렸다.

안력을 살짝 돋워도 줄이 보이지 않자 오기가 발동한 막강이 순간적으로 진기를 확 늘려서 벌어진 현상이었다.

입을 꾹 다문 채 두 눈에 잔뜩 힘을 주고 뚫어져라 칠현금을 노려보고 있는 막강을 보며 추심언은 황당한 표정을 짓고 말았다. 설마 이렇게까지 할 줄은 몰랐던 것.

'훗, 소문대로 재밌는 친구군.'

막강에 대한 이야기는 이미 빠짐없이 알고 있는 그다. 막강과 관계된 보고 역시 일부러 신경을 써서 살펴보곤 했던 것이다.

"흐음… 이상하다. 안 보이는데……."

어느새 진기를 거두며 머리를 긁적이는 막강.

"안 보이는가?"

"네. 근데 정말 줄이 있는 건가요?"

순간 동작을 멈추며 무심한 눈으로 막강을 쳐다보는 추심언.

"뭐, 안 보일 수도 있지. 크게 신경 쓸 필요는 없네."

그러더니 곧 무릎에 있던 칠현금을 옆으로 슬쩍 내려놓는다.

그때까지도 칠현금에서 눈을 떼지 않고 있던 막강은 본능적으로 칠현금을 향해 슬금슬금 손을 뻗었다.

하나,

스윽…….

"신경 쓰지 말라고 했네."

"아! 헤헤……."

칠현금을 지척에 두고 움찔한 막강은 추심언을 향해 어색한 미소를 지어 보였다. 그러다가 도저히 참지 못하겠는지 씩 웃으며 말했다.

"저기, 한 번만 만져 보면 안 될……?"

"……."

여지없이 작렬하는 추심언의 무심한 눈.

"아, 그냥 신경 쓰지 않을게요. 헤헤……."

다시 자세를 바로 한 막강.

하지만 여전히 두 눈은 쉬지 않고 추심언의 뒤쪽에 놓인 칠현금을 힐끔거렸다.

'쩝, 궁금해 죽겠는걸.'

자신의 눈에 보이지 않을 정도로 가는 줄이 있다니…….

그런 것이 존재하는지 여태껏 들어보지도 못한 막강이다.

때문에 정말 추심언의 말대로 그런 게 있는지 직접 만져서 확인해 보고 싶은 것이다.

그리고 만약 사실이라면 대단히 놀라운 일이 아닐 수 없었다.

그걸 가지고 무기를 만든다면 정녕 무서운 일이 일어날 수도 있기 때문이다. 보이지도 않는 것을 누가 막을 수 있겠는가?

하지만 애석하게도 막강이 상상하는 일은 절대 일어나지 않을 터이다.

그런 줄은 존재하지 않기 때문이다. 물론 칠현금에도 줄은 매어져 있지 않았다.

막강을 떠보기도 할 겸, 또 막강이 익히고 있는 심법에 대하여 확인도 할 겸하여 추심언은 거짓을 말했고, 그의 이러한 내심을 전혀 짐작지 못한 막강이 보기 좋게 그 꾀에 걸려든 것이다.

'엉뚱하기까지 한 친구로군. 조심해야겠어.'

추심언은 내심 가슴을 쓸어내렸다.

간신히 들키지는 않았으나 막강이 불쑥 손을 뻗어 칠현금을 만지려고까지 할 줄은 그 역시 예상치 못한 것이다.

여느 젊은이들 같으면 이런 자리에선 약간이라도 어색해하거나 언행을 삼가는 게 대부분이다.

게다가 거의 모든 사람들이 자신을 상대하길 껄끄러워 한

다는 걸 생각할 때, 막강이 지금 자신 앞에서 보여주는 태도
는 그를 당황스럽게 하기에 충분한 것이다.

하지만 그가 누구인가?

철면냉심(鐵面冷心) 추심언이 아닌가?

이 정도로 그러한 그의 내심이 겉으로 드러날 리가 없는 것
이다.

잠시 말이 없는 두 사람.

다행스럽게도 그사이 시비 하나가 차를 내어놓고 사라졌
다.

"들지."

"아, 고맙습니다."

차를 한 모금 들이켠 추심언이 찻잔을 내려놓으며 입을 열
었다.

"삼절검협의 손자라고 들었네."

이에 찻잔을 손에 든 채로 고개를 끄덕이는 막강.

"네. 근데, 추 대협도 할아버지를 보신 적이 있나요? 진 대
협은 보신 적이 있다고 하던데……. 진 대협이랑 친구지간이
라고 들었거든요."

꿈틀!

막강의 입에서 돌연 진강후의 이야기가 흘러나오자 다시
찻잔을 들려다 말고 멈칫하는 추심언. 진강후란 존재는 그에
게 있어 몇 안 되는 민감한 사항 중 하나였다.

“자네… 나이 때 뵌 적이 있지.”

“아! 그때 우리 할아버진 어떠셨나요? 물론 멋지셨겠죠?”

계속해서 쏟아지는 질문.

이러다간 정작 자신이 묻고 알아봐야 할 것들을 하지도 못할 판이었다.

추심언은 더 이상 막강에게 질문할 여지를 주지 말아야겠다고 마음먹었다.

“자네 말대로 멋진 분이셨다네. 그건 그렇고……..”

“……?”

“자네는 형산파에 대해서 얼마나 알고 있는가?”

“네? 그냥 대충은……. 근데 그건 왜……?”

“내가 자네를 만나고 싶어 한 것이 바로 그것과 연관되어 있기 때문이네.”

“연관이요?”

막강은 무슨 뜻인지 모르겠다는 듯 되물었다.

“이곳으로 오기 전에 멸천교의 마인들을 만난 것으로 알고 있네.”

“음, 그랬죠. 사비영이 그 사람들에게 쫓기고 있었는데, 그때 우연히 저와 마주치는 바람에……..”

“자네는 그들을 만난 걸 우연이라 생각하고 있군.”

막강은 고개를 끄덕였다.

“네, 그 사람들은 사비영을 쫓고 있었으니까요.”

하지만 놀랍게도 추심언은 고개를 저었다.

"자네가 그들을 만난 건 우연이 아니야. 처음부터 그들의 목표는 바로 자네였네."

그 말에 막강은 놀란 표정이 되었다.

"저라구요?"

그러나 추심언의 표정은 무심하기만 하다.

"그들은 자네가 이끄는 상단이 향할 곳을 미리 알고 그곳에서 기다리고 있었네. 그 와중에 내가 보낸 사비영에게 발각되었을 뿐이지."

"으음……."

막강은 한 손으로 턱을 매만지며 생각에 잠겼다.

사비영이 어쩌다 쫓기게 되었는지는 이미 들어서 알고 있다.

그러고 보니, 사비영이 흑의인들을 발견한 곳이 동호 근처 숲이라 했다. 자신이 조금만 더 행했다면 자연스럽게 만날 수도 있는 위치인 것이다.

"정말 날 기다린 것일 수도 있겠네."

그때, 머릿속에 또다시 한 가지 생각이 스쳐 지나갔다.

"그럼 총관 어른 말씀대로 예전에 금가장을 몰래 훔쳐본 것도 나 때문이었나?"

혼자 중얼거린 것이지만 그에 대한 대답이 곧 흘러나왔다.

"맞아. 당시도 멸천교는 자네를 주시했었지."

막강은 아직 선뜻 받아들이지 못하면서도 추심언이 계속해서 그렇다고 하자 고개를 끄덕여 보인다. 듣기론 추심언이 강호에서 가장 똑똑한 사람이라고 하지 않는가?

"근데 멸천교가 왜 저한테 관심을 갖는 걸까요?"

"이유는 간단하지. 자네가 형산파의 전인이기 때문이네."

막강에게서 기다리던 말이 흘러나오자 추심언은 그제야 본격적인 이야기를 꺼내기 시작했다.

"지금부터 자네와 나눌 이야기가 바로 그에 대한 것들이네. 그러니 최대한 아는 데까지 솔직하게 말해주면 고맙겠군. 이건 자네뿐만 아니라 강호 전체의 안위가 달린 일이기 때문이네."

그 말에 막강의 눈이 절로 커졌다.

"그렇게까지? 제가 형산파의 전인인 게 그렇게나 대단한 일인가요?"

"현재로선 그럴 수도 있고 아닐 수도 있네. 그럼 이제부터 어느 쪽인지 좁혀가 보도록 할까?"

끄덕.

"아직 뭔지는 모르겠지만 알고 있는 대로 대답해 드릴게요."

"좋아. 그럼 묻겠네. 혹 생전에 삼절검협께서 자네에게 멸천교에 대하여 특별한 말씀을 하신 일이 있는가?"

"흐음, 글쎄요. 제가 들은 거라곤 멸천교 때문에 형산파가

망했고, 할아버지도 두 다리랑 팔 하나를 잃으셨다는 것 정돈
데요.”

“그것뿐인가? 형산파와 멸천교 사이에 어떤 연관된 일이라
든가, 전해져 오는 이야기 같은 것은 듣지 못했나?”

추심언이 재차 물어오자 곰곰이 기억을 더듬어보는 막강.

하지만 딱히 떠오르는 건 없다.

“음… 그런 얘긴 못 들은 거 같은데요.”

“그렇군.”

짧은 한마디와 함께 다시 찻잔을 드는 추심언.

그의 표정은 여전히 무심하지만 머릿속은 여러 가지 생각
으로 빠르게 돌아가고 있는 중이다.

‘내게 숨기고 있는 것 같진 않은데… 그렇다면 삼절검협은
알면서도 말해주지 않은 것인가? 아니면 자신도 모르고 있었
던 것인가? 그것도 아니라면 내 추측이 잘못된 것일까? 으
음……’

추심언은 막강의 대답을 들은 지금 오히려 이전보다 더욱
머릿속이 복잡해지는 것을 느꼈다.

‘지금까지의 정황을 보면 놈들은 추측대로 움직이고 있다.
한껏 웅크리고 있다가 처음으로 모습을 드러낸 것도 이 아이
앞에서가 아닌가?

일단 지금으로선 추측이 틀렸다는 생각은 들지 않는다.

‘우선 이 친구에게 알려주는 것이 좋겠군.’

그는 다시 찻잔을 내려놓으며 말했다.

"지금부터 자네에게 한 가지 이야기를 들려주겠네."

"……?"

이에 막강은 호기심 어린 눈으로 그를 바라봤고, 곧 추심언의 입에선 놀라운 말들이 흘러나오기 시작했다.

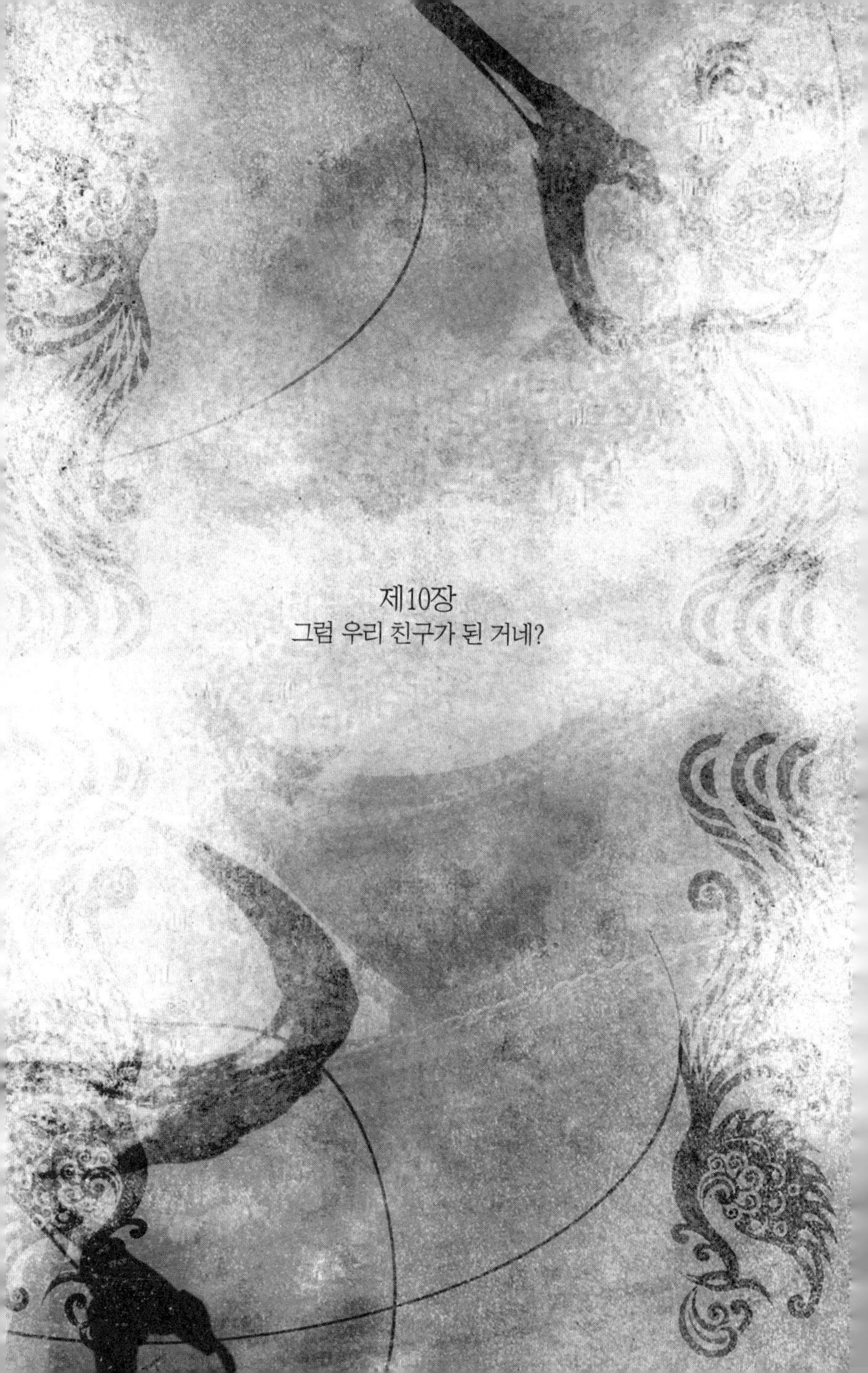

제10장
그럼 우리 친구가 된 거네?

지금으로부터 오백 년 전.

천년마교의 잔여 세력으로서 청해의 깊은 산중에 오랫동안 웅크리고 있던 수라혈교(修羅血敎)가 수라혈존이라는 기재를 얻어 드디어 중원으로 들이닥친다.

당시 일천 혈마대를 앞세운 그들 앞에 속수무책으로 당하던 중원무림은 곧 힘을 모아 대항해 보았지만 결국 중원무림의 태산인 소림이 봉문을 선언함으로써 수라혈교는 천년마교 이후 처음으로 마도천하를 실현하게 된다.

마도천하를 실현한 수라혈존은 오래전부터 갖고 있던 생각을 실행에 옮기게 되는데, 그것은 바로 마공의 마기(魔氣)

를 억제하고 마공의 여러 단점들을 보완한 완벽한 무공을 창
안하는 일이었다.

모든 마공의 특징이자 매력은 익히는 자의 자질만 된다면
속성할 수 있다는 점이었는데, 반면 그로 인해 마성에 물들어
죽어 나가는 자들이 수두룩할 수밖에 없는 부작용이 따랐다.

바로 이것을 안타깝게 여긴 수라혈존은 기존 마공의 장점
을 최대한 살리는 동시에, 마기(魔氣)를 최대한 억제한 무공
을 만들려고 했던 것이다.

그리고 얼마 후,

고심 끝에 그는 바라던 대로 음양신공(陰陽神功)이라는 하
나의 무공을 만드는 데 성공한다.

그것은 빠른 성취를 이룰 수 있다는 마공의 장점을 십분 살
리면서도 치명적인 마기를 완전히 제해 버린 마공 아닌, 마공
이었다.

하지만 음양신공엔 맹점이 하나 있었다.

안타깝게도 익힌 자의 재질(才質)이 뛰어나지 않으면 다른
여타 심법들을 익힌 것과 동일한 효과밖에는 얻을 수 없다는
것이었다.

그 때문에 음양신공은 실질적으로 익혀지지 않게 되었고,
수라혈존의 갑작스런 죽음과 동시에 그것은 사라져 버렸다.

그리고 그로부터 정확히 백 년 후,

음양신공을 익힌 자가 홀연히 강호에 나타나 무명(武名)을

날리게 되니, 그는 강호에 아무런 명성이 없던 자로 이름은 염극문(廉克聞)이었다.

"염극문은 음양신공의 이름을 건곤심공으로 바꾸고 말년에 하나의 문파를 세우게 되었지. 자네는 그가 세운 문파가 어느 곳인지 짐작할 수 있겠나?"
"……?"
이야기를 끊고 갑작스레 물어오는 추심언의 말에 막강은 의문 섞인 눈초리로 그를 바라보았다.
"글쎄요. 잘……."
이에 추심언은 기이한 눈빛으로 막강을 응시한다.
"자네, 진정 형산파의 전인이 맞는가?"
"네? 맞는… 데요."
"그런데 어찌 형산파의 개파조사의 이름도 여태 모르고 있단 말인가?"
그 말은 들은 막강은 눈을 크게 뜨며 목청을 높인다.
"개파조사요? 그럼 그분이 세운 문파가 형산파라는……?"
"자네가 익히고 있는 옥청건곤심공, 그것이 바로 염극문의 무공인 건곤심공이지."
"아! 그런……!"
그제야 탄성을 발하며 고개를 끄덕이는 막강.
아울러 아무리 막패가 자신에게 알려주지 않았다고 해도

형산파를 다시 세우고자 마음먹은 자신이 아직까지 형산파의
개파조사가 누구인지조차 모르고 있는 것을 내심 반성했다.

'가만, 그렇다면……?'

문득 스치는 생각에 추심언을 쳐다보는 막강.

추심언은 그런 막강의 시선을 담담히 마주했다.

"저기… 그럼 제가 익히고 있는 무공이 수라마존인가 뭔가
하는 사람이 만든 무공이란 건가요?"

"그렇지."

"그 사람도 마인이잖아요?"

"그렇다네."

"음… 그럼 저도… 아니, 형산파에서 옥청건곤심공을 익혔
던 사람들도 다 마인이라는……?"

"……."

추심언은 그에 대한 대꾸없이 묵묵히 막강을 응시했다.

그러더니 대뜸,

"자네는 마인인가?"

"네에?"

막강은 움찔하더니 잠시 눈알을 위아래로 굴렸다. 생각하
는 것이다. 자신이 마인인지 아닌지.

"음, 아닌 것 같은데요."

"나도 아니라고 생각하네."

"하하! 그렇죠?"

어색하게 웃으며 내심 한숨을 내쉬는 막강.

'휴, 괜히 찔리네.'

그 마음을 읽은 추심언이 말했다.

"이미 말했듯이 수라마존이 창안한 음양신공은 마기를 완전히 배제시킨 무공이네. 때문에 그것을 익힌 사람에게선 사이한 기운이 전혀 느껴지지 않는 것이지. 그렇기에 형산파가 수백 년 동안이나 당당히 구대문파의 위치를 지켜왔던 것이 아니겠는가?"

"으음……."

고개를 끄덕인 막강은 다행이라 여기면서도 한편으론 형산파의 무공을 만든 사람이 마교의 후예라는 사실에 묘한 기분을 느꼈다. 정말 꿈에도 생각지 못한 충격적인 일이 아닐 수 없는 것이다.

"그런데 추 대협은 어떻게 그 사실을 알고 계신 거죠? 지금까지 아무도 저한테 그런 이야기를 해준 적이 없거든요."

이에 추심언은 찻잔에 입을 대며 대답했다.

"마교혈세록이란 것이 있네. 마교의 시초인 천년마교로부터 그 이후 잔여 세력들의 흥망에 대하여 상세히 기록해 놓은 책이지. 내 사부 되시는 천통자(天通子)께서 사십여 년 전 융중산에서 죽은 멸천교주의 품에서 찾아내신 것을 이후 내게 물려주셨네."

"그럼 거기에 적혀 있는 걸 보고 아신 거군요?"

“그렇지. 하지만 그 사실을 알고 있는 것은 나를 포함하여 극히 일부에 불과하네. 세인들은 마교혈세록이란 것이 존재하는지조차 모르고 있지.”

“아, 그래서 다른 사람들이 그런 이야기를 하지 않은 거였군요?”

알겠다는 듯한 표정으로 말한 막강이 재차 입을 열었다.

“그렇다면 지금 멸천교에서 저한테 관심을 두고 있는 이유는 제가 익힌 무공이 본래 자기들 것이기 때문이겠군요. 혹시 저한테 그걸 빼앗아가려는 걸까요? 무공이 적힌 책이 없어서 빼앗아갈 것도 없는데…… . 쩝.”

막강이 입맛을 다시며 말하자 추심언은 그것을 부인한다.

“안심하게. 그렇지는 않을 것이니. 이미 마공이 아닌 무공을 마를 숭앙하는 멸천교에서 탐낼 가능성은 거의 없네. 오히려 그들이 관심이 있는 것은 형산파의 옥청건곤심공이 아니라 아마 그것을 익히고 있는 자의 실력일 가능성이 크지.”

“그건 왜 그렇죠?”

막강이 그 이유를 묻자 추심언은 마교혈세록 중 천마대제와 수라마존에 대하여 언급된 내용을 설명하기 시작했다.

천마대제.

그가 누구인가!

마중지마(魔中之魔), 진정한 마도의 창시자, 모든 마도인들의 우상이자 마도 사상 최강자가 바로 그다.

절대 무너지지 않을 것 같던 천년마교가 비록 무너지긴 했지만, 모든 마공을 집대성하고 최초로 마도천하(魔道天下)를 이룬 그의 이름을 감히 허투루 입에 담는 자는 아무도 없었다.

그야말로 마도인들의 신!

그와 같은 자는 전에도 후에도 절대 나타나지 않을 거라고 모든 마도인들은 믿어 의심치 않았다.

그런데, 놀랍게도 그 믿음을 뒤흔든 자가 나타났다.

수라혈존!

천년마교의 일맥을 이은 수라혈교에서 배출한 불세출의 기재.

천마대제의 진전을 이었으되 오히려 그것을 벗어나려 했던 자.

다신 이루지 못할 거라 여겼던 마도천하를 보란 듯이 이뤄낸 자.

누군가가 그에게 물었다. 천마대제와 그의 마공 중 누구의 것이 강하냐고.

그는 조금도 망설이지 않고 천마대제라고 대답했다.

…천마대제의 것이 극마(極魔)라면, 내 것은 시마(始魔)다. 천마대제가 마의 극을 추구했다면 나는 마의 근본을 파고들었다. 모든 마공

의 시작을 샅샅이 뒤졌다. 그리고 결국 마의 근본에 이를 수 있었다. 그곳에는… 마가 없었다…….

극마(極魔)와 시마(始魔).
마의 끝엔 여전히 마가 있었다. 그러나 마의 근본엔 마가 없었다.
높디높은 거악(巨嶽)의 정상.
동쪽도 서쪽도, 남도 북도 아닌 정점인 그곳에 멈춰 있던 작은 눈덩이가 차츰 한쪽으로 기울기 시작했다.
한없이 이어진 비탈길을 구르며 아래로 치달리는 눈덩이의 크기는 갈수록 커지고, 또 갈수록 그 속도는 빨라졌다.
끝없이 곤두박질치던 눈덩이가 종국에 다다른 곳.
그곳이 바로 극마다.
반면, 그 눈덩이가 처음 있던 정상, 그곳이 시마다.

…마에 있어 극마는 순리(順理)이나 시마는 역리(逆理)다. 강함에 있어 순리를 따른 극마가 역리를 취한 시마보다 나을 수밖에 없는 것은 당연지사. 이미 아래로 구르기 시작한 눈덩이를 멈춰 세워 다시 정상으로 올려놓는 일은 결코 쉬운 일이 아니기 때문이다. 아니, 거의 불가능에 가깝다고 해야 하는 것이 맞다. 그 불가능을 가능케 하고자 했던 것이 바로 내가 걸어온 길이었다. 그러나 나는 눈덩이를 다시 정상에 되돌려 놓지 못했다. 간신히 정상을 눈앞에 둘 수 있었을 뿐이다.

고로 나의 마공은 천마대제의 것을 뛰어넘을 수 없었다. 그러나 만일 누군가 그 눈덩이를 정상에 되돌려 놓을 수만 있다면… 진정한 시마를 이룰 수만 있다면 그 자야말로 마중지존(魔中至尊)이요, 모든 무공의 조종(祖宗)이라 할 것이다.

 수라혈존, 그는 왜 완전한 시마를 이루지 못했을까?
 진정 시마라는 것이 불가능한 것이어서? 아니면, 그의 무재(武才)가 부족해서?
 둘 다 아니다.
 시마는 가능하다. 또 그의 무재는 조금도 모자람이 없었다.
 그러나 시마는 제아무리 무재가 뛰어나다고 해도 한 가지가 받쳐 주지 아니하면 이룰 수 없다.
 그것은 바로 마가 발견되지 않는 깨끗한 심성.
 시마는 마가 아니다. 때문에 마성이 조금이라도 있다면 결코 시마가 될 수 없는 것이다.
 수라혈존의 천성은 맑지 않았다. 그것이 바로 그가 시마를 이룰 수 있는 길인 음양신공을 창안하고도 스스로 완벽하게 그것을 익히지 못한 이유였다.

 "만일 자네가 천년마교의 마공을 익혀 마도인을 이끄는 자리에 오른 자라면 수라혈존이 이와 같은 말을 했다는 것을 알게 되었을 때 어떠한 마음이 들 것 같은가?"

추심언은 이번에도 역시 설명을 그치며 막강에게 질문을 던졌다.

"음, 한번 겨뤄보고 싶지 않을까요? 어떤 무공이 더 센지?"

"바로 그거야."

"……?"

"사십 년 전, 당시 멸천교주가 중원무림의 각 문파 중에서 가장 먼저 찾아갔던 곳이 바로 형산파였네. 멸천교의 발흥지가 형산파가 있는 호남성과는 거리가 먼 서장 부근이었던 것을 고려하면 쉽게 이해할 수 없는 움직임이었지. 많은 사람들이 이를 의문시했으나, 마교혈세록을 얻어 이와 같은 사실을 알게 된 후에는 그것이 의도적이었다는 것을 추측할 수 있었네."

"형산파의 무공과 자신들의 무공을 비교하고 싶어서 일부러 먼저 찾아간 것이란 뜻이군요?"

추심언의 말을 이해한 막강이 입을 열었다.

"정확히 말하자면 당시 형산파의 최고수였던 삼절검협을 찾아간 것이라고 해야겠지. 물론 아직까지 모든 것은 추측에 불과하네."

"으음……."

추측이라곤 하지만 막강이 생각하기에도 매우 그럴듯했다. 특별한 허점을 발견할 수 없을 정도로.

사실 막강은 지금 머리가 약간 복잡한 상태였다.

의천맹 총단에서 이런 이야길 들을 거라곤 전혀 생각지도 못한 데다, 갑자기 한꺼번에 많은 이야기를 듣게 되어 정리가 잘 되지 않는 것이다. 언제 자신이 이런 식의 복잡한 생각을 해본 적이 있었던가?

'이거 멸천교만 끼어들면 골치가 아파지네. 쩝.'

별로 엮이고 싶지 않은 멸천교와 자꾸 엮이는 것도 기분이 그다지 좋지 않은데, 이제는 아주 멸천교와는 떼려야 뗄 수 없는 끈끈한 인연까지 있다는 말을 들으니 한숨만 나올 뿐이다.

그런 막강을 가만히 지켜보던 추심언.

곧 이번 만남의 가장 핵심이 되는 말을 꺼냈다.

"자네가 직접 확인했다시피 이미 부흥한 멸천교의 활동은 다시 시작되었네. 저들은 단숨에 파죽지세로 몰아치던 사십 년 전과는 달리 모든 것을 철저히 감춘 채 서서히 움직이고 있지. 하여 우린 여태껏 저들의 근거지가 어느 부근인지조차 파악하지 못한 상태네. 저들의 세와 조직 체계 또한 깜깜한 것은 두말할 나위 없는 것이지. 이러한 현 상황에서 가장 확실한 것이 바로 막강 자네야. 며칠 전에 그랬던 것처럼, 어떠한 식으로든 저들은 자네를 향한 움직임을 보이게 될 것이네. 어쩌면 지금까지는 단순한 탐색 정도에 불과했는지도 모르는 일. 그렇다면 자네는 앞으로 어찌할 생각인가?"

"으음, 글쎄요……."

막강은 제법 심각한 표정으로 묵묵히 그의 말을 듣더니 다시 눈알을 이리저리 굴리며 상념에 빠졌다.

이를 보며 추심언은 이미 식은 찻물을 입술에 대었다가 뗀다.

'나름대로 생각을 정리할 시간이 필요하겠지.'

이미 막강을 만나려고 했을 때부터 생각해 둔 자신만의 결론이 있다. 하지만 실제로 막강을 만나고 보니 막강이 어떤 결론을 내릴지 내심 궁금해졌다.

하루면 되겠다 싶어 막강을 향해 입을 여는 추심언.

"오늘은 이만 이야기를 끝내고 내일 다시⋯⋯."

하지만 그의 말을 중간에서 자르며 돌연 힘찬 음성을 내뱉는 막강.

"에잇! 머리만 아프네. 어쩔 수 없이 싸울 수밖에 없다면 그냥 싸우죠, 뭐. 멸천교든 뭐든 저한테 싸움을 걸어오면 피하진 않을 겁니다. 또 저도 천마대제의 무공이 얼마나 강한지 궁금하기도 하구요. 히!"

"⋯⋯."

추심언은 심각한 듯싶다가 금세 웃는 표정으로 돌아온 막강을 보며 잠시 할 말을 잃는다.

적어도 하루는 고민할 줄 알았거늘 이야기를 나눈 지 일각도 되지 않는 새에 이렇듯 가장 단순한 결론을 내려 버릴 수 있다니⋯⋯.

‘과연 그 무식한 황소 같은 놈의 마음에 들 만한 녀석이
군.’

순간, 일전에 자신을 만나 침을 튀겨가며 막강에 대한 칭찬
을 늘어놓았던 진강후의 무식한 얼굴을 떠올린 추심언이다.
그 단순 무식함이 너무도 닮은 것이다.

그래서 추심언은 진강후를 향해 자신이 즐겨 쓰는 말 가운
데 하나를 지금 이 순간 저절로 내뱉게 된다.

“그래서?”

“네?”

막강은 갑자기 추심언의 어조가 싸늘해진 것을 느끼며 눈
을 치뜬다.

“그래서 어떻게 싸울 건가?”

“아니, 그건… 그냥……”

“그냥 싸운다고? 자네는 하나고 저들은 수백, 수천이 될지
도 모르는데 말인가?”

“아… 듣고 보니 그러네요. 헤헤.”

“……”

낯선 반응에 다시 할 말을 잃는 추심언.

진강후는 자신이 이렇게 나올 때에 저렇게 웃지 않는다.
자신을 잡아먹을 듯 소리를 지르며 길길이 날뛰었던 것이
다.

추심언은 잠시 자신이 한참이나 아래인 막강을 상대로 감

정 조절을 하지 못했음을 내심 반성했다.

'이게 다 진가 그놈 때문이야!'

눈에 보이지 않는 진강후의 얼굴을 한차례 씹어준 그가 다시 무심한 어조로 입을 열었다.

"당장 본 맹으로 들어오게."

"그건 좀……."

"금가장과의 약조 때문이라면 내가 직접 해결해 주지. 약조한 기간도 몇 개월 남지 않은 것으로 알고 있네."

"그것도 그렇지만, 우리 색시가……."

"회임 중이라는 것도 알고 있네. 그 또한 걱정 말게. 본맹엔 그 어느 곳보다 유능한 의원들이 있어 자네 부인을 잘 보살펴 줄 것이야."

"그게 아니라… 색시한테 허락을 받아야 해서……. 헤헤."

"……!"

미소 지으며 머리를 긁는 막강을 본 추심언은 찻잔을 집다 말고 우뚝 멈췄다.

'가지가지 하는군.'

＊　　＊　　＊

추심언과 헤어진 뒤 사비영의 안내를 받으며 한 시진 동안 의천맹 총단 곳곳을 둘러본 막강은 이내 자신을 위해 마련된

숙소로 돌아와 누웠다.

의천맹 총단의 규모는 한 시진으로는 다 둘러볼 수 없을 정도로 컸다. 처음에도 몇 채 되지 않는 건물뿐이었으나, 차차 그 규모를 늘려 지금의 모습을 갖춘 것이다.

"음… 심심한걸."

거처 주변은 조용했고, 한적한 곳에 위치해 있어 지나다니는 사람 또한 적었다.

예전에는 홀로 지낸 탓에 이러한 분위기에 익숙했던 막강이지만 금가장에 오면서부터는 평소 두 아우뿐만 아니라 복호위 위사들과 늘상 어울려 다닌 탓에 이젠 이러한 분위기 자체가 낯설다.

그래서 진산과 남궁현 두 사람을 찾아보았지만 둘 다 각자의 당원들과 함께 훈련을 나갔다는 안타까운 말을 전해 들을 수밖에 없었다.

"나가서 잠깐 몸이나 풀어볼까?"

침상에서 일어선 막강은 방문을 나서 거처 앞에 조성된 뜰로 걸어갔다.

스릉!

묵룡이 검집에서 빠져나오며 나직이 운다.

손에 쥔 묵룡을 잠시 내려다보는 막강.

언뜻 보기엔 특별할 것이 없는 보통의 장검이다. 그러나 막패는 당시 강남 최고의 신장(神匠)에게서 검을 선물 받고 그 이름을 묵룡이라 하였다.

그 단단하기가 보통 검의 세 배요, 제아무리 많은 양의 진기가 주입되어도 너끈히 버텨내는 내구도를 지녔다.

묵룡이라 이름한 것은 검집과 검병을 단단하게 두르고 있는 까만 가죽 때문이다. 서역에서 들어온 진귀한 물소 가죽을 수백 번 담금질한 것으로, 가죽 중 질기기가 으뜸인 데다 그 감촉 또한 부드러웠다.

하지만 막강에게 가장 소중하게 여겨지는 것은 묵룡의 뛰어남이 아니라 손잡이 곳곳에 남아 있는 막패가 흘린 땀과 피의 흔적들이었다. 긴 세월 닦지 않은 탓에 그것들은 이미 검의 일부가 되어버린 지 오래였다.

막강은 한차례 막패의 얼굴을 떠올려 보곤 이내 묵룡을 가슴 앞으로 들어 올렸다.

"저, 잘하나 보세요, 할아버지."

마치 곁에서 막패가 자신을 지켜보고 있는 듯, 잠시 어릴 적 막패 앞에서 검법을 배우던 시절로 돌아간 막강.

그렇게 막 묵룡이 허공을 가르며 춤을 추려 할 때였다.

"하하! 드디어 우리 강 아우가 오다니!"

"어?"

돌연 뜰을 울리는 큰 음성에 막강은 멈칫하며 고개를 돌렸다.

거기엔 거대한 체구를 날렵하게 이끌며 다가오는 진산의

얼굴이 보였다.

"산이 형님!"

"잘 있었어?"

"예, 근데 어떻게 오셨어요? 훈련 나가셨다고 들었는데?"

"멀리서 아우가 왔다는데 당연히 맨발로 달려와야지!"

그 말에 저절로 진산의 발로 시선을 주는 막강.

"……?"

"아… 하하! 지금이라도 벗을까?"

"훗, 아니에요. 근데 현이 형님은요?"

"아! 현 아우는 지금 바쁠 거야. 강 아우 만나러 간다고 내
가 데려갔던 당원들까지 다 맡겨두고 왔거든."

"아…….."

결국 일은 남궁현한테 다 미루고 자기만 도망 나왔다는 말
이었다.

어색하게 웃는 막강을 보며 진산은 막강의 어깨에 커다란
손을 턱 얹어놓았다.

"검법을 수련하고 있었나 보구나. 마침 잘됐어. 이 형님이
얼마 전 도법을 수련하다가 터득한 것이 하나 있는데, 네게만
특별히 그걸 보여주고 싶구나."

막강의 눈을 바라보며 말하는 진산의 표정은 진지하기 그
지없다. 하나, 그의 말을 짧게 요약한다면 '당장 한판 붙자'
가 될 것이다.

이것이든 저것이든 막강이 그것을 마다할 리가 없다.

“좋아요! 지금 보여주실 건가요?”

금세 환한 표정으로 바뀌는 진산.

“하하! 역시 강 아우는 화끈해서 좋다니까!”

그러더니 곧 그는 막강의 어깨를 감싸 안고 걸음을 옮기기 시작했다.

“어디를… 가는 거죠?”

“여기선 곤란해서. 시끄러워질 것 같거든.”

그 말에 막강은 잔뜩 기대에 찬 눈으로 말했다.

“오! 엄청 강한 도법인가 보군요?”

“글쎄, 그건 아우가 직접 보고 판단해 줘.”

바짝 달라붙은 두 사람의 발걸음은 점점 빨라지기 시작했다.

총단을 벗어난 두 사람이 향한 곳은 황산 연화봉 중턱에 위치한 널찍한 공터.

“네? 그냥 보여주는 게 아니었어요?”

저만치 서 있는 진산을 보며 막강이 두 눈을 휘둥그레 떴다.

이에 진산은 장난스럽게 웃으며 말했다.

“공짜로 보여줄 순 없잖아? 한번은 받아줘야지.”

“흐음… 그럼 저도 공격해도 되나요?”

"그건 일단 한 번 받고 나서 생각하는 게 어때? 설마 이 형님이 아우 앞에서 멋 좀 부려보겠다는데 바로 딴죽 치는 건 아니겠지?"

그 말에 막강이 손을 휘휘 저었다.

"에이, 아니에요. 그럼 한번 받아드릴 테니까 화끈하게 한판 붙는 겁니다?"

그 모습을 보며 진산은 내심 탄성을 발했다.

'허! 이거 완전히 내 꾀에 내가 당할 수도 있겠는걸? 후후.'

막강이 왔다는 소식을 듣고 뒤도 돌아보지 않고 달려온 것은 다름 아닌 막강과의 한판을 위해서였다. 얼마 전 풀리지 않았던 한 가지 초식을 터득했다는 것도 사실이다.

그리고 바람대로 드디어 이렇게 막강과 마주하게 된 것이다.

그런데 막상 눈앞에서 막강의 태연함을 넘어선 자신만만한 얼굴을 보고 있자니 살짝 걱정이 되는 진산이다.

지면 그야말로 쪽팔리는 일이 되기 때문이다. 어쨌든 자신이 형이 아닌가?

하지만 그런 작은 염려 따위가 솟구치는 그의 호승심을 잠재울 수는 없는 법. 꿈에서도 궁금해했던 막강의 실력을 알 수 있는 기회를 흐지부지 넘길 순 없었다.

'쩝, 까짓, 좀 팔리지, 뭐.'

진산은 입가에 미소를 그리며 막강을 향해 고개를 끄덕

였다.

"받아만 낸다면야 얼마든지 상대해 주지!"

스릉!

동시에 등에 맨 도갑에서 도를 꺼내 드는 진산.

그의 덩치만큼이나 커다란 쌍수도(雙手刀)다.

전체 길이가 족히 다섯 자는 되어보이고, 자루의 길이만 해도 한 자는 넘어 보인다. 도신의 너비는 네 치 정도.

웬만한 사람은 들고 서 있기도 힘들어할 크기지만 진산에겐 가뿐함을 넘어 잘 어울리기까지 했다.

"아버님하고 겨뤄봤으니 잘 알겠지만 본래 우리 진가의 도는 자식이라도 사정을 봐주는 법이 없으니 단단히 대비하도록 하라구."

그 말에 막강은 두 눈을 반짝이며 묵룡을 꺼내 들었다.

"얼마나 강할지 정말 기대되는데요?"

"……!"

막강의 한마디에 진산의 눈매가 살짝 가늘어진다.

물론 막강의 내심이 그렇지 않다는 건 잘 알고 있지만 얼핏 듣기엔 자신을 도발하는 듯한 말로 들렸던 것이다.

'후, 이 진산이 싸움을 앞두고 긴장을 하다니, 이거야 원…….'

한차례 쓴웃음을 머금은 진산.

서서히 진기를 끌어올리자 약간 들떠 있던 마음이 잔잔해

지는 것을 느낀 그는 곧 욱일진가의 자랑인 붕천혈우도법의
기수식을 취했다.

"자, 시작해 볼까?"

진산의 기도가 급변한 것을 느낀 막강도 슬쩍 묵룡을 옆으
로 비껴 내리며 고개를 끄덕였다.

"저도 준비됐습니다."

"좋아! 하압!"

기합과 동시에 진기를 받아들인 진산의 도첨(刀尖)이 미미
하게 떨렸다.

순간,

스스스!

도신 주변에 마치 아지랑이와 같은 열기가 피어오르기 시
작했다.

'똑같네.'

그것을 보며 내심 중얼거리는 막강.

이미 붕천혈우도법은 진강후와의 비무를 통해 접해본 적
이 있었다. 때문에 이 후에 일어날 변화가 무엇인지도 이미
알고 있는 막강이다.

위이이이!

낮은 울림과 함께 주황빛으로 물든 진산의 도가 처음과는
비교할 수 없는 열기를 토해내기 시작했다.

마치 용광로에 담갔다가 나온 듯한 그의 도에선 당장이라

도 뜨거운 불길이 치솟을 것만 같았다.

진산의 도가 이 같은 기운을 내뿜는 이유는 바로 그가 익힌 성화심결(聖火心訣) 때문이다.

성화심결은 진가 무공의 뼈대로써, 지금까지 강호에 등장한 양강지공(陽剛之功) 중 능히 세 손가락 안에 드는 심법이었다.

이것을 익혀 펼치게 되면 처음에는 금색 기운을 띠게 되지만, 성취가 팔성이 넘어가면 본래 성질인 붉은빛을 띠는 것으로 알려져 있다.

이를 볼 때 진산의 성취는 이미 거뜬히 팔성을 넘어선 것으로 보였다.

막강은 진산의 도에서 뿜어져 나오는 기세가 진강후의 그것과 크게 차이가 나지 않음을 느끼며 묵룡을 쥔 손에 살짝 힘을 가했다.

슈우욱!

묵룡이 빠르게 청색으로 물든다.

푸른 기운은 점차 검신을 뻗어 나와 길게 늘어나기 시작했다.

우우우웅……!

청색과 홍색의 두 기운으로 인해 숨 막힐 듯한 중압감이 두 사람의 주변을 가득 메운 가운데, 진산의 음성이 또렷하게 들려왔다.

"우리 가문의 도법이 붕천혈우도법이라는 건 아우도 이미 알고 있지? 그 붕천혈우도법 중에 쾌도식인 탓에 패를 중시하는 본가 사람들한텐 대대로 외면받아 왔던 초식이 하나 있어. 휘성락(輝星落)이라고……."

"휘성락……."

얼핏 생각해도 쾌도식임을 연상케 하는 초식 명이 아닐 수 없다.

"아마 아버님과의 비무에선 구경하지 못했을 거야. 역시 그쪽엔 관심이 없으시거든. 이 형님도 얼마 전 패관에 들었을 때 어느 정도 가닥을 잡았다가 최근에야 제대로 펼칠 수 있게 되었지. 지금 그걸 보여줄까 해."

진산의 말대로다.

진강후와의 비무에선 단순히 힘과 힘의 대결을 펼쳤을 뿐, 쾌도식 따위를 견식할 틈 따위는 없었다.

그래서 막강은 더욱 진산의 공격이 기대되었다.

싸움의 화끈함 면에서는 힘보다 좋은 것은 없지만 빠르기로 승부하는 것도 나름 색다른 재미가 있을 것 같기 때문이다.

"그럼 저도 빠르기로 승부해 드리죠."

"음."

작게 고개를 끄덕인 진산.

그로부터 시간이 정지했다.

두 사람의 움직임도 멈췄다.

다만 움직이는 거라곤 미풍에 살랑거리는 나뭇잎뿐.

핏!

어느 순간 허공에 붉은 실선 하나가 그어진 듯하다.

하나 그것은 마치 허상처럼 눈을 한 번 깜빡이는 사이 사라
져 버렸다.

그리고 다시 둘 사이엔 아무런 변화가 없다.

나뭇잎들만이 여전히 살랑거릴 뿐이다.

그렇게 한 모금의 숨을 내뱉을 만한 시간이 흐르고,

드디어 무거운 정적을 깨며 진산의 입술이 열렸다.

"무슨 초식이야, 대체?"

묻는 그의 얼굴엔 미소가 떠올라 있었다.

하지만 왠지 평소와는 달리 힘이 없어 보이는 미소다.

이마를 흐른 한줄기 땀방울이 턱을 타고 흘러내렸다.

"무류흔이에요."

"무류흔……. 후! 한마디로 아무것도 없다는 건가?"

그의 미소가 좀 더 짙어졌다.

태어나서 처음으로 느끼는 허탈함이 그의 마음을 채운
다.

그의 도는 분명히 쏘아져 나가 막강의 왼쪽 어깨를 노렸다.
그리고 또한 분명히 막강의 어깨를 파고들었다.

그것이 붉은 실선이다.

하지만 그의 도는 결국 아무것도 찌르지 못하고 막혔다. 무엇인지 모를 무언가에 의해서.

그 무언가가 바로 무(無)다.

비무라서 어깨를 노렸다.

실전처럼 급소를 노렸다면 결과가 달라졌을까?

아니다.

어떤 식으로 했든지 결과는 지금과 같았을 것이다. 보이지도 않는 초식을 무엇으로 제압한단 말인가?

'이럴 줄 알았으면 그냥 성격대로 화끈하게 싸워나 보는 건데.'

역시나 내심 부인하긴 했지만, 자신도 모르게 아버지와 무승부를 이뤘다는 사실이 의식 속에 계속해서 남아 있었을 것이다.

그렇기에 자신이 가장 자신있는 것이 아닌, 뭔가 다른 것으로 막강을 제압해 보려는 생각을 해왔던 것이다.

진산은 막강과 겨루게 되면 자신이 얻는 것이 많을 거라고 한 진강후의 말을 떠올리며 씁쓸하게 웃었다.

'아버님은 이미 알고 계셨던 거군. 이렇게 될지……. 후후.'

"……?"

진산이 돌연 소리 내어 웃기 시작하자 의아한 표정이 된 막강이 물었다.

"저기… 괜찮으세요?"

이에 웃음을 그친 진산은 짐짓 인상을 쓰며 대꾸했다.

"아우한테 졌는데 너 같으면 괜찮겠어? 쪽팔려 죽을 지경이구먼."

그 말에 재빨리 묵룡을 집어넣으며 손을 젓는 막강.

"에이! 운 좋게 막은 거예요. 하마터면 큰일날 뻔했다구요. 그러니까……."

"됐다! 너 지금 나랑 한판 더 붙고 싶어서 수 쓰는 거 다 안다. 하지만 미안하게도 이 형님이 지금은 그럴 기분이 아니니 아까 한 약속은 다음으로 미루도록 하자구."

"아니, 그게……. 쩝."

아쉬움에 입맛을 다시는 막강.

한편, 두 사람이 서 있는 공터에서 십여 장 떨어진 바위 뒤편에 숨어 지금까지 일어난 일을 모두 지켜본 자가 하나 있었으니,

그 이름 염장팔.

'저, 저놈은 대체 진짜 실력이 어느 정도란 말이야?

염장팔은 조금 전의 상황을 떠올리며 막강의 실력에 경악했다.

막강이 사비영과 대화한 것을 슬쩍 엿들은 것에 의하면 조금 전 펼친 무류흔은 며칠 전 흑포인을 상대할 때 막강이 펼친 것과 동일한 초식이었다.

그런데 그때는 분명 번쩍이는 빛이나마 살짝 보였던 것이 지금은 아예 보이지도 않았던 것이다. 이는 같은 초식인데도 상대에 따라 그 실력을 조절하고 있다는 것이 아니고 무엇이겠는가?

'괴물 같은 놈! 순진한 척 웃고 다니는 이중인격자 같으니!'

솟구치는 반발심에 내심 막강을 열심히 씹어대는 염장팔.

그런데…….

"구경 다 했으면 이제 그만 나오지?"

"……!"

갑작스레 들려온 진산의 음성에 뜨끔한 염장팔은 황급히 바위 사이로 얼굴을 파묻었다.

"오호! 숨는다 이거야? 마침 기분도 별론데 잘됐네. 셋 셀 동안 안 나오면 바위를 쪼개 버려야지. 하나…….."

'쳇! 동생한테 진 주제에 귀는 밝아서!'

잔뜩 인상을 구긴 염장팔.

"두울……."

하지만 몸은 이미 바위 위로 폴짝 뛰어오르고 있다.

"아, 알았어요! 나간다구요!"

막강과 진산이 서 있는 공터로 걸어가는 그의 얼굴엔 어느새 비굴한 미소가 떠올라 있었다.

두두두두……!

"하야! 하얏!"

협소한 산길을 십여 기의 인마(人馬)가 줄지어 내달린다.

온몸에 흑포를 두른 그들의 얼굴은 모두 검은 방모에 가려져 있어 확인할 길이 없다. 다만 그들 중 가장 앞서 달리는 자의 방모 끝에 붉은 수실이 달려 있다는 것이 특색이라면 특색이랄까?

그렇게 반 시진 동안을 쉬지 않고 달린 흑포인이 당도한 곳은 하늘을 찌를 듯 솟은 준봉들이 병풍처럼 둘러쳐진 깊숙한 골짜기였다.

광명이 버젓이 창공을 지배하고 있는 한낮이건만 높이가 백여 장이 넘는 절벽과 빽빽한 수림으로 둘러싸인 이곳은 어둡다 못해 음침하기까지 했다.

다그닥다그닥!

속도를 줄여 수림의 안쪽을 향해 더욱 깊숙이 들어가던 그들은 곧 수림의 끝이라 할 수 있는 절벽의 하단에 이른다.

말의 머리가 향한 곳.

놀랍게도 그곳에는 절벽을 뚫어 만든 거대한 철문이 굳게 닫힌 채 버티고 서 있다.

각 장이 이 장이요, 고가 삼 장에 달하는 철문은 묵철로 만든 쌍문의 형식이었는데, 철문의 양옆에 놓인 장정의 키만 한 큰 화로에선 붉은 불꽃이 쉬지 않고 활활 타오르고 있었다.

그들이 철문 앞에 이른 순간,

그그그그! 철컹!

굳게 닫혀 있던 철문이 좌우로 갈라지며 아가리를 쩍 벌린 거대한 굴혈(掘穴)이 나타난다. 그리고 곧 철문 바로 안쪽에서 흑의인 둘이 그들 앞에 나아와 한쪽 무릎을 끓는다.

"멸천번세(滅天飜世)! 마마천세(魔魔千歲)!"

"마후(魔后)께선 출관하셨느냐?"

붉은 수실이 달린 방모를 쓴 흑포인에게서 건조한 음성이 흘러나왔다.

"예, 대주. 마후께선 새벽에 출관하셨고, 지금은 마군들을 접견하고 계십니다."

"교주께선 아직인가?"

"예, 아직 돌아오지 않으셨습니다."

"으음."

대주라 불린 흑포인이 짧게 침음하며 말에서 내리자, 다른 이들도 뒤따라 말에서 내려 부복해 있는 흑의인들을 지나 천천히 굴혈로 걸어 들어가기 시작했다.

그그그그! 처억!

뒤에서 철문이 닫히는 소리를 들으며 흑포인들은 비췻빛의 야명주가 촘촘히 박힌 굴혈을 따라 휘적휘적 안으로 걸어

들어갔다.

굴혈은 높이뿐만 아니라 넓이 또한 어른 다섯 사람이 나란히 서서 걸을 수 있을 정도로 넓다. 또한 반듯한 벽면은 이 굴혈이 천연 석굴이 아닌 인공 석굴이라는 것을 말해주고 있었다.

굴혈의 좌우로는 또 다른 길이 십여 개가 뚫려 있고, 흑포인들이 그곳을 지날 때마다 여기저기서 흘러나온 구호 소리가 굴혈을 진동시켰다.

그렇게 한참을 걸어 들어가던 흑포인들은 마침내 굴혈 깊숙한 곳에 위치한 한 석실에 이르러 멈춰 섰다.

"각 마단주들은 별도의 지시가 있을 때까지 돌아가 대기하도록."

"존명!"

대주라 불린 앞선 자가 지시하자 뒤에 있던 흑포인들이 일제히 허리를 숙이며 흩어졌다.

그들이 떠난 뒤 석실로 들어선 흑포인은 수십 개의 횃불이 밝혀 있는 넓은 광장을 지나 굳게 닫힌 또 하나의 석문에 이르렀다.

그러자 석문 위에서 흘러나오는 귀기스런 음성.

"마후님, 색혈대주가 당도했습니다."

여인의 것인 듯도 하고 사내의 것인 듯도 한 괴이한 음성이 아닐 수 없다.

하지만 더욱 놀라운 것은 그 음성의 주인공이 누구인지 전혀 눈에 보이지 않는다는 것이다.

"들라 하라."

안에서 또 다른 가녀린 음성이 들림과 동시에 천천히 석문이 열리고, 석실 안의 모습이 들어온다.

둘레가 이십여 장 정도 되는 석실 중앙엔 이미 삼 인이 시립해 있는데, 하나같이 모두 묵직한 기운을 풍기는 사, 오십 대의 중년인이었다.

그리고 그들 앞에 솟은 석단 위.

적룡이 수놓인 새하얀 궁장을 입은 여인 하나가 커다란 태사의에 한쪽 팔을 걸친 채 비스듬히 앉아 있었다.

삼십대 중반 정도로 보이는 그녀의 눈은 가늘고 입가는 살짝 위로 올라가 있어 절로 차가운 인상을 풍겼다.

하지만 이제 막 석실에 들어선 흑포인을 응시하는 그녀의 얼굴엔 희미한 미소가 떠올라 있다. 의도하지 않아도 저절로 떠오르는, 결코 지워지지 않을 것 같은 그런 미소다.

"색혈대주 구옥환이 마후를 뵙습니다."

삼 인의 중년인 옆으로 다가온 흑포인이 한쪽 무릎을 꿇으며 머리를 조아리자 궁장 여인이 입술을 뗀다.

"그래, 구 대주. 너 역시 오랜만이구나."

"예, 마후님. 출관을 축하드립니다."

"녀석……."

마치 어린 손자를 대하듯 말하는 그녀.

하지만 이곳의 누구도 그것을 이상히 여기지 않는다.

궁장 여인의 나이가 이미 구십이 넘었음을 모두 알고 있는 까닭이다.

손짓으로 색혈대주를 일으켜 세운 그녀가 다시 입을 열었다.

"그런데 왜 너 혼자인 것이냐? 듣기론 교주를 찾아 나갔다고 하던데 찾지 못한 것이냐?"

이에 색혈대주는 살짝 고개를 숙이며 대답했다.

"찾긴 하였으나 모시고 오진 못했습니다."

"그래?"

묵묵히 고개를 끄덕이는 궁장 여인.

"교주가 이곳을 떠난 지 얼마나 되었지?"

"이미 석 달이 넘었습니다."

"쯧쯧, 한곳에 가만히 있지 못하는 성정을 아직도 고치지 못하다니……."

그녀가 혀를 차자 잠자코 있던 삼 인 중 당당한 체구의 청포를 입은 중년인이 돌연 입을 연다.

"교주님과 관련하여 이놈이 감히 마후께 한 말씀 올려도 되겠습니까?"

우렁찬 음성에 사방으로 뻗은 입가의 거친 수염까지.

마치 촉한의 신장(神將) 장익덕을 연상시키는 그의 얼굴은 약간 상기된 상태였다.

그가 나서자 궁장 여인이 흥미로운 눈빛으로 그를 쳐다본다.

"말해보시오, 폭풍마군(暴風魔君)."

그녀의 눈빛을 대한 폭풍마군이라 불린 청포 중년인은 감히 그녀를 마주 보지 못하고 고개를 숙이며 말을 잇는다.

"교주님께서 비록 대공(大功)을 눈앞에 두셨다고는 하나 아직 이처럼 외부 출입을 하시는 것은 좋지 않다고 생각합니다. 오 년 전에도 갑자기 사라지셔서 저희들의 마음을 얼마나 졸이게 하셨습니까? 한데, 또다시 같은 일을 행하시니, 저희들은 자칫 교주님의 존재가 발각될까 염려될 뿐입니다. 부디 교주님께서 자중하실 수 있도록 마후께서 조정하여 주셨으면 합니다!"

"무슨 말인지 잘 알겠소. 내 교주가 돌아오는 대로 알아듣도록 얘기하지."

자신의 말이 순순히 받아들여지자 폭풍마군은 다시 한 번 머리를 조아리며 크게 외쳤다.

"그리 말씀해 주시니 그저 이놈은 황송할 뿐입니다, 마후!"

그의 거친 음성이 석실을 쩌렁쩌렁하게 울리자 궁장 여인의 낭랑한 웃음소리가 뒤이어 흘러나온다.

"호호호, 이곳을 무너뜨릴 작정인 것이오? 폭풍마군의 그 불같은 성정도 언제나 고쳐질까 궁금하군."

이에 움찔한 폭풍마군이 황급히 한쪽 무릎을 꿇었다.

"죄, 죄송합니다, 마후!"

"호호, 가벼운 농을 가지고 호들갑이시구려. 그만 일어서시오."

"아, 예!"

"그건 그렇고… 지옥마군(地獄魔君)?"

"예, 마후."

궁장 여인은 등받이에 몸을 기대며 한껏 여유로운 표정을 지은 채 가장 왼쪽에 시립해 있는 묵포 중년인을 향해 넌지시 묻는다.

"혈천마군(血天魔君)의 상황은 어떠하오?"

그녀의 질문을 받은 지옥마군의 입에서 차분하면서도 또렷한 음성이 흘러나온다.

"마후께서 폐관에 드셨던 지난 삼 년 동안 의천맹 내에서 혈천마군의 지위는 더욱 공고해진 상태입니다. 언제든지 이곳의 움직임에 따라 즉각적인 행동을 취할 수 있을 것입니다."

"그렇군. 그간 마군들의 노고가 많았소. 드디어 본 교가 다시 천하를 경동시킬 때가 왔구려. 사십 년 전의 한을 풀 그날 말이오!"

순간.

"……!"

궁장 여인의 말이 끝남과 동시에 그녀의 분위기가 돌변했다.

이를 느낀 사 인은 잔뜩 긴장하기 시작했다.

'음, 예전과 다르다! 지난 삼 년 동안 또 다른 경지에 이르신 것인가!'

이들의 내심을 아는지 모르는지 궁장 여인은 자신의 턱을 쓰다듬으며 이번엔 지옥마군의 바로 옆에 서 있는 백포 중년인에게 시선을 던진다.

"내 빙백마군(氷魄魔君)에게 한 가지 물어볼 것이 있는데……?"

"하문하시지요, 마후."

고저가 전혀 느껴지지 않는 음성.

보고 있는 것만으로도 온몸에 한기가 느껴질 정도의 냉막한 인상.

빙백마군이라 불린 백포 중년인은 뼈마디가 보일 정도로 깡마른 몸을 살짝 숙여 보였다.

"내가 폐관에 든 동안 그곳에서 우연히 한 가지 책을 읽게 되었는데, 거기에 보니 아주 흥미로운 대목이 하나 있었소. '천하의 어떤 보검에도 상하지 않고, 검기에는 흠집 하나 나지 않으며, 오로지 일 갑자 이상의 내공이 담긴 강기(罡氣)에 의해 사지가 절단되어 움직일 수 없게 되거나 분시(分屍)되지 않는 한 절대 멈추지 않는다…….' 어떻소? 빙백마군은 이것이 무엇인지 알겠소?"

잠시 생각에 잠긴 듯한 빙백마군.

곧 조심스레 입을 연다.

"확실치는 않으나… 칠백 년 전, 본 교와 같이 천년마교의 맥을 이었던 마황성에서 제조했다는 탈백철강시(奪魄鐵殭屍)에 대한 기록 같습니다만……."

이에 궁장 여인은 흡족한 표정을 지으며 고개를 끄덕였다.

"맞아, 바로 그거요. 단 한 구만으로 소림의 사대금강을 상대했다는 탈백철강시. 후후……."

순간, 그녀의 전신에서 검은 기운이 연기와 같이 스멀스멀 피어오르기 시작했다.

"으음!"

이에 앞에 서 있던 사 인은 가슴이 턱하고 막히는 듯한 답답함을 느끼며 동시에 낮은 신음을 내뱉었다.

얼굴 가득 진한 미소를 그린 궁장 여인은 그런 사 인을 쓸어보며 입을 연다.

"마군들은 지금부터 빠른 시일 내에 탈백철강시를 찾아내도록 하시오."

"……!"

그녀의 말에 동시에 의문스런 눈빛을 띠는 사 인.

탈백철강시를 만들라는 것이 아니라 찾으라고 한 것이다.

"찾으라… 하심은 무슨 말씀이신지? 혹, 이미 완성된 탈백철강시가 어딘가에 있다는 말씀이십니까?"

지옥마군이 참지 못하고 물었다.

"완성이 되었는지는 확실하지 않소. 하나, 그것이 어딘가
에 있다는 사실만큼은 분명하오."

"그, 그럴 리가……?"

여전히 믿기지 않는다는 듯한 표정인 사 인을 보며 궁장 여
인의 얼굴이 싸늘하게 변한다.

"그런 반응들은 별로 재미가 없군. 내 말을 믿지 못하겠단
뜻이오? 지난 천 년간 모든 마인들의 숙원이었던 천마혈경(天
魔血經)이 전대 교주님에 의해 발견되어 거기에 수록된 모든
것을 연구하여 재현시키고자 한 일이 있었소. 다만 천마혈경
이 발견된 것이 본 교가 발흥하기 불과 수 년 전이라 그러한
것들을 제대로 연구할 시간적인 여유가 없었던 것이 흠이었
소. 만일 그때 그것들을 모두 완성시켜 우리의 전력을 더했다
면 의천맹 따위에게 그처럼 허망하게 당하지는 않았을 터, 당
시 교주님께 그깟 강시 하나 만들 생각이 없었다는 건 말이
안 되는 일이지. 안 그렇소, 지옥마군?"

"……!"

그녀의 시선과 마주친 지옥마군은 갑자기 두 눈을 부릅뜨
며 경악에 가득 찬 표정을 짓는다.

궁장 여인의 눈.

묵사(墨蛇)의 비늘을 덮은 것처럼 흙빛으로 변한 그녀의 두

눈이 마치 소용돌이가 치듯 회전하며 자신의 혼마저 그 속으로 빨아들이려 하고 있었다.

절로 온몸을 부들부들 떤 지옥마군의 얼굴이 일그러졌다.

'이, 이것이 마령심안(魔靈心眼)! 크윽!'

천년마교의 창시자인 천마대제(天魔大帝)가 기록했다는 천마혈경.

거기에는 천년마교가 사라진 후 수 많은 일맥들에 의해 부분적으로 이어져 내려온 팔대마공이 온전하게 수록되어 있었다.

그 팔대마공 중 가장 으뜸이 되는 마공이 하나 있으니, 그것이 바로 천마뇌격신공(天魔雷擊神功)이다. 그리고 이 천마뇌격신공을 익히면 저절로 얻게 되는 것이 바로 마령심안인 것이다.

마령심안은 천마혈경에 수록된 마공을 익힌 자라면 누구라도 굴복시킬 수 있는 일종의 마도들을 통제하는 수단이라 할 수 있었다.

그러한 마령심안이 천년마교가 사라진 뒤 수백 년 만에 궁장 여인에 의해 펼쳐지고 있는 것이다.

마령심안에 빠져 점차 이지(理智)를 잃어가던 지옥마군의 뇌리 속에 궁장 여인의 음성이 또렷하게 들려왔다.

"육 개월 안에 철강시를 찾아내시오! 찾지 못하면 만들어서라도 내 앞에 가지고 와야겠지……."

부르르!
지옥마군의 전신이 다시 한 번 크게 요동쳤다.

*   *   *

형산의 끝자락.
골짜기를 끼고 산길을 오르다 보면 가파른 산세에는 어울리지 않는 평평한 공간이 하나 나타난다.
검게 그을린 주춧돌과 여기저기 널브러져 있는 기와 조각.
그 사이사이로 어른 키만 한 풀이 무성했고 듬성듬성 작은 나무들이 자릴 잡고 있는 모습이 보인다.
의천맹 총단에서 돌아온 뒤 한 달 동안의 휴가를 얻은 막강이다. 자신과 함께 온 언년은 남악촌에 있고, 구공산과 단고립은 두문충의 지시에 의해 겨우내 땔 나무를 쪼개느라 땀 좀 빼고 있을 것이다.
독수괴의 소유길이 얼마 전까지 두문충과 같이 있다가 떠났다는 말을 듣고 약간 실망했지만 이렇게 두문충과 함께 형산파의 옛터를 찾은 것이 막강은 마냥 즐겁기만 하다.
하지만 눈앞에 보이는 광경에 그런 막강도 한차례 입맛을 다셔야만 했다.

"에구, 삼 년 전에 잠깐 와봤을 때보다 나무랑 풀이 더 많아 졌네요. 조금만 더 있으면 아예 찾지도 못하겠는걸요."

"후후, 여기만 지나면 생각이 달라질 게다."

두문충의 말대로다.

그 수풀을 조금 헤치고 들어가자 곧 언제 그랬냐는 듯 표정 이 밝아졌다.

"와아! 이럴 수가!"

광경은 완전히 달라져, 폐허는 온데간데없고 잘 깎인 돌들 이 여기저기 반듯하게 놓여진 모습과, 그 위로 수십 명의 인 부들이 나무들을 짜 맞추는 모습이 눈에 들어온 것이다.

공사는 완성 단계에 이르러 이미 그 형체를 갖춘 건물만 해 도 대여섯 채는 되어 보였다.

"벌써 이렇게나 많이 지어져 있다니! 하하!"

아이처럼 좋아하는 막강을 바라보며 역시 흐뭇한 표정을 지은 두문충이 입을 열었다.

"녀석, 그렇게 좋으냐?"

"그럼요! 이렇게 멋진 집이 생기는데요!"

"하지만 고작 이 정도가 형산파의 옛 모습이라고 생각하면 안 된다. 예전의 위용있던 모습과 비교하면 턱없이 부족한 것 이다. 자, 일단 걷자꾸나. 내 기억나는 대로 설명을 해주마."

그 말에 막강은 활짝 웃으며 고개를 끄덕인다.

"넵!"

그렇게 천천히 발걸음을 옮기는 두 사람.

"이곳이 입구인 등무문(登武門)이 있던 곳이다. 그리고 이곳은 손님을 맞던 태청각(太淸閣), 저곳은 갓 입문한 어린 제자들이 쓰던 곳인데, 이름은 기억이 나질 않는구나. 그래, 이곳이 바로 장로전(長老殿)이고, 저기가 장문인이 계시던 숭의전(崇義殿)이구나. 그리고 저곳은……."

계속해서 이어지는 그의 설명에 막강은 그저 뒤에서 그를 조용히 따르며 고개를 끄덕일 뿐이다. 자신에게 설명하는 그의 표정과 음성이 너무나도 진지해서 뭐라 끼어들 수가 없었기 때문이다.

연무장으로 쓰일 가장 좌측의 공간을 끝으로 두문충의 설명이 마무리되자 그제야 막강은 눈을 크게 뜨며 외쳤다.

"와! 형산파가 정말 컸네요! 이 정도로 크고 건물이 많았을 줄은 몰랐어요! 음, 그나저나 이 많은 걸 언제 다 다시 짓죠? 다 지으려면 아직도……."

갑자기 걱정스런 표정이 된 막강을 보며 두문충이 입을 열었다.

"본래 이곳에 있던 그대로 한꺼번에 다 지을 필요는 없다. 지금은 제자들도 없고, 사람이라고 해봐야 너와 네 처 둘뿐이 아니냐. 곧 태어날 아이들이 있다고 해도 고작 네 사람뿐. 앞으로 식구가 불고 재정적인 수단이 생기면 그때 가서 네 힘으로 하나하나 지어가는 것도 의미가 있을 것이다."

"음… 알았어요. 그러면 되겠네요. 근데 작은할아버지, 궁금한 게 있는데요?"

그의 말에 흔쾌히 대답한 막강이 곧 고개를 갸우뚱거리며 입을 연다.

"왜 저랑 색시 둘이에요? 할아버지도 있고 공산이랑 고립이도 있는데."

이에 쓴웃음을 머금는 두문충.

"나와 그 두 녀석은 형산파의 사람이 될 수가 없다."

"왜요? 작은할아버진 우리 할아버지 동생이시잖아요. 두 녀석은 제 동생들이고요."

"내가 비록 네 조부이신 그 어른과 형제의 연을 맺었다곤 하나, 나와 형산파는 아무런 관련이 없다. 무엇보다 내가 익힌 무공은 형산파의 것이 아니다. 이는 공산과 고립 두 녀석도 마찬가지라고 보면 된다."

그렇게 설명을 했음에도 막강은 여전히 이해할 수 없다는 표정을 짓는다. 그러더니 곧 무슨 생각이 들었는지 두문충을 향해 히죽 웃었다.

"작은할아버지 말씀은 형산파의 무공을 익힌 사람만 형산파의 사람이란 거죠?"

갑작스런 막강의 표정 변화를 의아하게 생각한 두문충이 고개를 끄덕인다.

"쉽게 말하자면 그렇다."

그러자 막강의 미소가 더욱 짙어졌다.

"그럼 작은할아버지랑 공산이랑 고립이는 다 형산파 사람이네요?"

"……?"

뜬금없는 말에 두문충의 눈이 커진다.

"세 사람이 익힌 무공이 다 형산파의 무공이니까요. 헤헤."

"무슨 말을 하는 것이냐?"

"예전에 할아버지가 저한테 무공을 가르쳐 주시면서 형산파의 무공 서적은 다 불타 버렸다고 하셨어요. 그래서 남은 건 이제 제가 배운 것 몇 가지밖엔 없다고. 그러니까 작은할아버지 무공을 형산파의 무공으로 하면 되잖아요."

모든 걸 쉽고 단순하게 치부해 버리는 막강을 보며 두문충은 어이가 없는 듯 고개를 젓는다.

"허허, 너란 녀석은 정녕 어쩔 수가 없구나. 그것은 있을 수 없는 일이다. 어르신께 죽어서도 못 갚을 큰 죄를 짓는 일이다. 형산파의 이름에 먹칠을 하는 일을 네 스스로 하려느냐?"

그러나 막강은 역시 그 말에도 수긍하지 않는다.

"왜요? 작은할아버지가 저번에 형산파의 전인은 저 혼자뿐이고 제가 곧 형산파라고 하시면서, 제가 원하는 문파를 만들 수 있다고 하셨잖아요. 저는 작은할아버지랑 아우들 다 같이 사는 형산파를 만들고 싶어요."

두문충은 막강의 맑게 빛나는 두 눈을 들여다보며 막강이 절대 물러서지 않을 것임을 깨달았다.

이에 애써 미소 지으며 다시 한 번 고개를 저은 그는 막강을 바라보며 입을 연다.

"지금껏 어르신을 닮은 구석이 없다고 여겼거늘, 이제 보니 그 밀어붙이는 고집 하나만큼은 어르신을 꼭 닮은 것 같구나. 허허, 녀석. 그것이 그토록 네가 원하는 것이라면 공산과 고립 두 녀석은 형산파에 적을 두도록 허락하마. 단, 지금부터 그 녀석들에게 네가 알고 있는 형산파의 무공을 가르친다는 전제 하에서다."

"작은할아버진요?"

"나는 그리할 수 없다."

"왜……?"

"그만. 그 얘긴 이제 그만 하자꾸나. 한 번만 더 그 이야길 꺼낸다면 두 녀석마저 허락지 않을 것이니 그리 알거라."

"……."

무언가 더 말하려던 막강은 단호한 두문충의 음성에 입을 닫을 수밖에 없었다.

그런 막강을 바라보는 두문충의 마음은 죽은 막패에 대한 미안함과 막강에 대한 고마움으로 뒤섞여 있었다.

햇살 좋은 가을날, 사랑하는 이와 함께 산에 올라본 적이
있는가?

탁 트인 산 중턱의 어느 곳에서 푸르다 못해 검은, 구름 한
점 없는 창공을 함께 올려다본 적이 있는가?

사랑하는 이의 무릎을 베개 삼고, 살랑거리는 미풍을 이불
삼아 볕에 달구어진 풀밭에 드러누워 사랑하는 이의 음성을
들으며 미소 지은 적은 있는가?

여기 이 모든 물음에 자신있게 '그렇다' 라고 대답할 한 사
내가 있다.

언년의 한쪽 무릎을 베고 누운 막강은 입가에 한줄기 미소
를 머금은 채 두 눈을 감고 있다.

잠시 짬을 내어 언년과 함께 막패와 막동이 묻혀 있는 이곳
에 올라온 두 사람이다.

산맥을 따라 꿈틀거리듯 굽이쳐 흐르는 상강의 물줄기를
내려다보고 있던 언년은 막강의 얼굴로 시선을 돌리며 말했
다.

"무슨 생각 해요? 설마 자는 건 아니죠?"

곱게 눈을 흘기는 언년을 올려다보며 막강은 씩 웃는다.

"아니, 우리 아이들은 어떤 아이들일까 생각하고 있는 중
이었어. 색시 닮았으면 정말 예쁠 거야. 그치? 히히."

생각만 해도 흐뭇한 듯 막강의 얼굴엔 미소가 가득하다. 그
런 막강을 보며 언년이 넌지시 물었다.

“딸이었으면 좋겠어요?”

“아니, 아들!”

“핏, 아들이면 당신을 닮아야죠.”

“응? 그런가? 날 닮아도 예쁘겠지? 헤헤, 우리 아기들 언제 나오려나. 빨리 좀 나오지.”

자신의 불룩한 배를 쓰다듬는 막강을 바라보던 언년은 무언가를 떠올리곤 다시 입을 연다.

“그건 그렇고, 지난번에 말한 아이 이름은 생각해 봤어요?”

그 말에 막강은 벌떡 몸을 일으키며 주저없이 고개를 끄덕였다.

“그럼!”

“뭔데요?”

“형산이랑 동정이!”

“형산… 이랑 동정이요? 혹시, 여기 형산이랑 동정호……?”

“응! 막형산! 막동정! 어때? 좋지?”

“네에… 좋긴 하지만…….”

언년은 어색하게 웃으며 대답했다.

썩 마음에 들진 않지만 뭐 딱히 이상하다 할 이름은 아니었다. 산과 호수의 지명을 그대로 따라 쓴다는 게 좀 뭐할 뿐.

막강 나름대로는 의미를 두고 고심하여 생각해 낸 것이리라 여긴 그녀는 내심 고개를 끄덕이며 재차 묻는다.

"그럼 딸이면요?"

이에 막강은 두 눈을 끔뻑거렸다.

"딸?"

"아들이면 그걸로 짓는다 치고, 딸일 수도 있잖아요."

"어… 난 그냥 그거 두 개만 생각했는데……."

"그럼 딸이어도 그냥 형산, 동정으로 지으려고 했단 말이에요?"

"응. 그럼 안 되는 거야?"

언년은 짧게 한숨을 내쉬며 말한다.

"사내아이라면 모를까, 여자 아이한테는 안 어울리잖아요."

언년의 말에 막강은 자신의 볼을 살살 긁으며 난감한 표정을 짓는다.

"음… 좀 그런가? 그럼 뭐라고 짓지? 흐음……."

한참을 궁리하던 막강은 돌연 언년을 보며 히죽 웃는다.

"그러지 말구 그냥 색시가 아들만 낳으면 안 될까?"

"뭐라구욧!"

언년이 어이가 없다는 듯 눈을 흘기자, 막강은 슬며시 언년의 어깨를 감싸 쥐며 그녀의 등 뒤로 돌아앉는다.

한 손으로 언년의 어깨를 감싸 안은 막강은 그녀의 한쪽 어깨에 자신의 턱을 괴며 말한다.

"헤헤, 농담이야. 만약에 딸이면 색시가 이름 지어줄래? 그거 두 개 생각하는 것도 사흘이나 걸렸거든. 너무 어렵더라구."

안 그래도 무거워진 몸 때문에 앉아 있는 것이 조금씩 힘에 부치던 언년은 막강의 넓은 품에 살짝 몸을 기대며 짧은 한숨을 내신다.

굳이 말하지 않았음에도 배려해 주는 막강의 마음이 그녀는 그저 고마울 따름이다.

"정말 그래도 돼요?"

"그럼! 내 아이도 되고 색시 아이도 되니까 아들이면 내가, 딸이면 색시가 이름 지어주면 공평하잖아?"

"핏, 그러다가 뒤에 계신 할아버님이랑 아버님이 나중에 저 혼내시면 어떡해요."

"색시가 왜 혼나? 내가 그러라고 한 거니까 혼나도 내가 혼나야지."

"정말이죠? 내 대신 다 혼나야 돼요?"

"그럼! 걱정 마."

"좋아요! 홋, 예쁘게 지어야지."

밝게 웃는 언년.

이를 보는 막강의 얼굴에도 흐뭇한 미소가 가득하다.

사아아~

잎새에 이는 바람 소리가 두 사람의 귓가를 간질인다.
어느새 손을 맞잡은 둘은 말없이 같은 곳을 바라보고 있었다.

크웅! 크웅!
커다란 산저(山猪) 한 마리가 연신 거친 콧김을 내뿜으며 미친 듯이 비탈을 내달리고 있다.
방향을 잡지 못하고 여기저기를 헤집고 다니는 놈은 무언가에 쫓기고 있는 듯 제정신이 아니었다.
빽빽한 수풀을 지나 깊숙한 골짜기 쪽으로 달리던 산저는 근처에 자그마한 토굴이 나오자 순식간에 방향을 바꿔 거기로 잽싸게 들어가려고 했다.
그렇게 산저가 막 토굴의 입구에 대가리를 들이밀려고 할 찰나,
쉭!
뒤에서부터 빠르고 강력한 기운이 날아와 그대로 산저의 심장을 관통해 버렸다.
털썩!
산저는 그대로 즉사해 버렸는지, 최후의 괴성도 지르지 못하고 그 자리에 쓰러졌다.
그리고 눈 한 번 깜빡일 사이에 그곳에 나타난 한 청년.
막강이다.

내일이면 휴가를 마치고 금가장으로 돌아가야 하기에 멧돼지를 잡아 거하게 저녁상을 차리려고 산저를 찾아다녔던 것이다.

"휴우, 간신히 잡았네. 이놈은 다른 놈들보다 훨씬 빨라서 굴속으로 들어갔으면 놓칠 뻔했는걸."

굴속으로 숨어들려는 산저를 향해 재빨리 지풍을 날려 숨을 끊어놓은 막강은 안도의 한숨을 내쉬며 곧 흐뭇한 미소를 머금었다.

"이놈 정도 크기면 여섯 사람이 실컷 먹고도 남겠구나! 헤헤!"

막강은 남악촌에서 자신이 돌아오길 기다리고 있을 언년과 유씨, 두문충과 두 아우의 얼굴을 떠올리며 쓰러져 있는 산저를 들쳐 업기 위해 허리를 숙인다.

한데 바로 이때,

"잠깐, 그건 내가 잡은 겁니다!"

"……?"

아래쪽에서 들려온 음성에 막강이 반사적으로 살짝 고개를 돌렸다.

거기엔 하얀 백의를 걸친 미남자가 뒷짐을 지고 막강을 바라보며 서 있었는데, 공교롭게도 그는 일전에 진소천 앞에 나타난 바 있던 효운비였다.

자신이 잡았다고 확신하고 있던 막강은 곧 효운비의 존재를 확인하곤 흥미로운 표정이 되어버린다.

"네가 잡았다고?"

막강이 묻자 싱긋 웃으며 고개를 끄덕이는 효운비.

"이상하다? 분명 내가 날린 지풍에 맞고 쓰러졌는데?"

고개를 갸웃거리며 중얼거리는 막강.

이를 본 효운비의 미소가 조금 더 짙어졌다.

"그렇습니까? 그럼 저놈을 한번 살펴보는 게 어떨까요? 먼저 저놈을 죽인 게 누구인지."

"아! 그러면 되겠구나!"

곧 산저의 앞에 나란히 쭈그려 앉은 두 사람.

"내가 지풍을 날린 곳이 바로 여기야. 심장. 보이지?"

막강의 손가락이 가리키는 산저의 가슴팍에는 한 치 정도의 작은 구멍이 보기 좋게 뚫려 있었다.

이를 본 효운비가 고개를 끄덕이며 입을 열었다.

"흠… 그렇군요. 멋진 솜씨인데요?"

"그치? 네가 겨냥한 곳은 어디야?"

마치 오래된 친우를 대하듯 자연스레 반말을 하는 막강.

효운비는 그런 막강을 더욱 흥미로운 눈으로 바라보며 말했다.

"전 이놈의 정수리를 노렸습니다."

"정수리?"

곧바로 산저의 대가리를 살피는 막강.

있었다!

자신이 낸 구멍과 비슷한 것이 산저의 대가리 한가운데에도 보였다.

"정말이네. 흐음……."

자신의 것과 효운비의 것을 번갈아 유심히 살피던 막강은 손을 들어 머리를 긁는다.

"아무리 봐도 난 어떤 게 먼전지 모르겠는걸. 넌 어때? 어떤 게 먼저인지 알겠어?"

그런 막강을 재밌다는 눈으로 바라보는 효운비.

보통 이런 상황에선 자신이 먼저라고 우기는 것이 인지상정이다. 그런데 눈앞의 막강은 그러기는커녕 오히려 판단을 자신에게 맡기는 듯한 말을 내뱉고 있는 것이다.

"저도 잘 모르겠습니다. 상흔도 똑같고, 둘 다 정확히 급소를 관통한 걸 보면… 아무래도 동시에 이놈을 죽인 게 아닐까 하는 생각이 드는군요."

"아하! 동시에라……. 흐음, 그럼 어쩌지?"

고민에 빠진 듯 버릇처럼 자신의 볼을 살살 긁는 막강.

이를 보며 효운비가 묻는다.

"그런데 실례지만 올해 나이가……?"

"응? 나 스물하난데, 넌?"

"저는 스물둘……."

"어? 나보다 한 살 많구나?"

"그렇군요."

"그럼 형이네?"

"형이네요."

이에 막강은 곧 어색한 미소를 그렸다.

"헤헤, 형님인데 반말해서 미안해요."

마주 미소를 그리는 효운비.

"아니, 뭐, 별로. 훗."

"그럼 앞으로 존댓말 할까요?"

그러자 효운비가 옅은 미소를 머금는다.

"앞으로라면, 저랑 또 만나고 싶다는 뜻입니까?"

"네."

"왜죠?"

"그냥 좋은 사람 같아서요. 반말한 것도 용서해 주고."

"하하! 좋은 사람이라……. 정말 재미있는 사람이군요?"

잠시 서로의 얼굴을 마주 보며 웃는 두 사람.

"좋아, 뭐 한 살 차인데 그냥 반말해."

효운비가 흔쾌히 말하자 막강의 표정이 밝아진다.

"정말? 그럼 우리 친구가 된 거네?"

"친구라……. 훗."

"난 강이야, 막강. 넌?"

"운비다. 효운비."

"효운비……. 하하, 이름 좋다! 운비, 근데 이놈 어떻게 할까? 너랑 나랑 같이 잡은 거니까 반으로 나눠 가질까?"

이에 효운비는 고개를 젓는다.

"귀찮게 그럴 필요 있을까? 그냥 여기서 같이 먹고 가는 게 어때? 마침 내게 좋은 술도 하나 있으니 만난 기념으로 한잔 해야 하지 않겠어?"

그러자 막강은 곤란한 표정을 지어 보였다.

"저기 미안한데, 집에서 우리 색시랑 가족들이 기다리고 있어서 말이야. 빨리 이놈 잡아서 가지고 가야 하거든."

"색시?"

막강이 벌써 혼인을 했을 줄은 몰랐던 효운비가 살짝 눈썹을 치켜 올렸다.

하지만 그런 그의 반응에 별 관심을 두지 않던 막강은 돌연 무슨 좋은 수가 생각났는지 희색이 만연한 얼굴로 입을 열었다.

"아! 그러면 되겠구나! 너도 나랑 같이 가자. 같이 가서 식구들이랑 이놈 잡아먹자. 친구 하나 생긴 거 알면 식구들도 정말 좋아할 거야. 우리 어머니가 해주시는 밥 한 번 먹어보면 너도 반해 버릴걸?"

"호오, 그래? 그럼 어디 한번 가볼까? 안 그래도 유람하면서 먹은 음식들 맛이 영 신통치 않았는데 말이야. 그건 그렇고, 너 벌써 혼인한 거냐?"

"응, 작년에 했어. 으차!"

막강은 재빨리 산저를 등에 지고 일어선다.

"얼마 안 있으면 아이들도 태어난다구. 헤, 어서 가자! 아 참! 너, 신법 발휘할 수 있지? 늦어서 좀 빨리 달리려고 하거든."

막강을 따라 천천히 몸을 일으킨 효운비의 입가에 옅은 미소가 그려진다.

"배고픈데 빨리 달리는 것은 기본 아닌가?"

"하하, 그렇지? 그럼 가볼까?"

막강이 산무귀영혼을 펼쳐 산을 내려가기 시작하자, 곧 효운비가 유유히 막강의 뒤를 따른다.

막강과 나란히 보조를 맞추던 그는 내심 감탄했다.

자신이 익힌 신법을 육성 가까이 펼치고 나서야 막강의 달리는 속도에 맞출 수 있었던 것이다. 게다가 막강은 지금 묵직한 산저를 등에 메고 있지 않은가?

그럼에도 막강의 표정에서 전혀 무리하는 기색을 찾아볼 수 없자, 아까 전 막강이 산저의 가슴에 새긴 흔적을 떠올린 그는 문득 막강의 정체에 대해 궁금한 생각이 들었다.

지풍을 그 정도로 정교하게 날릴 수 있으려면 웬만한 내공 가지고선 어림도 없음을 잘 알고 있기 때문이다.

"그런데 넌 어떤 녀석이야?"

"응? 어떤 녀석이냐니?"

"지금 하는 일."

"아, 지금은 금가장에서 호위무장으로 있어."

"호위무장? 그 실력으로 상단 호위무장이나 하고 있단 말이야? 이런 이런, 그러지 말고 내 밑으로 들어오는 게 어때? 호위무장보단 꽤나 재밌을걸?"

그 말에 막강이 소리 내어 웃었다.

"하하! 미안하지만 안 되겠는데? 곧 문파를 하나 세울 거거든."

"문파를 세운다고? 어떤……?"

"형산파!"

"형산… 파?"

순간 효운비의 두 눈에 빠르게 이채가 떠올랐다가 사라졌다.

"이제 보니 네가 요즘 한참 유명한 검천신룡이었구나?"

그 말에 막강은 히죽 웃었다.

"내가 그렇게 유명해?"

"그럼, 유명하지. 너무 유명해서 나도 아주 오래전부터 알고 있을 정도거든."

"그래? 하하! 기분 좋은걸?"

막강은 정말로 기분이 좋은 듯 자신도 모르게 달리는 속도를 배가 시켰다.

"……!"

이를 본 효운비는 잠시 하늘을 올려다보며 중얼거렸다.

“의도하지 않은 우연한 만남이라……. 이것도 괜찮은데?
후후.”
그의 신형은 이미 막강의 뒤를 바짝 쫓고 있었다.

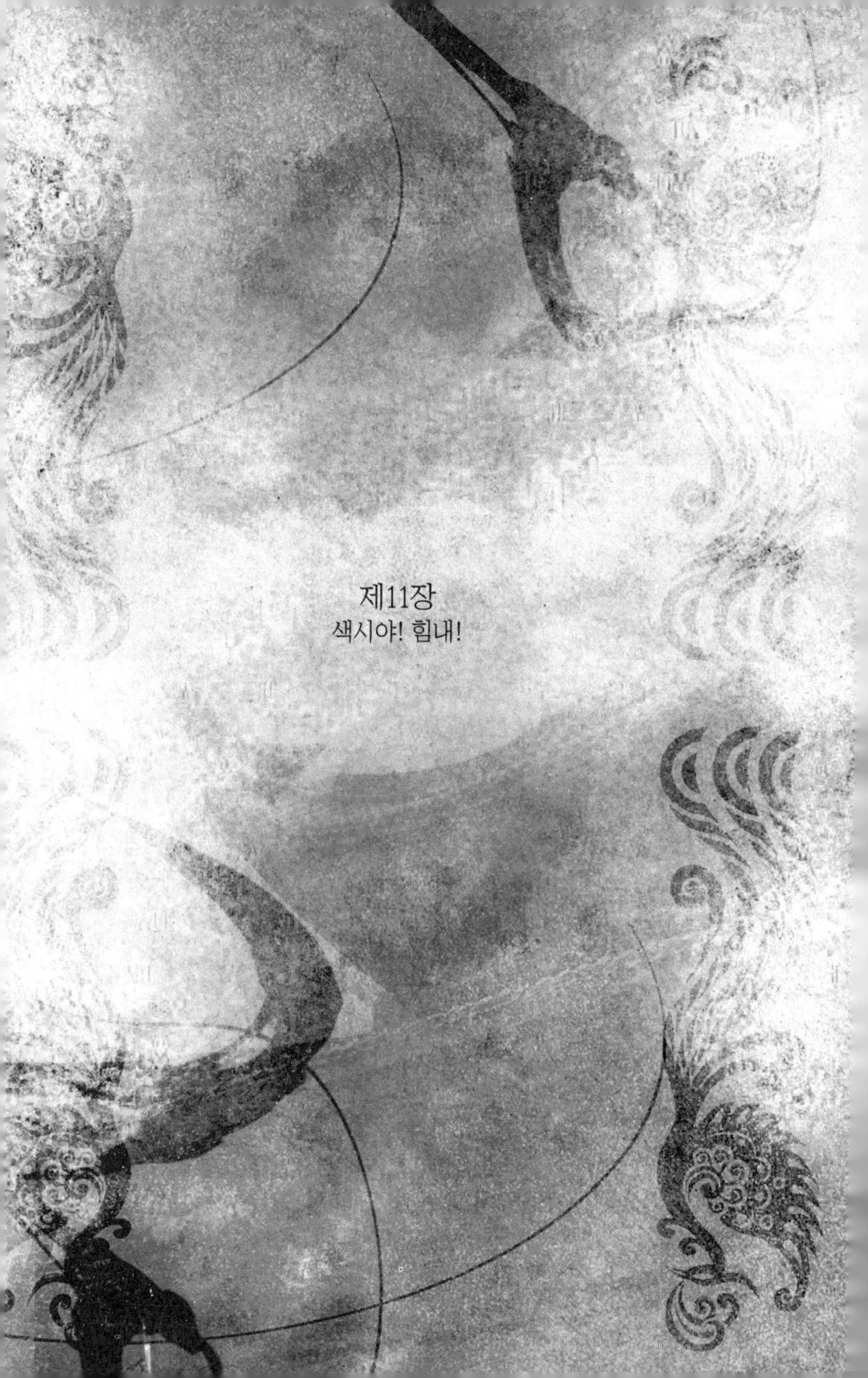

제11장
색시야! 힘내!

快
路莫强

위이이잉~

매서운 일월의 한풍이 백설(白雪)로 뒤덮인 화산의 산곡(山谷)에 휘몰아친다.

파라락.

옷자락을 파고드는 칼바람을 정면으로 마주한 남궁현은 자신이 서 있는 구릉의 아래를 주시한다.

그의 눈빛은 무거웠고, 그의 턱밑엔 딱딱하게 주름이 잡혀 있었다.

"으음……."

자신도 모르게 나직하게 침음한 남궁현은 시선을 천천히

좌우로 돌리며 능선에 길게 늘어선 호검당의 당원들을 쓸어 보았다.

그들이 내뿜는 허연 입김에 눈길을 주던 그는 시선을 다시 앞으로 고정시키며 입을 열었다.

"이상하게 저들의 수는 많게 봐도 백이 넘지 않는 것 같습니다."

그의 앞.

그곳엔 두터운 청포를 걸친 냉엄한 인상의 중년인이 등을 보이며 서 있었다.

뒷짐을 진 채 남궁현의 말에 미미하게 고개를 끄덕이는 청포인의 얼굴에선 별다른 감정을 읽을 수가 없었다.

"익영단에선 분명 사백이 넘는다고 하지 않았나?"

"그렇습니다."

청포인의 두 눈이 가늘어지며 곧 인상만큼이나 싸늘한 음성이 흘러나왔다.

"놈들의 농간에 놀아났군."

음성마저 건조하기 이를 데 없는 청포인의 정체는 바로 화산파의 장로이자 의천맹 삼대호법(三大護法) 중 이호법인 냉면고검(冷面孤劍) 황운학(黃雲鶴).

별호에서도 알 수 있듯, 날 선 검과 같이 냉정한 성품을 소유한 그는 사람들과 어울리는 것 또한 싫어하여 같은 화산파의 문도들조차 그와 얼굴을 대면하기가 어려울 정도였다.

좀처럼 모습을 드러내지 않던 그가 지금 이 자리에 서 있는 것은 다름 아닌 자파(自派)의 안위를 지키기 위해서였다.

드디어 그 모습을 드러낸 멸천교.

그들이 부활의 신호탄을 쏘아 올리기 위해 택한 곳이 바로 화산파라는 것을 알게 된 그는 곧바로 호검당을 이끌고 총단이 있는 황산에서 이곳까지 한걸음에 달려온 것이다.

그런데 도착해 보니 수백은커녕 백 명이 될까 말까 한 숫자가 화산의 중턱에도 못 미치는 곳에서 진을 치고 꿈쩍도 않고 있었다.

게다가 물밀 듯 올라와야 할 저들이 그저 무력시위를 하고 있을 뿐 별다른 움직임마저 보이지를 않고 있는 것이다.

백 명의 마인.

물론 간단하지 않은 수다.

무엇보다 새롭게 모습을 드러낸 멸천교의 마인들이 어느 정도의 실력을 갖추고 있는지 전혀 알 수 없는 상황이었다.

그러나 황운학은 자신이 가세한 백 명의 호검당원이라면 그리 어렵지 않게 상대할 수 있으리라 믿어 의심치 않았다.

또한 이 정도 수의 마인들이라면, 굳이 자신이 이곳까지 달려올 필요없이 화산파 자체의 힘만으로도 능히 막고도 남음이 있었으리라.

'그렇다면 놈들의 꿍꿍이는?'

처음부터 익영단에서 잘못 알려줬을 리는 없을 것이다.

그렇다면 이곳에 도착하기 바로 직전에 놈들의 대다수가 다른 곳으로 빠져나갔다는 것.

다른 곳……. 이곳에서 가까운 곳이라면?

"강북 지부겠군."

중얼거리듯 내뱉은 황운학의 음성은 여전히 건조했다.

그러나 그의 눈빛만은 당장이라도 설원의 눈을 녹여 버릴 듯 이글거렸다.

"이호법, 어찌하시겠습니까?"

이미 황운학과 동일한 생각에 이른 남궁현 역시 두 눈을 가늘게 뜨며 묻는다.

잠시 침묵을 지키며 뜨거운 눈으로 오십여 장 아래 포진한 마인들을 쏘아보던 황운학의 입술이 떨어진다.

"서둘러 이곳을 정리하고 전속력으로 서안(西岸)으로 달리게."

"그럼……?"

"어차피 저 마인들은 우리의 발을 묶어두기 위한 도구에 불과할 뿐, 움직이지 않는다면 우리가 먼저 움직일 수밖에!"

타앗!

말을 끝냄과 동시에 황운학의 신형이 허공으로 솟구쳐 올랐다.

이미 마인들의 진영 가까이에 이른 황운학을 보며 남궁현은 신속히 호검당원들을 향해 외쳤다.

"모두 이호법님을 따르라! 결코 손속에 사정을 두어선 안 된다!"

신호를 받은 일 백의 호검당원들이 쌓인 눈을 박차며 일제히 검을 뽑아 들고 구릉 아래로 떨어져 내리기 시작했다.

싸움의 서막을 알리는 하얀 눈발이 사방에 흩날리는 바로 그 순간,

스팟!

백색의 설원을 무색케 만드는 새하얀 검광이 창공을 수놓는다.

어느새 뽑힌 황운학의 검이 화산파의 자랑 이십사수매화검법(二十四手梅花劍法)의 검로를 따라 거침없이 공간을 휘젓기 시작했다.

채앵!

"크으윽!"

콰직!

단말마의 비명과 함께 의천맹 강북 지부의 정문이 그대로 박살났다.

"저! 적이다! 커헉!"

평온했던 의천맹 강북 지부에 짙은 피바람이 불어닥친 것이다.

시각은 오시 초.

기습을 하기엔 꺼려지는 밝디밝은 한낮이다.

그래서일까?

아무런 대비도 할 수 없었던 강북 지부의 영웅이대(英雄二隊)는 담장을 넘어 들어온 삼백여 명의 회의인(灰衣人)들에 의해 바람 앞의 등불처럼 맥없이 쓰러졌다.

거침없이 안으로 밀고 들어오기 시작하는 회의인들.

곧 그런 그들을 막아서는 일단의 무리가 있었다.

"웬 놈들이냐!"

일남일녀가 이끌고 나타난 그들은 모두 백여 명.

갑작스런 소란을 듣고 내부에 있던 영웅이대 무인들이 전열을 정비하여 뛰쳐나온 것이다.

앞장 선 일남일녀 중 묵직한 대도를 뽑아 든 건장한 체격의 장년인이 전방에서 회의인들에게 핍박받고 있는 자들을 향해 다급하게 외쳤다.

"모두 물러서라! 혼자서 상대하지 말고 서둘러 대열에 합류하라!"

그의 이름은 팽연종(彭軟鐘).

하북팽가의 가주 팽연강(彭軟薑)의 막내 동생이 바로 그다.

올해 서른셋인 그는 팽가의 무인답게 도법에 조예가 깊었는데, 현재 강북 지부에 할당된 영웅이대의 무인들을 이끄는 위치에 있었다.

"드디어 놈들이 움직였군요."

팽연종의 좌측에 서서 적의인들을 주시하던 이십대 초반

의 여인이 고운 아미를 찌푸리며 신중한 음성으로 읊조렸
다.

그녀의 미모는 뛰어나다 못해 눈이 부실 정도인데, 찌푸린
얼굴조차 그녀의 아름다움을 희석시키지는 못했다. 특히 그
녀의 반짝이는 눈빛과 전신에서 풍겨지는 고고함은 그녀의
미모를 더욱 돋보이게 했다.

또한 지금과 같은 상황에서도 냉정함을 잃지 않는 것을 볼
때, 심기마저 매우 깊은 여인임을 짐작할 수 있었다.

황보세가의 가주 황보웅(皇甫雄)의 외동딸 황보설(皇甫雪).

역시 오대세가 중 한곳인 황보세가에 적을 둔 그녀에게 세
인들은 천상설화(天上雪花)라는 별호를 붙여줌과 동시에 진소
천과 더불어 무림쌍화라 일컫고 있었다..

"아무리 멸천교의 마졸들이라고 해도 벌건 대낮에 감히 본
지부를 기습하다니! 참으로 담이 큰 놈들이구나!"

팽연종의 공력이 담뿍 실린 음성이 장내를 떨어 울린다.

이에 달려들던 회의인들의 공세가 순간 주춤했으나 그것
도 잠시.

회의인들은 뒤도 돌아보지 않은 채 그대로 팽연종 등에게
달려든다.

이를 본 팽연종은 들고 있던 대도를 힘있게 말아 쥐며 다시
한 번 크게 외친다.

"영웅이대는 모두 들어라! 오늘 본 지부에 발을 디딘 멸천

교의 졸개들을 단 한 놈도 살려 보내서는 안 될 것이다!"

"와아!"

그것을 신호로 영웅이대와 회의인들 간에 전면전이 시작됐다.

시작 후 한동안은 영웅이대의 무인들도 회의인들과 대등하게 맞서며 밀리지 않는 모습을 보였다.

하지만 목숨을 도외시한 채 공격해 오는 회의인들의 기세에 싸움은 차츰 양측 모두 많은 피를 흘리는 싸움으로 전개되어 갔다.

벌써부터 차디찬 바닥에 쓰러지는 자가 수십이 넘었다.

허공으로 치솟는 피.

뼈와 살이 갈리는 소리, 그리고 함성과 뒤섞인 비명.

그러던 어느 순간부터 상황이 조금씩 다르게 흘러가기 시작했다.

쓰러지는 자들.

조금 전까지만 해도 바닥에 눕는 자들은 회의인 하나에 영웅이대의 무인 하나 꼴이었다.

그런데 지금은 그렇지가 않았다.

바닥을 뒹구는 자들 대부분이 영웅이대의 무인들인 것이다.

'어찌 된 것이지?'

심상치 않음을 느낀 팽연종은 자신에게 달려드는 회의인

하나를 베어 넘기며 장내에서 가장 많은 비명이 들려오는 곳을 향해 시선을 돌렸다.

순간.

"크아악!"

동시에 피를 토하며 뒤로 날아가는 영웅이대의 무인들의 처참한 모습이 그의 눈에 들어왔다.

그곳의 대열은 순식간에 무너졌고, 주변에 있던 무인들은 모두 주춤거릴 뿐 쉽게 무너진 대열을 메우지 못했다. 심지어 그런 그들의 두 눈에는 두려움마저 떠올라 있었다.

그러한 수하들을 한심스럽게 여긴 팽연종이 그들을 향해 고성을 내지르려던 찰나,

무너진 대열의 중심에 우뚝 서 있는 한 기괴한 존재가 그의 눈에 들어왔다.

바닥까지 흘러내리는 긴 흑의를 걸치고 검은 천으로 얼굴 전부를 가렸다. 다른 회의인들과는 확연히 구분되는 모습을 한 자.

팽연종은 흑의괴인을 발견하자마자 영웅이대 무인들의 두 눈에 공포가 떠오른 까닭을 알 수 있었다.

석상같이 굳은 표정, 핏기 없는 창백한 피부.

얼굴에 감은 천 사이로 언뜻언뜻 생기라곤 전혀 찾아볼 수 없는 딱딱하고도 검은 눈동자가 보인다.

마치 죽은 자의 그것처럼 섬뜩한…….

그리고 마지막으로 흑의괴인의 전신에서 뿜어져 나오는 검은 기운.

그것은 단순한 마공을 익힌 자에게서 느껴지는 기운과는 달랐다.

숨 막힐 듯한 귀기스러움이 느껴지는 그 기운은 흑의괴인의 주변을 감싼 것으로도 모자라 오 장가량 떨어진 팽연종이 서 있는 곳까지 미치고 있었다.

'크읏! 다른 놈들과는 비교조차 할 수 없을 정도로 지독한 기운이구나! 그렇다면 혹시 저자가 색혈대주인가?'

그러나 팽연종은 곧 고개를 저었다.

'아니야. 뭔가 이상해. 저 움직임…… 으음!'

순간, 더욱 더 강대해지는 기운에 팽연종은 흠칫하며 상념에서 벗어났다.

굳게 입을 다문 그는 곧 진기를 끌어올려 내습하려는 검은 기운에 대항했다.

그러자 그의 존재를 알아챈 흑의괴인은 고개를 천천히 돌렸다.

마주치는 시선.

순간,

부르르!

등줄기를 타고 올라와 정수리를 뚫을 듯 치솟는 전율.

자신도 모르게 몸을 떤 팽연종은 손에 쥔 도를 곧추어 잡으며 전신의 모든 진기를 끌어올렸다.

끼이이!

소름 끼치도록 괴이한 소음을 내며 다가오는 흑의괴인.

'이 한 수에 모든 힘을 담아야 한다!'

팽연종의 머리는 자신의 몸을 향해 그렇게 아우성치고 있었다.

그렇지 않으면 죽을 것이라고.

*　　　*　　　*

날이 밝아온다.

동녘 산 아래로 노란 태양이 살짝 둥근 호선을 내밀었다.

한 치 앞도 보이지 않을 정도로 자욱하게 깔린 안개는 오늘 날씨가 무척이나 맑을 것임을 예고했다.

"아아아아악!"

남악촌의 새벽을 깨우는 여인네의 찢어지는 고성.

"옳지! 그래! 이년아, 한 번만 더! 자, 하나! 두울!"

"흐읍, 아아악! 끄으으읍!"

그리고 곧 장단을 맞추듯 뒤이어 터져 나온 갓난아이의 울음소리.

"응애! 응애!"

"옳지! 나왔다! 딸이다, 딸!"

　　걱정스런 얼굴로 시큼한 새벽 공기를 마시며 시종 마당을 서성거리던 막강은 방 안에서 들려온 우렁찬 울음소리를 듣자마자 반사적으로 방문을 열어젖히며 안으로 뛰어들었다.

　　"색시야!"

　　가장 먼저 막강의 눈에 들어온 것은 유씨의 손에 들린 채 울고 있는 작은 핏덩어리였다. 유씨는 이제 막 아이의 벌건 탯줄을 자르려 하고 있었다.

　　핏덩어리에 대한 놀람과 신기함도 잠시.

　　막강은 서둘러 시선을 언년에게 돌렸다.

　　땀에 젖은 머리.

　　맥없이 떠진 두 눈.

　　두꺼운 천 뭉치를 입에 문 그녀는 가쁜 숨을 몰아쉬며 천장을 바라보고 있었다.

　　이를 본 막강이 황급히 그녀의 머리맡에 다가가 앉았다.

　　"색시야, 괜찮아?"

　　다급히 외치는 막강의 음성에 그녀의 시선이 서서히 막강에게로 움직인다.

　　"다… 당신……?"

　　바싹 마른 입술을 떼며 힘없이 중얼거리는 언년.

　　"응! 맞아! 나야, 나!"

　　"이 나쁜……."

　　"응? 뭐라구?"

그녀가 뭐라 더 말을 하려는 순간, 탯줄을 자르고 아이를 한쪽에다 누인 유씨가 막강을 향해 역정을 냈다.

"이놈아! 남정네가 여기가 어디라고 들어와, 들어오길! 썩 나가지 못하겠냐, 이놈!"

이에 막강은 머리를 긁적이며 유씨를 향해 난감한 표정을 지어 보였다.

"아니… 어머니, 그게……"

순간,

"흐으읍! 끄으으윽!"

또다시 입술을 깨물며 고통스런 비명을 지르기 시작하는 언년.

이에 유씨가 눈을 크게 뜨고 언년의 하체에 시선을 고정시키더니 곧 큰 소리로 외쳤다.

"옳지! 그래도 제 어미 생각해서 나머지 한 놈도 바로 따라 나오려는구나!"

한참을 있다가 또다시 진통이 온다면 그 고통이 이루 말할 수 없음을 잘 알고 있는 유씨의 얼굴엔 다행이란 표정이 떠올랐다.

"그래! 아까처럼만 해! 자, 숨 들이마시고!"

"후읍! 후읍!"

"색시야! 힘내!"

자신도 모르게 언년을 따라 숨을 들이키던 막강이 그녀의 한쪽 손을 꽉 쥐며 덩달아 외쳤다.

"…하나, 둘, 세엣!"

"꺄아아악!"

"옳지! 조금만 더!"

"끄흐흡! 아아아아아악!"

덥석!

"……?!"

언년의 찢어질 듯한 비명이 들림과 동시에 막강의 두 눈 또한 왕방울만 하게 커졌다.

"어엇!"

무언가 자신의 머리채를 쥐어짜듯 잡아당기고 있는 것이다.

순간 머리카락이 송두리째 뽑혀 나가는 듯한 고통을 느낀 막강이 다급하게 언년을 불렀다.

"새, 색시야! 이거 좀… 헙!"

움찔!

"꺄악! 이 나쁜 놈아아아!"

"아야야야!"

순간적으로 발휘된 언년의 괴력에 막강의 머리가 그대로 딸려 들어갔다.

"이… 이 나쁜 노옴!"

"허억! 색시야! 제발 이거 좀……!"

불끈!

“꺄아악! 너! 너 때문이야! 후읍! 후읍!”

“아야얏!”

“옳지! 그래! 잘한다!”

경사스런 날에 장단이야 빠질 수 없겠으나, 새벽을 깨우는 때 아닌 비명 한 가락에 잠에서 깬 남악촌 사람들의 발걸음은 절로 언년의 집 앞으로 향했다.

“꺄아악!”

언년의 선창.

“아야얏!”

막강의 후창.

“옳지! 그래! 잘한다!”

그에 곁들여지는 유씨의 추임새까지.

그렇게 한동안 듣는 이들의 마음을 뒤숭숭하게 만들던 비명 한 곡조는 갑작스레 끼어든 방해꾼으로 인해 그 끝을 맺고야 만다.

“응애애! 응애애!”

방해꾼의 등장에 잠시 잠자코 있던 또 하나의 방해꾼이 서둘러 장단을 맞춘다.

“응애애! 응애애!”

아이들의 우렁찬 울음소리로 자그마한 남악촌이 떠나갈

듯한 가운데, 유씨의 들뜬 목소리가 사람들의 귓속에 또렷하
게 들려온다.

"고추구나! 고추야!"

*　　　*　　　*

따악! 쩌억!

따악! 쩌억!

새벽부터 귓전을 때리는 둔탁한 소리에 조 노인의 얇은 눈
꺼풀이 스르르 올라갔다.

힘겹게 몸을 일으킨 조 노인은 문고리를 부여잡고 방문을
천천히 밀었다.

위이이잉~

문틈을 비집고 들어온 찬바람이 병에 찌든 노구를 절로 움
츠리게 만들었다.

"콜록! 콜록!"

기침 두 번에 일 년은 더 늙어버린 듯한 그는 간신히 방문
밖으로 얼굴을 내밀어 어둑어둑한 마당을 살폈다.

마당 한가운데에선 크고 호리호리한 체구의 한 사내가 장
작패기에 여념이 없었는데, 그를 본 조 노인의 미간에 주름이
깊어진다.

"쯧쯧… 해나 뜨걸랑 올 것이지 왜 이리 일찍 왔누? 추운데."

"어? 할아버지, 깨셨어요? 귀 어두우셔서 안 들릴 줄 알고 그냥 쪼갰는데… 헤헤, 죄송해요. 다음부턴 다 쪼개서 가져올 게요."

뒷머릴 긁적이며 노인을 향해 머쓱하게 웃는 사내.

스물둘에 두 아이의 아버지가 된 막강의 모습은 여전한 듯하면서도 뭔가 달라져 보이기도 했다.

모개는 언년의 산달에 맞추어 막강에게 한 달간의 휴식을 허락했다. 막강이 부탁하지 않았음에도 그가 먼저 나서서 보내준 것이다.

이제 약속된 이 년이란 기간도 두 달만 지나면 끝이 난다.

이미 막강의 노력으로 금가장의 상단 호위 능력은 예전에 비할 바 없이 상승한 상태.

막강이 떠난다고 하더라도 더 이상 문제될 것이 없을 정도가 된 금가장인 것이다.

아무튼 만날 막강만 휴가냐고 볼멘소리를 한 두 아우를 남겨두고 언년과 함께 남악촌에 온 지도 벌써 보름이 지났다.

그 사이 언년은 무사히 건강한 두 아이를 낳았고, 막강은 그동안 남악촌에 머물 때마다 해오던 대로 새벽에 홀로 사는 조 노인의 집에 찾아와 장작을 패며 하루를 시작해 왔다.

이는 노환으로 가끔씩 정신마저 오락가락하는 조 노인의 사정을 안 막강이 자처한 일.

조 노인에게서 시선을 거둔 막강은 다시 도끼질을 시작했고, 이를 잠자코 지켜보던 조 노인은 새삼 흐뭇한 듯 쭈글쭈글한 노안에 잔뜩 주름을 지어 보이며 미소를 그렸다.

"이 늙은이 때문에 자네가 번번이 고생이구먼. 에구구, 어여 죽어야지… 이놈의 명줄이 쇠심줄이야, 쇠심줄."

노인의 푸념에 막강은 도끼질을 계속하며 히죽 웃었다.

지난날 동안 거의 매일같이 들은 똑같은 말인지라 이에 대한 막강의 대답 또한 이미 정해진 지 오래다.

"에이, 할아버지 없으면 장작도 못 패고, 저 심심해서 안 돼요. 그러니까 우리 색시가 아이 다섯 낳을 때까지 사셔야 해요. 아셨죠? 아이 다섯이에요?"

"흘흘흘… 예끼! 그건 지금 죽으란 말보다 더하지 않느냐."

막강은 장작을 패며, 노인은 그 모습을 구경하며.

그렇게 주거니 받거니 한동안 둘 사이엔 정겨운 대화가 오간다.

그리고 잠시 후.

막강을 바라보던 노인의 두 눈이 돌연 초점을 잃고 흐릿해졌다.

이어서 곧 표정이 굳어진 노인은 돌연 작게 혀를 차며 입을 연다.

"쯧쯧쯧… 추운데 해나 뜨걸랑 올 것이지 왜 이리 일찍 왔누?"

"……."

노인을 향해 푸근한 미소를 지어 보인 막강은 곧 짐짓 눈을 동그랗게 뜨며 대답했다.

"어? 할아버지 깨셨어요?"

어둠이 걷히기 시작한다.

밤새 내린 서리로 꽁꽁 얼어버린 남악촌의 고즈넉한 풍광이 시야에 희미하게 들어온다.

출렁출렁.

조 노인의 집을 나선 막강은 물이 가득 찬 물지게를 지고 발걸음을 옮긴다.

막강이 이곳에 있는 한 물을 긷는 일 또한 막강의 차지.

가벼운 발걸음은 뜨거운 연기가 모락모락 피어오르는 유씨의 집에 이르기까지 계속된다.

막강은 저 연기를 볼 때마다 기분이 좋다.

유씨가 짓고 있는 따끈한 밥이 어김없이 자신을 기다리고 있을 것이기 때문이다.

집에 도착한 막강은 마당 한쪽에 물지게를 내려놓으며 쏜살같이 부엌으로 달려갔다.

"아이고, 배고프다! 어머니, 밥 많이 하셨죠?"

안으로 고개를 들이빈 막강은 그곳에 아무도 없음을 확인하곤 의아한 표정이 된다.

"어? 어디 가셨지? 어머니! 어머……!"

"여기 있으니까 그만 불러싸, 이놈아!"

유씨의 퉁명스런 음성이 방 안에서 흘러나왔다. 막강은 한 걸음에 부엌을 빠져나와 재빨리 방문을 열어젖힌다.

벌컹!

"어머니, 색시랑 여기 같이 계셨구… 어?"

안으로 들어가려던 막강은 유씨와 언년뿐만 아니라 또 다른 이가 방 안에 다소곳이 앉아 두 아이들을 어르고 있는 것을 확인하곤 들어가려던 자세 그대로 멈추어 섰다.

"진 소저 왔네요?"

또 다른 이는 바로 새벽에 막강이 나간 사이 이곳에 도착한 진소천이었다.

그녀가 이렇게 불쑥 나타난 것은 처음이 아니지만 다른 때와는 달리 오늘은 꼭두새벽부터 찾아왔다는 점이 조금은 의아스러운 막강이다.

하지만 막강은 그저 담담하게 미소 지으며 그녀에게 인사를 건넨다.

"그동안 잘 있었어요?"

막강의 인사에 두 아이의 고사리 같은 손을 만지작거리던 진소천 역시 미소로 화답했다.

"네, 얼굴이 너무 좋아 보이네요. 먼저 아빠가 되신 것, 축하드려요, 막 소협."

어느덧 이십대 중반에 접어든 그녀의 미소에선 본래의 청아함에 더하여 보는 이를 편안하게 하는 현숙함마저 느껴졌다.

"하하! 고마워요, 진 소저!"

멋쩍은 듯 뒷머릴 긁적이는 막강.

그 모습을 바라보는 진소천의 눈에선 뭐라 형용할 수 없는 감정이 빠르게 떠올랐다 사라졌다.

"이놈아, 멀뚱히 서 있지 말구 어여 문이나 닫아! 새끼들 한질(寒疾)이라도 나면 네놈이 책임질 거야?"

"어이쿠! 깜박했네. 죄송해요, 어머니. 헤헤."

유씨의 호통에 황급히 문을 닫은 막강은 자리에 앉자마자 실실거리며 유씨의 팔에 매달린다.

"어머니, 춥죠? 제가 꼭 껴안아 드릴까요?"

그러자 유씨는 힘을 써 막강에게 잡힌 팔을 잡아 빼려 했다.

"치워, 이놈아!"

그러나 아예 팔짱을 끼고 유씨의 곁에 찰싹 달라붙는 막강.

"헤헤, 사실 제가 추워서 그래요. 아, 따뜻해라. 우리 어머니 품은 꼭 부뚜막 같다니까. 그치, 색시야? 진 소저도 한번 안겨볼래요?"

막강의 넉살에 진소천은 그저 '풋' 하고 웃을 뿐이고, 이런 식으로 막강이 유씨를 요리하는 것을 한두 번 본 것이 아닌 언년은 겉으론 한심하단 표정을 지으면서도 속으론 흐뭇하게 막강을 바라보았다.

"이런, 미친놈! 뭣이 좋다고 만날 헤헤거리는지. 쯧쯧쯧…
에잇! 비켜라, 이놈아!"

혀를 차던 유씨가 몸을 일으키려고 하자 막강이 아쉽다는
표정으로 말했다.

"조금만 더 이렇게 있다 가요, 어머니."

이에 유씨는 짐짓 막강에게 눈을 부라리며 고성을 내질렀
다.

"이놈아, 내가 나가야 네놈 밥을 차려주든지 말든지 할 거
아니야!"

밥이란 말에 귀가 솔깃해진 막강.

"엇! 그런 거면 놓아드려야죠! 히히, 저, 밥 많이 퍼주세
요."

자신을 향해 씩 웃어 보이는 막강을 보며 연방 혀를 차는
유씨.

그렇게 티격태격하는 두 사람이 한없이 다정해 보이기만
하는 언년과 진소천이다.

아침을 든 막강과 진소천은 방 안에 단둘이 마주 앉았다.

건넌방에선 언년이 배고프다고 칭얼대는 두 아이에게 젖
을 물리고 있을 것이다. 아니, 아마도 다 먹이고 지금은 재우
고 있을지도 모른다.

진소천을 앞에 둔 채 잠시 건넌방의 상황을 떠올리던 막강은 곧 진소천의 음성을 들으며 상념에서 벗어났다.

"막 소협, 제 말 듣고 있는 건가요?"

"네? 네! 그럼요! 듣고 있어요."

그러나 의심스런 눈초리로 막강을 쳐다보는 그녀.

"제가 무슨 말을 했죠?"

"음… 그러니까 멸천교가 드디어 나타났다. 멸천교가 의천맹의 강북 지부에 쳐들어와서 많은 사람이 죽었다……. 이 말 아닌가요?"

"또요."

"또요? 엇! 또 있었나? 음… 뭐였지?"

버릇처럼 뒷머릴 긁적이는 막강. 그리곤 곧 진소천을 향해 씩 웃는다.

"또 뭐라고 했죠? 기억이 잘… 헤헤."

그 모습을 보며 진소천은 웃음을 터뜨린다.

"훗, 없어요."

"네?"

"막 소협이 말한 게 다예요. 저는 아직 그것 말곤 더 이야기한 것이 없답니다. 호호."

그제야 그녀가 농담을 건넨 것임을 인 막강이 입을 벌리고 웃었다.

"하하하! 진 소저가 날 놀린 거군요?"

이에 진소천은 짐짓 눈을 가늘게 뜨며 말했다.

"지금껏 제가 하는 말을 건성으로 들었던 거죠? 저는 진지하게 이야길 했는데… 정말 서운하군요."

그녀의 말과 표정을 보며 막강은 펄쩍 뛰었다.

"아니에요! 그런 게 아니라… 듣긴 다 들었는데, 자꾸 다른 생각이 나서 그만. 미안해요, 진 소저. 지금부터는 정신 차리고 들을게요."

그러자 진소천은 곧 본래대로 막강을 향해 미소를 머금었다.

"아니에요. 막 소협이 그런 이야기에 별로 관심이 없다는 것쯤은 이미 잘 알고 있으니까요. 하지만……."

"……?"

"오늘은 그런 얘길 꼭 하려고 찾아온 것이니만큼, 막 소협이 조금만 진지하게 제 얘길 들어줬으면 고맙겠어요."

그녀가 이렇게 부탁조로 나오자 뭐라 딱히 할 말이 없는 막강이다. 그저 히죽 웃고 고개를 끄덕이는 수밖에는.

"그럴 게요. 걱정 말고 무슨 이야기든 해요. 진지하게 들을 테니까."

"고마워요. 그런데 그전에 막 소협에게 한 가지 묻고 싶은 것이 있어요."

"뭔데요?"

"멸천교는 막 소협에게 뭐죠? 사문과 조부이신 삼절검협의

원수인가요?"

진소천의 질문에 막강은 곧바로 대답하지 못하고 잠시 고민한다.

일전에 의천맹 총단을 떠나기 전 추심언이 당부한 말이 떠올랐기 때문이다.

"멸천교와 형산파 사이의 관계된 일은 일단 자네만 알고 있는 것이 좋을 것 같네. 때가 되면 자연스레 사람들에게 알려질 날이 있을 것이니……."

"음, 원수라는 생각은 들지 않는 것 같고요, 그냥 뭐랄까……. 생각하면 별로 기분이 좋지 않고, 또 안 좋은 사람들이 많은 것도 같고 아무튼 그래요."

진소천은 내심 고개를 끄덕였다. 막강다운 대답이란 생각이 든 것이다.

사실 누구를 죽도록 미워한다거나 하는 막강의 모습은 그녀조차 잘 상상이 되지 않았다.

또한 형산파라는 울타리 안에서 자라지 않았기에 사문을 멸절시킨 원흉이란 것이 피부로 잘 와 닿지 않을 수 있었다.

"그런데 그건 왜 묻는 거죠?"

막강의 물음에 그녀는 진중한 표정으로 말했다.

"멸천교는 이미 오래전 막 소협의 사문인 형산파를 멸문시켰어요. 뿐만 아니라, 호남을 비롯하여 사천과 강서(江西), 안휘에 있는 거의 모든 문파들이 그들의 손아래 쑥대밭이 되어 버렸었죠. 당시 중원무림의 절반 이상이 그들에 의해 장악되었다고 해도 과언이 아니에요. 막 소협은 멸천교가 왜 그런 일을 벌였다고 생각하나요?"

"음… 멸천교는 마교의 잔당이라 들었어요. 마교는 모든 무림을 마인들로 채워놓길 원한다고 했으니까 멸천교도 그랬을 것 같은데요?"

진소천은 고개를 끄덕이며 덧붙여 말했다.

"맞아요. 그들의 목표는 모든 정파인들을 몰아내고, 전 무림을 마도가 장악하는 마도천하(魔道天下)를 만드는 것이에요. 어쩌면 그 이상이었을지도 모르죠. 아무튼 그런 멸천교가 사라진 지 채 오십 년도 되지 않아 다시 당당히 모습을 드러냈어요. 본 맹의 한 지부를 농락시킬 만큼 더욱 강한 힘을 가지고 말이죠. 다시 한 번 마도천하를 꿈꾸면서요."

"으음……."

말없이 고개를 끄덕이는 막강.

추심언과의 만남으로 이미 알고 있는 내용들이다.

진소천은 막강이 무슨 생각으로 고개를 끄덕이는 것인지 확실히 알 순 없었지만 지체하지 않고 다시 말을 이었다.

"얼마 안 있으면 막 소협이 형산파를 다시 세울 것으로 알고 있어요. 이미 옛 터에 건물들이 지어져 있다는 이야기도 들었구요. 막 소협이 형산파를 재건한다면 그것은 곧 정식으로 중원의 문파임을 선언하는 것이고, 그렇게 되면 부활한 멸천교와 어떻게든 부딪치게 될 거예요.”

가만히 듣고 있던 막강은 무슨 생각이 들었는지 진소천을 향해 물었다.

“혹시, 추 대협이 보내서 온 건가요?”

진소천은 굳이 감추지 않았다.

“맞아요. 추 단주님께서는 일전에 막 소협에게 부탁했던 것에 대한 대답을 서둘러 해주길 원한다고 전하라 하셨어요.”

“음, 그건 나중에 형산파를 세우고 나서…….”

“그때가 되면 의천맹은 사라지고, 전 무림이 이미 마도천하가 되어 있을지도 모르는 일이에요.”

“……!”

진소천이 자신의 생각을 꼬집듯 날카롭게 말을 자르자, 막강은 눈을 동그랗게 뜨며 그녀를 바라보았다.

그런 막강의 시선을 그녀는 피하지 않고 담담하게 마주했다.

마치 자신이 내뱉은 말의 무게를 더욱 깊이 막강에게 심어주고 싶다는 듯이.

예전과는 다른 사뭇 진지한 태도로 자신을 대하는 진소천의 모습에 약간 의아함을 느끼는 막강이지만 그녀가 이러는

데에는 사실 그럴 만한 이유가 있었다.

이번 멸천교의 강북 지부 기습으로 인한 파장은 상상하는 것 이상으로 매우 컸다.

강북 지부의 정예인 영웅이대가 전멸했다. 그리고 그들을 책임지던 팽연종이 죽었고, 뒤늦게 도착한 황운학을 비롯한 호검당에 의해 가까스로 목숨을 건진 황보설을 제외한, 강북 지부에 있던 사람 모두가 고혼으로 화했다.

비록 강북 지부장인 권왕(拳王) 황보웅이 자리를 비우고 있었다곤 하나, 의천맹 전력의 이 할을 차지하는 강북 지부가 멸천교의 단 한 번의 공격에 와해되고 만 것이다.

이로 인해 의천맹이 받은 타격과 충격은 심대했다.

많은 사람이 죽은 것도 큰 슬픔이지만 그보다 모든 사람들을 경악시킨 것은 드러난 멸천교의 힘이었다.

익영단의 정보력을 일순간 무용지물로 만든 신속함과 은밀함.

웬만한 문파 못지않은 의천맹의 한 지부를 두 시진도 안 되어 무너뜨린 가공할 무위까지.

사십 년 전에도 두려움의 대상이었던 멸천교지만 이 정도는 아니었던 것이다.

더구나 지금 의천맹에 있는 무인들의 실력이 그때와 비교해서 더욱 뛰어나다는 것을 감안하면 그들의 진정한 힘이 어느 정도인지 가히 상상조차 가질 않았다.

어떻게 그들이 그런 힘을 갖게 되었을까?

사라진 지 불과 오십 년도 되지 않았는데 말이다.

이것이 모든 사람이 품고 있는 의문이었다.

그리고 바로 그 의문에 대한 해결과 앞으로의 대책을 강구하기 위해 다시 통의령이 발해졌다.

이번에는 이례적으로 총단이 있는 황산이 아니라 악양의 호남 지부가 회합의 장소로 지정되었는데, 이는 조금이라도 회합을 서두르기 위함이었다.

보름이 넘게 내내 이곳 남악촌에만 있었던 탓에 그사이 밖에서 일어난 소식에 대해서는 깜깜했던 막강이다.

하지만 진소천에게서 이와 같은 사실들을 전해 들은 막강은 그제야 어느 정도 사태의 심각성을 이해하며 굳은 표정이 되었다.

"음, 멸천교가 그 정도로 강하다는 말이군요? 그치만 진 대협이나 예전에 봤던 도사 할아버지 같은 분들이 많이 계신 의천맹이라면 충분히 멸천교를 이길 수 있지 않나요?"

이에 진소천은 천천히 고개를 젓는다.

"그건 누구도 장담하지 못해요. 만약 이번에 저들이 드러낸 힘이 일부에 불과한 것이라면 의천맹 자체의 힘으로는 결코 이길 수 없을 거예요."

"그렇군요."

아래턱을 쓰다듬으며 고개를 끄덕이는 막강.

그것을 보며 진소천이 드디어 막강을 찾아온 진짜 용건을
꺼내기 시작했다.

"제가 이번에 이곳에 온 것은 물론 임 매의 출산 기일에 맞
춰 오려고 한 것도 있지만 그보다는 막 소협을 무조건 악양으
로 데리고 가기 위해서예요."

그 말에 화들짝 놀라는 막강.

"무조건… 이요?"

"네. 무조건이에요!"

일부러 힘주어 거듭 말하는 그녀.

"왜요? 통의령이 발해지면 의천맹에 속한 모든 문파의 수
장들만 모이는 것 아닌가요?"

"맞아요. 하지만 이것은 아버지의 뜻이에요. 아버지께서
막 소협을 꼭 데려오라고 제게 당부하셨거든요. 이미 막 소협
에 관하여는 맹주님께도 윤허를 받은 상태고요."

"진 대협이 보내셨다구요? 음… 하지만 저는……."

막강이 곤란한 듯 거절하려 하자 진소천이 재우쳐 말했다.

"단 한 명의 고수가 절실한 때예요. 더구나 막 소협과 같은
실력을 갖춘 사람이라면 무슨 수를 써서라도 꼭 도움을 얻고
싶은 것이 지금의 맹의 입장이에요. 그래서 아버지께서도 막
소협을 적극 추천하신 거고요."

"……!"

진소천의 강한 어조에서 깊은 간절함이 느껴졌다.

밝게 빛나는 그녀의 눈빛도 이전에 막강을 바라보던 눈빛과는 사뭇 달라 보였다.

이는 적어도 이 순간만큼은 막강을 마음에 담은 한 여인이 아니라, 맡은 바 임무를 반드시 완수하고자 하는 그녀의 의지이자 간절한 바람의 표현이었다.

"휴우, 알았어요. 하지만 일단 우리 색시한테 허락을 받아야…… 헤헤."

더는 거절할 수 없던 막강은 한숨을 내쉬며 말했다.

이에 진소천은 한결 가벼운 표정으로 고개를 끄덕였다.

"고마워요, 막 소협."

사실 그녀는 이미 알고 있었다.

막강을 움직일 수 있는 사람은 막강 스스로가 아니라 다른 사람이란 것을.

달밤은 아름답다.

어두워서 아름답고, 고요해서 아름답다.

혼자가 아니라 사랑하는 이와 함께라면 더욱 아름다울 것이다.

"소천 언니랑… 같이 갈 거예요?"

마루에 걸터앉아 막강의 어깨에 머리를 기대고 있던 언년이 감았던 눈을 스르르 뜨며 입을 열었다. 조금 전까지 쌍둥이를 번갈아 안으며 씨름을 하다가 간신히 재우는 데 성공한 그녀에게 있어 막강의 어깨에 기대어 쉬고 있는 이 시간은 너무나 소중하기만 했다.

그녀의 물음에 가만히 노란 달을 올려다보고 있던 막강이 놀란 표정으로 그녀를 쳐다보았다.

"응? 색시도 알고 있었어?"

"네, 소천 언니한테 들었어요."

"그렇구나."

고개를 끄덕이며 다시 시선을 들어 올리는 막강.

그 모습을 보며 언년은 의문스럽게 묻는다.

"왜 말이 없어요?"

"응? 뭐가?"

"나한테 허락받으려고 했던 거 아니었어요?"

"그랬지."

"근데 왜 아무 말도 안 해요?"

이에 막강은 히죽 웃는다.

"그냥… 지금은 이렇게 색시랑 가만히 달구경 하는 게 좋아서."

"……."

언년은 잠시 말없이 막강의 얼굴을 바라보았다.

뜬금없이 달구경을 하잘 때부터 눈치를 챈 그녀였다.

하지만 한참이 지나도록 막강이 쉽게 말을 못 꺼내는 듯하자, 자신이 먼저 슬쩍 말을 꺼내본 것이다.

그런데 정작 막강은 그런 생각은 하지 않고 오히려 달구경에 여념이 없는 듯하자 어이가 없어지는 언년이었다.

'휴, 누가 말리겠어.'

내심 고개를 흔든 그녀는 재차 묻는다.

"가고 싶어요?"

"응, 한번 가보는 것도 좋을 것 같아. 앞으로 형산파를 재건하기 위해서도 그렇고, 의천맹이 위험하면 산이 형님하고 현이 형님도 위험해지는 것이고 또, 진 소저도 위험해지는 거니까."

막강이 마음을 확인한 언년의 표정은 살짝 어두워진다.

솔직히 가지 않았으면 좋겠다.

진소천을 통해 들은 바로는 많은 사람이 죽었다고 한다.

또 앞으로도 많은 사람이 죽을지도 모른다고 했다. 그래서 막강 같은 사람이 꼭 필요하다고 했다. 멸천교를 막으려면.

물론 무공을 익힌 일이 없는 그녀로선 다 이해는 못하겠다.

하지만 한 가지는 확실히 알 수 있었다.

위험하다는 것.

막강이 자칫 많은 사람이 죽고 죽이는 그런 무서운 싸움에 휘말릴 수도 있다는 것.

그래서 말리고 싶다. 가지 말라고.

사실 막강과의 혼인을 결심하면서는 이 정도의 걱정과 불안이 찾아오게 될 줄은 예상하지 못한 그녀였다.

상단의 호위무사니까 기껏해야 얼굴 보지 못하는 날이 좀 많을 거라는, 또 초적들을 만나 다칠 수도 있다는 것 정도만을 생각했을 뿐이다.

하지만 언제부터인가 막강의 주위에 서서히 무림인이라 하는 사람들이 모여들기 시작하더니, 이젠 막강 스스로 무림문파인 형산파를 다시 세우겠다는 계획까지 세우기에 이른 것이다.

아직 다 안다고 할 수는 없지만 알아가면 알아갈수록 이 무림, 강호란 곳은 자신이 알던 삶과는 완전히 다른 세계인 듯했다.

평범한 자신이 온전히 감당하기엔 벅찬 세계인 것이다.

조금씩 후회가 된다.

그날,

막강이 자신을 찾아와 금가장의 호위무장으로 가도 되느냐고 묻던 날.

가지 말라고 할 것을, 남악촌에서 그저 농사나 지으며 살라고 할 것을. 그랬다면 지금과 같은 불안과 염려는 하지 않아도 되었을 것을……

"가지 마요……."

언년은 순간적으로 떠오른 말을 그대로 내뱉어 버리고 말았다.

나직하게.

막강의 시선을 차마 마주하지 못한 채.

막강은 슬쩍 몸을 돌려 고개를 아래로 떨어뜨리고 있는 그녀를 바라보았다.

막강에게 기댈 수 없게 된 그녀는 어쩔 수 없이 고개를 들어 막강과 눈을 마주쳤다.

언년의 눈빛에 담긴 감정을 읽은 막강은 입가에 미소를 머금는다.

"걱정돼?"

언년은 말없이 고개를 끄덕였다.

다시 시선을 떨어뜨리는 그녀.

이런 말을 하는 것이 막강에게 큰 짐이 될 수 있다는 것을 알고 있었다.

막강이 왜 형산파를 다시 세우려 하는 것인지, 지금 왜 그곳에 가려는 것인지 그녀는 잘 알고 있었다.

그래서 미안하다. 그럼에도 이런 말을 하고 있어서.

막강은 살며시 팔을 들어 언년의 가녀린 어깨를 감싸 안았다.

환한 달을 올려다보는 막강의 얼굴은 티없이 밝기만 했다.

"거기 싸우러 가는 거 아니야. 그냥 여러 사람도 한번 만나보고, 또 마침 휴가도 좀 남아서 다녀오려는 거야. 하지만 색시가 가지 말라고 하면 안 갈 거야."

"……!"

막강의 마지막 말에 움찔한 언년은 눈을 들어 막강을 바라보았다.

그녀와 눈이 마주친 막강의 얼굴에 떠오른 미소가 더욱 짙어졌다.

"그게 내 뜻이니까."

순간, 언년의 눈동자가 갈피를 잡지 못하고 크게 흔들렸다.

잊고 있었다.

그때도 막강이 자신에게 이와 같은 말을 해줬음을.

자신이 가지 말라고 하면 막강은 정말로 가지 않을 것이다.

아니, 지금이라도 형산파고 뭐고 다 그만두고 남악촌에서 가족과 함께 살자고 하면 막강은 그렇게 할 것이다. 아무 미련 없이.

자신의 남편은 그런 사람이었다.

'고마워요. 그걸로 됐어요.'

그녀는 막강을 향해 천천히 고개를 저어 보였다.

"아니에요, 가세요."

"정말?"

놀란 막강의 얼굴을 바라보는 그녀의 두 눈엔 어느새 눈물이 고여 있었다.

"대신 지금 한 가지만 약속해요."

"응? 뭔데?"

“엄마보다 먼저 돌아가신 우리 아버지처럼 나보다 절대 먼저 죽지 않겠다고.”

갑작스런 말에 막강의 눈이 휘둥그레진다.

“내가 죽긴 왜 죽어? 아직 젊고 이렇게 팔팔한데?”

이에 눈을 가늘게 뜨는 언년.

“아무튼 약속하란 말이에욧!”

날카롭게 변한 그녀의 표정과 음성에 그만 찔끔하는 막강.

예전엔 몰랐는데 혼인하고부터 가끔 이런 모습을 보이는 언년이다.

물론 대부분 자신이 잘못을 했을 때이긴 했지만 아이를 낳고부터는 그 강도가 더 세진 것 같았다.

“아, 알았어. 약속할게.”

“정말이죠? 진짜 나보다 먼저 죽으면 가만 안 둘 거예요?”

앙칼진 그녀의 모습이 왠지 귀엽게 보인 막강은 그만 씩 웃고 말았다.

“훗, 그게 색시의 뜻이라 이거지? 하하, 그럼 난 절대 안 죽을 거야. 색시가 죽어도 된다고 하기 전에는.”

그 말을 들은 언년은 곧 굳었던 얼굴을 풀며 막강의 가슴에 살며시 기댔다.

“…됐어요, 이제.”

그러자 언년을 감싼 팔에 불끈 힘을 주는 막강.

“그럼… 우리 그만 들어가서 잘까?”

막강의 음흉스런 눈빛을 대한 그녀는 괜스레 막강의 가슴을 툭 치더니 참으로 솔직한 대답을 내놓았다.

"몰라요!"

"흐흐… 그럼."

그렇게 언년을 번쩍 안아 든 막강이 자리에서 막 일어서려는 순간이었다.

"흐응! 응애애! 응애애!"

"……!"

방 안에서 들려온 울음소리에 언년은 말없이 눈을 감아버리고, 막강의 아랫입술은 빼쭉 튀어나왔다.

"형산인가?"

고개를 젓는 언년.

"소소예요."

그리고 곧 막강을 향해 재차 입을 여는 그녀.

"이번엔 당신이 재워요."

"응? 내, 내가……?"

울상이 된 막강을 보며 언년은 짐짓 한숨을 내쉬었다.

"나, 너무 힘들단 말이에요."

이에 막강이 볼을 살살 긁으며 고개를 끄덕였다.

"…알았어. 그러지, 뭐."

그러나 속으론 동일하게 한숨을 내쉬고 있는 막강의 마음을 그녀가 모를 리 없었다.

한 놈 재우면 한 놈이 깨고, 한 놈이 깨면 다른 한 놈이 깨
는 악순환의 반복.
당해보지 않은 사람이 어찌 그 곤욕스러움을 알리오?
'흐음, 수혈을 한번 짚어볼까?'

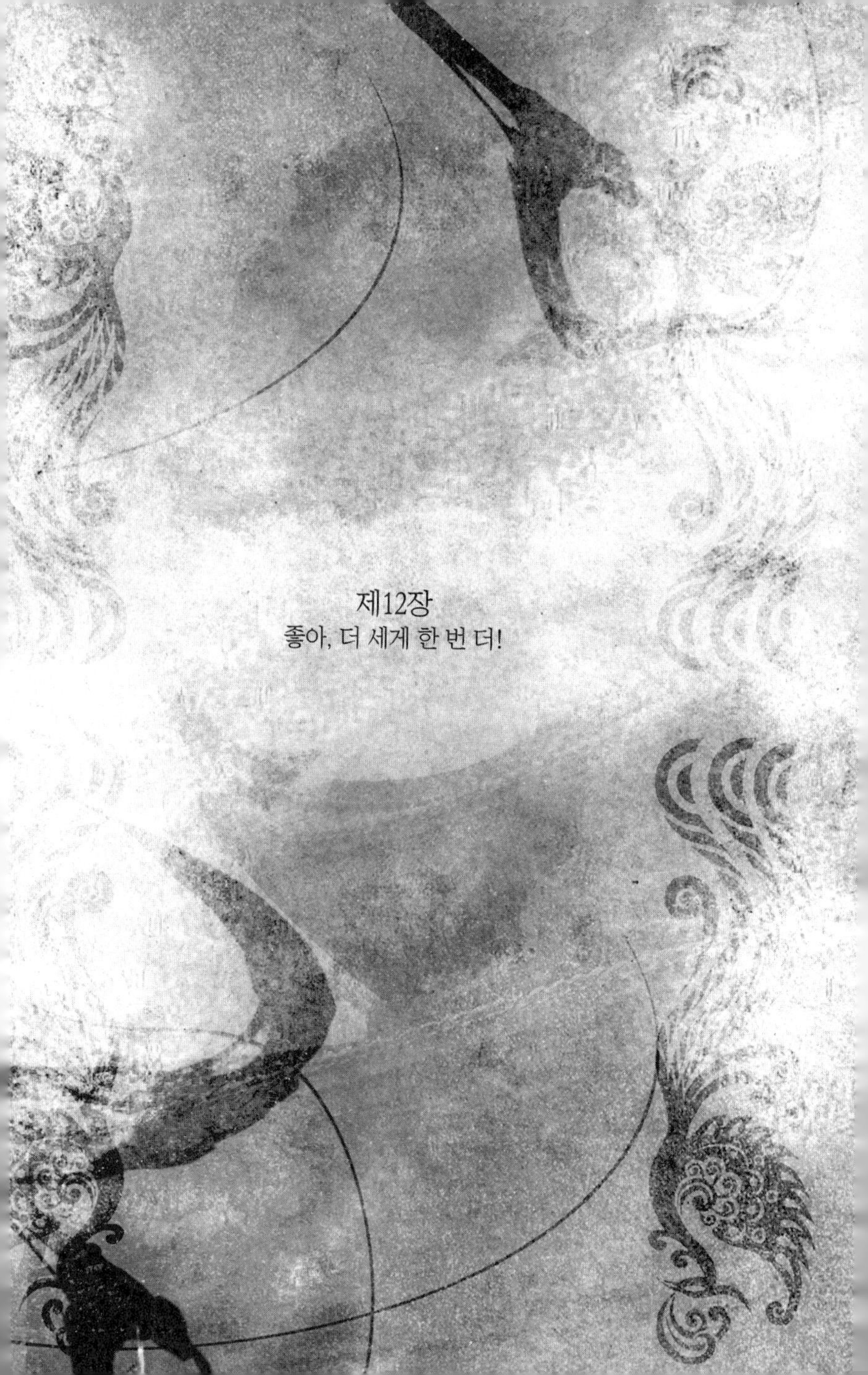

제12장
좋아, 더 세게 한 번 더!

의천맹 호남 지부에서의 회합은 예정보다 하루 빨리 열렸다.

이미 모일 만한 자들이 다 모였기에 하루라도 논의를 단축시키려는 모두의 합의가 있었기 때문이었다.

회의장엔 널찍한 공간이 비좁을 정도로 많은 사람들로 붐볐는데, 이것만 보아도 이번 회합에 대한 전 강호인의 관심이 어떠한지 능히 짐작이 갔다.

결국 호남 지부에선 이들을 모두 수용하기 위해 회의장 사방에 딸린 문들을 들어내고 주변을 모두 회의장으로 삼을 수밖에 없었다.

의천맹에 가입한 크고 작은 문파만도 모두 백오십.

물론 그들 문파의 수장들이 통의령에 따라 모두 참석한 것은 아니지만 각 수장들과 그들을 따른 수행원들의 수를 감안하면 실로 어마어마한 숫자의 무림인들이 거의 동시에 악양성으로 모여든 것이다.

덕분에 성내의 주루와 객잔들이 때 아닌 호황을 누리는 행운을 잡았지만 다른 지부들에 비해서 규모가 작은 호남 지부는 이들을 수용하기에 조금 벅찬 감이 없지 않았다.

회의장 안쪽에 마련된 기다란 탁자.

거기엔 의천맹의 핵심 구성원이라 할 수 있는 맹의 중역들과 팔파일방, 오대세가의 수장들이 앉았고, 나머지 백 명 가까이 되는 중소 문파의 수장들은 그 주변을 겹겹이 에워싸듯 놓인 의자에 앉은 채 중앙을 주시했다.

시각은 오시 초.

회의가 시작됨을 알리듯, 탁자의 가장 상석에 앉아 있던 자가 천천히 자리에서 일어섰다.

청수한 얼굴.

옅은 황의를 걸친 그는 좌중을 향해 가볍게 포권을 취해 보였다.

"이렇게 모여주신 강호의 선후배 분들과 여러 동도께 감사드립니다. 먼저 사안의 급박성으로 인해 이런 불편한 자리를 초래한 점 깊은 양해를 구하며, 이미 회의의 안건에 대해서는

다들 알고 계시리라 믿고 바로 본론으로 들어가겠습니다.”

그의 어조에선 겸양뿐만 아니라 단번에 좌중의 이목을 끄는 무언가가 느껴졌다.

특히 모두를 쓸어보는 그의 두 눈은 좌중의 누구보다 정광(精光)이 넘쳤는데, 이는 그가 불도에 기반을 둔 소림의 무공을 익힌 탓이었다.

무적수사(無敵秀士) 유평(流萍).

그는 소림제일의 무승이라 일컬어지는, 당금 소림 장문인의 사숙인 공요 성승으로부터 직접 사사했다.

비록 속가제자의 신분이었으나, 유평의 재질을 높이 산 공요 성승이 원로원의 동의를 얻어 자신의 모든 것을 그에게 전수했다는 이야기는 강호인이라면 모르는 사람이 없었다.

십오 년 전 불혹이란 늦은 나이에 출도하여 일약 의천맹의 맹주 자리에 오른 그는, 맹주로서도 탁월한 능력을 발휘하고 있었다.

하나, 실제 그의 무위가 어느 정도인지는 몇몇 사람 외에는 알고 있는 자가 없었다. 그저 공요 성승의 진신절학(眞身絶學)을 물려받았으니 당연히 뛰어난 무위를 갖췄을 거라는 추측이 있을 뿐이다.

그러나 분명한 것은 의천맹의 핵심 인물 중에서 맹주 유평의 실력을 의문시하는 자는 단 한 명도 없다는 사실이었다.

자신의 말에 좌중이 모두 묵묵히 동의하는 태도를 취하는 것을 확인한 유평은 곧 말을 잇는다.

"그럼 지금부터 본 맹주를 대신하여 앞으로의 진행은 여기 있는 추 단주가 맡도록 하겠습니다."

유평이 자신을 가리키며 자리에 앉자 그의 눈길을 받은 추심언이 학창의를 펄럭이며 자리에서 일어섰다.

먼저 유평에게 고개를 숙여 보인 그는 곧 좌중을 향해 돌아서며 입을 열었다.

"회의를 진행하게 된 익영단주입니다. 먼저 이번 사태에 대한 대략의 설명을 드릴 것이니 의견이나 궁금한 것이 있으신 분들께선 누구라도 기탄없이 말씀해 주시길 바랍니다."

처음보다 더욱 진지해진 분위기를 확인하며 다시 입을 여는 그.

"멸천교는 부활했습니다."

"으음……."

마치 선언같이 들리는 추심언의 말에 이미 알고 있던 사실임에도 좌중 곳곳에서 침음성이 흘러나왔다.

"또한 그들의 힘은 전보다 한층 강해졌습니다."

그런데 그때였다.

"도대체 무슨 수로 놈들이 부활을 했단 말이오? 분명 사십 년 전에 융중산에서 교주를 비롯한 멸천교의 졸개들을 모조리 진멸했지 않소!"

성질 급한 누군가가 참지 못하고 불쑥 끼어든다.

이런 경우 누구라도 언짢은 기색을 비칠 만도 하건만, 음성의 주인공을 확인한 추심언의 얼굴은 조금도 변함이 없었다.

탁자의 좌측 끝에 앉은 초로인.

그가 점창파(點蒼派)의 장문인 낙일쾌검(落日快劍) 곡수산이며, 그의 평소 성격이 불같음을 잘 알고 있었다.

곡수산의 태도에 내심 불쾌함을 표출하는 자들도 있었지만, 그의 질문에 대해서는 사실 대부분의 사람들이 궁금해하고 있었기에 모두 묵묵히 추심언의 대답을 기다렸다.

"당시 그 자리에 계셨던 곡 장문인께서 그런 의문을 가지시는 것은 당연합니다. 저 역시 그 자리에서 모든 멸천교도들이 죽임당하는 것을 직접 목도하였지요. 하지만 아쉽게도 그 질문에 대해선 아직까지 명확한 답변을 드릴 수가 없습니다."

"명확한 답을 해줄 수가 없다니! 그럼 정체도 제대로 파악되지 못한 놈들과 싸워야 한다는 말이오?"

잔뜩 상기된 채 조금씩 흥분해 가는 곡수산을 향해 추심언이 뭐라 말을 하려던 찰나, 그보다 먼저 곡수산의 바로 옆자리에 앉아 있던 자가 그를 돌아보며 미소지었다.

"허허… 사람 참, 회의 시작한 지 얼마나 됐다고 이리 목소리를 높이는가? 회의를 방해할 생각이 아니라면 조금만 흥분을 가라앉히게."

짙은 남의(襤衣)를 걸친 그는 공동파(崆峒派)의 장문인 지승

악인데, 예전부터 그와 곡수산은 막역한 사이로 알려져 있었다.

그의 제지에 뭐라 떠들어대던 곡수산은 곧 못 이긴 척 헛기침을 하며 입을 닫았다.

곡수산이 진정되자 곧 추심언을 향해 시선을 돌린 지승악이 희미한 미소를 띠며 말했다.

"추 단주께선 계속 진행하시길 바라오."

이에 고맙다는 듯 그를 향해 살짝 고개를 숙여 보인 추심언이 입을 열었다.

"이 자리에서 시급하게 논의해야 할 것은 크게 두 가지입니다. 하나는 이미 곡 장문인께서 지적하셨듯이, 저들의 정확한 실체와 전력을 가늠하는 것이고, 다른 하나는 앞으로 저들에 대한 우리의 대응책을 강구하는 것입니다. 이미 강북 지부의 사태에 대한 대강의 사실들은 여기 있는 분들 모두가 잘 아실 것입니다. 그렇다면 결국 모두가 궁금해하고 의논하길 원하는 것은 그 사실들에 근거한 의문들일 터이니, 먼저 그에 관해서 의견을 개진하실 분이 계시면 말씀해 주시지요."

잠시 서로가 서로에게 눈길을 주고 있는 가운데 먼저 입을 연 것은 하북팽가의 가주 금왕도(金王刀) 팽연강이다.

이 자리에서 강북 지부의 사태와 가장 큰 관련이 있는 사람 둘을 꼽으라면 강북 지부장 황보웅과 자신의 아우 팽연종을 잃은 팽연강일 것이다.

이를 반영하듯 그 두 사람의 표정은 회의 시작 전부터 딱딱하게 굳어 있었다.

"듣기로는 강북 지부가 그렇게 허무하게 무너진 것은 멸천교의 마졸들 틈에 섞여 있던 정체불명의 괴인 때문이라는 말을 들었소. 내 아우마저 놈의 단 일 수에 당했다고 하는데, 추단주께선 혹시 그자의 정체에 대해 아는 것이 있으시오?"

팽연강의 질문에 추심언은 그러한 질문이 나올 것을 예상했다는 듯 작게 고개를 끄덕였다.

"그에 대해서는 제가 아니라 당시 그 자리에 있었던 사람에게 직접 듣는 것이 좋을 듯합니다."

그의 말이 끝남과 동시에 중인들의 시선이 회의장 우측에 있는 문으로 일제히 향했다.

그곳엔 시비의 부축을 받은 한 여인이 천천히 회의장 안으로 걸어 들어오고 있었다.

그녀는 다름 아닌 그날의 일로 심각한 내상을 입었다고 알려진 황보설.

그녀는 아직 다 회복된 상태가 아닌 듯 안색이 파리했는데, 보는 이들에겐 그마저 아름답게 여겨질 정도다.

그녀의 아버지 황보웅의 걱정스런 눈길을 받으며 빈자리에 앉은 그녀는 짧은 한숨을 내쉬곤 곧 입술을 벌렸다.

"총단 순찰당 소속 황보설이 강호의 여러 선배님들께 인사 올립니다."

또렷하긴 하나 힘이 느껴지지 않는 음성.

"황보 순찰, 그날 보았던 괴인에 대하여 기억나는 대로 말해주게."

"예."

추심언의 말에 대답한 뒤, 즉각 입을 열지 않고 잠시 침묵하는 그녀.

그런 그녀의 눈동자가 곧 뭔가에 홀린 듯 멍해지기 시작했다.

"그건… 사람이 아니었어요……;."

"……?"

중얼대듯 흘러나온 그녀의 음성에 모두의 눈이 커진다.

"사람이 아니라니, 그럼 무엇이란 말인가?"

모두의 마음을 대변하듯 팽연강이 물었다.

"그 눈… 산 사람의 눈이 아니었어요. 그치만… 움직였어요. 빠르게… 아주 빠르게. 그자가 한 번 손을 휘두를 때마다 영웅이대의 무인들이 힘 한번 쓰지 못하고 다 피를 흘리며 쓰러졌어요. 순식간에 다… 죽어버렸어요. 무참히……."

그날의 모습을 다시 떠올리는 그녀의 목소린 시종 잘게 떨린다. 두 눈엔 두려운 빛마저 떠올라 있는 상태였다.

정리가 되지 않은 말들을 홀린 듯 내뱉는 그녀의 모습을 보며 중인들은 하나같이 놀란 표정이다. 과연 눈앞에 있는 이 여인이 자신들이 알고 있던 천상설화가 맞는지 의심스러운 것이다.

항시 고고하고 도도하기만 했던 그녀가 이런 모습을 보일 줄은 전혀 생각지도 못했던 것.

그리고 또 한편으론 그녀를 이렇게 만든 그 존재에 대한 궁금증이 더욱 크게 일고 있기도 했다.

“산 사람이 아닌데 살아 움직인다니? 그렇다면… 설마 강시란 말인가?”

팽연강의 추측에 추심언이 고개를 끄덕이며 동조했다.

“팽 가주의 짐작이 맞습니다. 그러한 특성을 갖는 것은 강시밖엔 없지요.”

그러나 팽연강은 여전히 이해가 되지 않는 표정으로 말했다.

“음… 설혹 그것이 강시라 하더라도 어찌 그런 가공할 힘을 발휘할 수 있단 말이오?”

그의 말대로다.

사람의 시체를 가지고 강시를 제조하는 것은 패륜적인 사술이라 하여 금기시되어 왔지만 지금까지 강시가 제조된 일은 종종 있었다.

그러나 일반적으로 강시는 제조자의 명령만을 따르며 이미 죽은 몸이라서 고통을 느끼지 못한다는 것을 빼고는 특별한 능력을 행하진 못했다.

생전에 그 시체가 아무리 대단한 고수였다고 하더라도 강시가 되면 보통의 시체로 만든 강시와 아무런 차이가 없어지기 때문이다.

한데 이에 대한 대답은 추심언이 아닌, 잠자코 듣고 있던 유평에게서 나왔다.

"그냥 강시가 아니기 때문입니다."

"……?"

팽연강을 비롯한 좌중의 시선이 모두 그에게로 고정되었다.

"그것은 칠백 년 전 마황성이란 곳에서 제조한 탈백철강시일 가능성이 큽니다."

"탈백철강시? 혹 맹주께선 지금 단 한 구로 소림의 사대금강과 동수를 이뤘다던 그 탈백철강시를 말하는 것입니까?"

잠시 입을 닫고 있던 곡수산이 참지 못하고 다시 나선다.

이에 고개를 끄덕이는 유평.

"그렇습니다."

웅성웅성.

장내가 소란스러워진다.

사대금강이 무엇인가?

소림의 제자 중 무승이라면 누구나 되고 싶어하는 것이 바로 십팔나한(十八羅漢)이다. 일대제자 중에서도 가장 뛰어난 자들이라 할 수 있는 십팔나한은 강호 전체를 놓고 보아도 웬만한 문파의 장로급의 대우를 받을 정도의 위치였다.

그런 십팔나한의 위에 바로 사대금강이 있다.

십팔나한에 뽑힌 자들이 장로의 배분이 되었을 때, 이들 열여덟 명 중에서 다시 가장 뛰어난 자 넷을 추린 것이 바로 사대금강인 것이다.

이들이야말로 곧 소림 무학의 상징이며, 소림을 지키는 수호승들인 것이다.

그러한 사대금강과 동수를 이루었다는 것은 무얼 말하는가?

곧 이 자리에 있는 어느 문파든지 단독으로 탈백철강시를 막아내긴 어렵다는 것을 의미하는 것이다. 이에 모든 사람이 적지 않은 충격을 받은 것은 무리가 아니었다.

그렇게 장내에 있는 자들 모두가 술렁이고 있는 바로 그 순간.

쐐애애액!

고막을 찢을 듯한 파공성과 함께 순식간에 회의장 안으로 무언가가 쏘아져 날아왔다.

그것은 정확히 유평이 있는 곳을 살짝 비껴서 뒤쪽의 벽면에 그대로 틀어박혀 버렸다.

퍼억!

모두의 시선이 향한 그곳.

보통 활 크기의 세 배는 족히 됨 직한 철시(鐵矢)가 보였다.

그리고 철시의 끝부분엔 하얀 끈으로 고정된 봉서가 묶여져 있었다.

"어떤 놈이 감히!"

곡수산이 분기를 터뜨리며 벌떡 일어섰다.

뒤이어 좌중이 들썩이는 것은 당연지사.

"화살이 날아온 곳으로 서둘러 영웅일대를 보내시오!"

"예, 맹주!"

유평이 지시하자 뒤편에 서 있던 좌명호가 황급히 회의장을 빠져나갔다. 그리고 곧 추심언이 굳은 표정으로 다가가 철시에 묶인 봉서를 풀어 펼쳐 들었다.

본 멸천교주는 의천맹에 속한 모든 문파에게 고한다.

너희가 전과 같이 본 교를 사마외도(邪魔外道)라 여기고 본교에 대적하려 한다면 반드시 너희들의 피로써 그 대가를 치르게 될 것이다.

단언컨대, 단 한 사람도 살아남지 못하리라.

그러나 본 교주는 쓸데없는 피 흘림을 원치 않으니 너희가 취할 두 가지 행동을 일러주겠다.

一. 의천맹에서 나오라.

본 교는 하나고 너희는 다수다. 본 교주는 비겁함을 싫어한다.

二. 본 교의 행사를 거스르지 마라.

본 교에 대적하지만 않는다면 곧 본 교의 친우로 여길 것이다.

이상의 두 가지를 잘 따른다면 아무런 해를 입지 아니할 것이나, 따르지 않는다면 너희들이 세운 터가 피로 잠기게 될 것이다.
본 교주에겐 능히 그럴 만한 힘이 있으며, 원한다면 곧 너희 모두가 그 힘을 맛보게 될 것이다.

"으음!"
추심언이 봉서의 내용을 낭독해 가는 동안에도 곳곳에서 무거운 침음이 흘러나오더니, 그가 낭독을 끝마치자 기다렸다는 듯이 장내가 소란스러워지기 시작했다.
그중에서도 가장 언성을 높인 자는 역시 곡수산인데, 돌연 탁자를 세차게 내려친 그는 분기탱천한 목소리로 입을 연다.
"참으로 광오한 놈이로구나! 마치 우리 모두를 제 놈의 발 아래 둔 것처럼 지껄여 대다니! 크으으!"
노기 어린 그의 말에 여기저기서 동조하는 자들의 흥분한 음성이 터져 나온다.
그러나 한편, 그사이에서 묵묵히 홀로 고심하고 있는 자들도 일부 엿보이기 시작한다.
저울질이 시작된 것이리라. 무엇이 살 길인지…….
그들 중 대부분은 이해에 민감한 중소 문파의 수장들이었으나, 탁자에 앉은 자들 중에서도 비슷한 기색을 보이는 자가 몇몇 있음을 추심언은 놓치지 않았다.

추심언은 그들 하나하나를 머릿속에 또렷이 각인시켰다.

그리고 다시 그때,

쐐애애액!

동일한 파공성이 재차 모두의 귓속을 파고든다 싶은 순간,

퍼버벅!

거대한 철시가 회의장 외곽에 앉아 있던 삼 인의 두부를 꿰뚫고 지나갔다.

무방비 상태였던 그들의 머리를 관통한 철시는 아직도 그 힘을 이기지 못하고 땅에 처박힌 채 떨었다.

"히이익!"

그들의 주변에 앉아 있던 자들이 핏물을 뒤집어쓴 채 경악을 토해냈다.

그러나 그것은 단순한 서막에 불과했다.

쐐액! 쐐쇠액!

철시 수십 개가 비명을 내지르며 미친 듯이 중인들을 향해 쏟아져 날아오기 시작한 것이다.

"위험하다!"

"모두 몸을 낮추시오!"

고함을 내지르며 황급히 몸을 피하는 자들.

미처 피하지 못하고 정면으로 막으려다 그대로 철시에 꿰

뚫려 버린 자들도 보였다.

순식간에 아수라장으로 변한 장내를 바라보며 유평이 공력을 돋우어 큰 소리로 외쳤다.

"여러 장로들께선 서둘러 밖에 있는 사람들을 건물 안으로 이끌어주시고, 회의장 내부로 날아오는 철시를 차단해 주시기 바랍니다!"

이에 탁자에 앉아 있던 자들이 모두 일어나 일부는 밖으로 몸을 날려 우왕좌왕하는 자들을 회의장 안쪽으로 밀어 넣었고, 나머지는 각각 철시가 날아오는 쪽을 향해 흩어져 자세를 취했다.

이를 지켜보던 유평은 이내 추심언을 향해 시선을 돌리며 물었다.

"철시가 날아온 쪽으로 달려간 영웅일대는 어찌 된 것이오?"

추심언은 안색을 굳히며 대답했다.

"철시가 계속해서 날아오는 걸로 봐서는……."

"으음."

아직 철시를 날린 자들을 찾지 못했든지, 찾았더라도 상황이 여의치 않든지 둘 중 하나였다.

그리고 보다 신빙성 있는 추측은 후자였다. 쏘고 도망가지 않은 이상, 아직까지 찾지 못할 리가 없기 때문이다. 또한 도망갔다면 이처럼 계속해서 철시가 날아올 리 없지 않은가?

추심언의 결론도 유평과 같았다. 그렇기에 절로 말끝을 흐린 것이다.

"철시라니……. 멸천교에서 궁(弓)을 쓴 적이 있었던가?"

눈앞에서 진강후가 자신의 도를 휘둘러 날아오는 철시를 두 동강 내는 장면을 바라보던 유평이 문득 떠오른 의문에 독백처럼 중얼거렸다.

"멸천교에선 궁을 쓰지 않았습니다."

"끄아악!"

두 동강 난 철시가 그대로 양쪽으로 갈라지며 가까이 있던 자의 가슴에 틀어박혀 버렸다.

이를 본 유평의 검미가 절로 꿈틀거린다.

진강후가 철시를 베며 이와 같은 결과를 예측하지 못했을 리가 없다. 그는 분명 모든 것을 감안하고 철시를 향해 도를 휘둘렀을 것이다.

하지만 철시는 강했다. 진강후가 막지 못할 정도로 강하다는 것이 아니라, 진강후의 예상보다 훨씬 강한 힘이 담겨 있다는 것이다.

뒤늦게 깨달은 진강후의 분노 때문일까?

그의 도가 이젠 금빛을 흩뿌리기 시작했다.

철시의 위력을 실감한 유평의 안색이 더욱 가라앉았다.

"그렇다면 이건……?"

같은 장면을 목도한 추심언의 표정도 더욱 심각해진다.

"아마도… 삼백여 년 전 일월교(日月敎)에서 사용했던 마영시(魔影矢)가 아닌가 싶습니다."

"일월교? 탈백철강시도 그렇고, 어떻게 멸천교에서 그 옛날 다른 마교 잔당들이 사용했던 마병들을 제조해 낼 수 있단 말이오?"

믿기지 않는다는 듯 추심언을 향해 되묻는 유평.

추심언은 강북 지부 사태 때부터 아주 조심스럽게 홀로 마음에 두고 있던 한 가지 추측에 점점 무게가 실리는 것을 느꼈다.

아니길 바랐고, 또 아니어야만 했던 바로 그 생각.

그는 애써 고개를 저으면서도 유평을 향해 조심스레 입을 열었다.

"맹주께서는 혹 천마혈(天魔穴)이란 곳을 아시는지요?"

"천마혈이라면 천년마교의 근거지였다고 알려진 곳이 아니오?"

"그렇습니다."

천년마교의 창시자 천마대제가 지었다는 천마혈.

천년마교가 사라진 뒤, 수백 년간 모든 마도인들이 찾아 헤맸고, 결국엔 아무도 찾지 못했던 바로 그곳.

이제는 그런 곳이 실제로 있는지조차 의심스러운 이름이 되어버린 곳.

그러나 마도인이라면 누구나 절대 이곳을 전설로만 여길

수가 없다.

왜냐면 천마대제의 모든 마공이 수록된 천마혈경과 그의 도 마정도(魔精刀)가 그곳에 보관되어 있을 것이기 때문이다.

"한데 갑자기 그것은 왜 묻는 것이오? 설마 추 단주는……?"

유평의 말에 추심언이 부연 설명을 하기 위해 입을 열려는 찰나,

쇠째액!

앞선 자들이 미처 걷어내지 못한 철시 하나가 유평을 향해 날아들었다.

까앙!

하지만 그대로 유평의 코앞에서 반으로 쪼개져 버린 철시.

"이야긴 잠시 미루고 일단 서둘러 이곳을 수습해야겠소."

유평이 양미간을 접으며 말하자 추심언은 고개를 끄덕였다.

"알겠습니다."

그런 그의 시선은 날아온 철시를 단번에 쪼갠 유평의 손을 향했다.

그의 손은 눈부신 금광으로 물들어 있었다.

호남 지부와 일 리쯤 떨어진 곳에 위치한 야산.

정상 부근을 올려다보는 좌명호의 미끈한 이마에 내 천(川) 자가 깊게 파였다.

능선에 일렬로 늘어선 일단의 무리.

하나같이 금강 역사를 떠올리게 하는 장대한 체구를 가진 그들의 앞에는 역시 장정의 키만큼 커다란 철궁이 세워져 있었다.

그들은 쉼없이 상체를 뒤로 젖혔다 펴면서 철시를 쏘아대고 있었는데, 철궁을 자신의 몸에다가 단단히 고정시키고 양 다리를 모두 무릎까지 땅속에 파묻은 채 있는 힘껏 시위를 당기는 그들의 양손엔 핏빛을 띤 수투가 끼워져 있었다.

묵철로 만든 마영시를 감당하려면 보통의 시위가 아닌, 천련금사(千鍊金絲)를 꼬아서 만든 특수한 시위가 필요했다.

그리고 그 특수한 시위를 감당하려면 역시 손을 보호할 만한 장비가 필요한데, 이들이 끼고 있는 것이 바로 시위의 강력과 마찰로부터 손을 보호하기 위해 만든 적룡잠(赤龍蠶)으로 짠 수투인 것이다.

그들이 날리는 화살이 향하는 곳이 어디인지 잘 알고 있는 좌명호의 마음은 시간이 갈수록 조급해졌다. 숨 쉴 틈 없는 화살 세례를 받고 있을 호남 지부는 지금쯤 아수라장으로 변해 있을 것이다.

서둘러 막아야 했다. 당장 저들에게 달려들어 화살을 멈추게 해야 하는 것이다.

하지만 그는 그럴 수가 없었다.

그가 서 있는 곳과 철궁마단이 있는 곳의 중간 지점.

그곳엔 흑의를 걸치고 얼굴에 검은 천을 두른 괴인 하나가 버티고 서 있었다.

흑의괴인은 지극히 괴이한 몸놀림으로 자신을 둘러싼 영웅일대의 대원들을 헤집고 다녔다.

뼈마디가 없는 듯 전후좌우로 기괴하게 움직이는 팔과 다리.

어느 쪽인지 전혀 예측할 수 없는 도약과 공세.

그러나 지켜보는 좌명호를 가장 경악케 하는 것은 흑의괴인이 대원들의 검을 맨몸으로 받아내고도 상처 하나 입지 않는다는 것이었다.

더구나 검이 흑의괴인의 몸에 닿을 때마다 들리는 것은 놀랍게도 금속성이었다.

'사람이 아니다!'

좌명호는 두 눈에 힘을 주며 검을 뽑아 들었다.

자신이 이끌고 온 영웅일대의 대원 오십 명 중 절반이 이미 흑의괴인의 손에 잔혹하게 죽어 나갔다.

방금도 대원 두 명이 가슴뼈가 함몰된 채 최후를 맞는 장면을 목격한 그는 더 이상 지체치 않고 신형을 날렸다.

우웅!

그의 손에 들린 검이 낮게 울며 희뿌연 검기를 피워 올렸다.

좌명호는 처음부터 전력을 다하기로 마음먹었다.

눈앞의 적은 강북 지부에 나타났다던 바로 그 정체불명의 괴인이 틀림없으리라.

괴인의 손에 영웅이대의 대장이었던 팽연종이 죽은 사실을 똑똑히 기억하고 있는 좌명호다.

한순간의 방심도 자신에게 허용되지 않을 것임을 그는 잘 알고 있었다.

좌명호의 기세를 느낀 흑의괴인의 신형이 돌연 그를 향해 돌려졌다. 흑의괴인과의 거리를 이 장으로 좁힌 좌명호는 그대로 검을 휘둘러 검기를 흩뿌렸다.

따앙!

검기가 흑의괴인의 옆구리에 격중되자 거친 쇳소리가 울려 퍼진다.

'이럴 수가! 검기도 통하지 않는단 말인가!'

좌명호는 믿을 수 없다는 눈빛으로 흑의괴인을 바라보았다.

그사이 검기에 담긴 힘에 밀려 뒤로 이 장 정도 물러났던 흑의괴인은 흐트러진 자세 그대로 좌명호를 향해 돌진하기 시작했다.

몸을 날리려면 무릎을 굽히거나 적어도 발목이라도 비틀어야 할 터인데, 흑의괴인의 움직임은 그런 통상적인 틀을 완전히 무시하고 있었다.

좌명호의 안면을 향해 뻗쳐 오는 흑의괴인의 손.

예측 불허의 공세에 다급해진 좌명호는 태을신공(太乙神功)을 극성으로 끌어올리며, 종남파의 구궁검법(九宮劍法) 중 가장 강맹한 초식인 구궁산파(九宮山破)를 펼쳤다.

퍼엉!

손과 검이 맞닥뜨리자 폭음이 터져 나오며, 둘의 신형이 양쪽으로 갈라진다.

그러나 그도 잠시.

충격으로 뒤로 날아가던 흑의괴인은 그대로 허공에서 신형을 뒤집으며 멀어지는 좌명호를 향해 쾌속하게 쏘아져 날아갔다.

이를 본 좌명호도 뒤질세라 뒤에 버티고 있는 나무를 박차며 방향을 꺾어 날아오는 흑의괴인을 향해 검을 휘젓는다.

슈슈슉!

빛살 같은 검기의 가닥들이 허공을 수놓으며 흑의괴인을 압박해 간다.

그러나 흑의괴인은 마치 무인지경(無人之境)을 통과하듯 조금의 미동도 없이 자신을 막아선 빛무리를 향해 돌진할 뿐이었다.

*　　　*　　　*

“그게 정말이에요? 하하! 재밌는 사람인데요?”

다각다각!

나란히 말을 타고 악양성 내의 얕은 능선 길로 접어든 막강과 진소천은 말에게 움직임을 맡긴 채 수다 떨기에 여념이 없었다.

성문에서 길게 이어진 대로를 두고 굳이 이 길을 택한 것은 사람이 많아 복잡하다는 진소천의 의견 때문이었다.

“재밌긴요! 정말 무례한 자였어요.”

“어떻게 생긴 사람인데요?”

“음… 밤이라 어두워서 확실히 보진 못했지만 용모는 제법 뛰어났어요.”

“오! 나보다도 잘생겼나요?”

막강의 질문에 진소천이 입가에 살짝 미소를 그린다.

“그자가 아무리 잘생겼다 한들 막 소협만 하겠어요? 훗.”

“하핫! 그렇죠? 그런데 왜 우리 색시는 그 사실을 모르고 있을까?”

호들갑을 떨다가 금세 힘없이 아랫입술을 빼쭉 내미는 막강을 보며 진소천은 쓴웃음을 머금었다.

지난 닷새 동안 함께 이곳으로 오면서 막강은 단 한시도 빼먹지 않고 언년을 입에 담았다.

물론 막강이 의도적으로 그럴 리가 없다는 걸 그녀는 잘 알고 있다. 그러나 바로 그 사실이 그녀를 더욱 쓸쓸하게 했다.

차라리 의도적이었다면 좋았을까?

그럼 적어도 막강이 자신의 마음을 알고 있다는 뜻이 되니까 말이다.

'휴우, 큰일이네. 이러다가 임 매까지 미워하게 되는 거 아닐까? 훗.'

어찌 됐건 지난 오 일간 막강과 단둘이 여정을 행하는 동안 그녀가 더욱 확실하게 깨달은 것은 막강의 마음속엔 애초부터 자신이 들어갈 자리 따윈 없었다는 사실이다.

속으로 혼자 피식거린 그녀는 능선 너머로 시선을 돌렸다.

서서히 시야가 트이며 구릉 아래 자리 잡은 호남 지부의 모습이 그녀의 눈에 들어왔다.

"음? 저건?"

순간, 뭔가를 발견한 그녀의 두 눈이 치떠진다.

호남 지부의 상공으로 무언가 깨알 같은 것들이 검게 쏟아져 내리는 것을 본 것이다. 안력을 돋운 그녀는 호남 지부 내부의 한곳에서 많은 사람들이 우왕좌왕하는 모습을 확인할 수 있었다.

"어떻게 된 일이지? 회의는 분명 내일인데……?"

"음… 화살이네요. 벌써 죽은 사람들도 많은데요. 빨리 가 봐야겠어요, 진 소저."

어느새 상황을 모두 파악한 막강이 말에서 내리며 심각한 목소리로 그녀에게 말했다.

이미 막강의 능력이 자신보다 위임을 잘 알고 있는 그녀는 막강의 말에 놀라지 않고 말없이 고개를 끄덕여 보였다.

곧 약속한 듯 재빨리 말에서 내리는 두 사람.

말보다는 신법을 발휘하는 게 훨씬 빠를 것이기 때문이다.

그렇게 막 두 사람이 동시에 몸을 날리려는 순간이다.

펴엉!

"……!"

두 사람은 잠시 서로 눈길을 주고받은 후 누가 먼저랄 것도 없이 폭음이 들려온 곳으로 신형을 날렸다.

막강이 산무귀영혼을 극성에 가깝게 펼쳐 폭음이 들려온 장소에 당도한 것은 불과 차 한 모금 마실 시간이 지나서였다.

막강의 눈에 들어온 장내의 상황은 일견하기에도 매우 급박했다.

가까이엔 참혹하게 죽은 시체들이 여기저기 널브러져 있고, 멀리 정상 부근에선 시위를 떠난 마영시가 내지르는 호곡성이 쉴 새 없이 들려왔다.

그리고 십여 장 떨어져 있는 곳의 상공(上空).

그곳에선 지금 격렬한 싸움이 펼쳐지고 있었다.

난무하는 검광과 요란한 금속성.

막강은 흑의괴인을 향해 정신없이 검기를 뿌려대고 있는

중년인이 좌명호인 것을 알고는 두 눈을 가늘게 떴다. 얼핏 보기에도 좌명호의 사정이 그리 좋지 못했던 것이다.

그의 공세는 조금씩 위축되고 있는 반면, 흑의괴인의 움직임은 서서히 좌명호의 기세를 압도해 가고 있었다.

이를 대변하듯 그의 검에 서린 검기가 시간이 갈수록 옅어지고 있었다.

좌명호가 곧 위험한 상황을 맞이할 거라 판단한 막강은 망설임 없이 공중으로 몸을 뽑아 올리려 하지만, 애석하게도 때는 이미 늦었다.

퍼억!

"크윽!"

둔탁한 격타음이 들림과 동시에 좌명호의 신형이 뒤로 날아가며 아래로 떨어져 내리기 시작했다.

결국 막강의 우려대로 그는 흑의괴인의 발에 복부를 강타당하고 만 것이다.

좌명호을 한 방에 날려 버린 흑의괴인은 떨어져 내리는 좌명호의 몸을 향해 조금의 쉴 틈도 없이 쾌속하게 몸을 날렸다.

"이런!"

이를 본 막강은 재빨리 신형을 허공으로 뽑아 올려 흑의괴인의 앞을 가로막았다.

뒤늦게 도착한 진소천 또한 상황을 금세 파악하고 막강을 따라 몸을 날린다. 힘없이 떨어져 내리는 좌명호를 받아내기 위해서였다.

흑의괴인은 갑자기 튀어나온 막강을 보고도 전혀 놀람 없이 돌연 몸을 가로로 길게 눕혔다.

그러더니 곧 양손을 앞으로 쭉 내밀며 막강의 가슴을 향해 쌍장을 휘갈겼다.

쌍장에 담긴 위력이 만만찮음을 느낀 막강은 황급히 옥청건곤심공을 끌어올려 선풍소음으로 맞섰다.

우릉!

장과 장이 교차하며 땅이 진동했다.

몸을 펼쳐 뒤로 날아가던 속도를 죽인 막강은 곧 사뿐히 바닥에 내려섰다.

찌릿!

'손을 쇠로 만들었나? 무지 단단하잖아?'

방금 전 충돌에서 받은 충격 때문에 손바닥이 얼얼해진 막강.

흑의괴인의 공격을 가볍게 여기고 선풍소음이 아닌 다른 것으로 맞섰더라면 큰일을 치를 뻔했다.

막강은 근래 잠잠하던 온몸의 신경들이 팽팽하게 당겨지는 것을 느끼며 희미한 미소를 그렸다.

'좋아! 어디, 다시 한 번 해볼까?'

힘있게 뜬 눈으로 십 장 밖에 우뚝 선 흑의괴인을 바라보며 막강은 다시금 자세를 잡았다.

이번엔 자신이 먼저 공격을 하겠다고 마음먹은 것이다. 그런데 이때 등 뒤에서 좌명호의 음성이 들려왔다.

"모, 모두가 위험하네! 어서 화살을 쏘지 못하도록 막아야… 우욱!"

진소천의 품에 의지한 채 쥐어짜듯 외치던 그는 참지 못하고 검붉은 선혈을 토해내기 시작했다.

"좌 대장님, 더 이상 말씀하시면 위험합니다!"

황급히 그의 명문혈에 손을 가져가는 진소천.

막강은 좌명호의 말에 정신이 번쩍 들었다.

이곳에 당도하기 전에 보았던 호남 지부의 참상을 잠시 잊고 있었던 것이다.

눈을 들어 잠시 정상을 바라본 막강은 다시금 흑의괴인에게 시선을 고정시켰다.

'이 사람이 저 위에 활 쏘는 사람들을 지키는 것이군.'

내심 고개를 끄덕인 막강은 허리춤으로 손을 가져간다.

'그렇다면 어차피 이 사람부터 해결해야 되겠네.'

스릉!

맑은 검명(劍鳴)이 울려 퍼지며 묵룡의 은빛 나신이 모습을 드러냈다.

막강은 묵룡을 아래로 길게 늘어뜨렸고, 그 순간 우뚝 서 있던 흑의괴인이 움찔하는 듯하더니 먼저 막강을 향해 달려

들었다.

몸을 꼿꼿이 세운 채 양팔을 흐느적거리며 질풍같이 달려드는 그의 모습은 보는 이에게 공포를 심어주기에 충분했다.

묵룡을 잡은 막강의 손에 힘이 들어간다.

위이!

진기를 머금은 묵룡이 낮게 울며 뿌연 청광을 뿜기 시작했다.

'어떤 걸로 할까?'

건곤삼검과 대정무의검.

하늘과 땅에 존재하는 모든 기운을 검에 담아 세 가지 방식, 즉 중(重), 쾌(快) ,환(幻)으로 표출하는 검법이 건곤삼검이다.

그리고 종국에 가서 이 세 가지를 하나로 모아 펼쳐 내는 것이 바로 대정무의검이다. 곧, 건곤삼검은 대정무의검의 전 단계라고 볼 수 있었다.

막강은 막패가 살아 있을 당시 이미 건곤삼검을 십성 이상 펼칠 수 있는 상태였다.

그리고 칠 년이 지난 지금 막강의 성취는 건곤삼검을 넘어 대정무의검의 오성 단계를 바라보고 있었다.

형산파가 세워진 이래 최고의 기재라 일컬어졌던 막패다.

하지만 그조차 지금의 막강 나이에 이 정도의 성취를 보이진 못했다.

　막강이 이처럼 놀라운 성취를 보이는 것은 막패가 전수한 공력에 기인한 바가 크지만, 처음부터 타고난 무재(武才)가 아니었다면 불가능한 일이라 할 것이다.

　쑤우웅!

　어느새 코앞에 당도한 흑의괴인이 거침없이 주먹을 내지른다.

　아무런 형식도 없다. 그러나 그것은 무섭도록 빠르고 매서웠다.

　이에 막강은 묵룡을 머리 위로 들어 올리고는 날아오는 주먹을 향해 세차게 내리찍어 버렸다.

　"하압!"

　우릉!

　건곤삼검 제일식 붕천악(崩天岳)!

　일검에 하늘이 무너지고, 산이 무너진다.

　묵룡에서 뻗어 나온 굵직한 청색 검기가 흑의괴인을 덮어 버리는 순간, 꽝 소리와 함께 막대한 경기가 사방으로 퍼져 나갔다.

　본래 서 있던 자리로 날아가 바닥에 처박힌 흑의괴인은 잠시 후 몸을 꿈틀거리더니 곧 두 손으로 바닥을 집고 일어섰다.

　친친 감았던 천은 벗겨지고, 온몸은 하얀 먼지를 뒤집어쓴 상태.

그 모습을 보고 놀란 막강의 두 눈이 절로 크게 떠졌다.

"어라? 멀쩡하잖아? 진짜 무쇠로 만든 건가?"

그렇게 막강이 혀를 내두르는 사이, 몸을 일으킨 흑의괴인의 공세가 다시 이어졌다.

오직 전진.

후퇴는 없다. 방어도 없다.

흑의괴인이 보여주는 것이라곤 오로지 공격 일로였다.

이를 보는 막강의 표정이 딱딱하게 굳었다.

'음, 빨리 저 위로 가야 하는데……'

막강은 흑석 같은 두 눈을 번뜩이며 달려드는 흑의괴인을 향해 묵룡을 겨눴다.

순간적인 폭발력 면에서 가장 위력이 강한 붕천악이다. 그런데 그것이 통하지 않았다.

"좋아, 그렇다면!"

쉬쉬쉿!

막강의 신형이 눈 깜짝할 사이에 흑의괴인의 지척에 다다랐다.

극성에 가까운 표풍무영보가 펼쳐진 것이다.

두 눈을 빛내며 다시금 흑의괴인을 향해 묵룡을 힘있게 내리긋는 막강.

쉬하학!

다른 초식이 아니다. 아까와 같은 붕천악이다.

하지만 위력이 달랐다.

그냥 다른 것이 아니라 차원이 달랐다.

묵룡의 검신에는 더 이상 청색의 검기가 보이지 않았다.

대신 깎아놓은 듯 날카로운 무언가가 검끝에서 생성되어 일 장이나 뻗어 나와 있었다.

투명하고도 뚜렷한 형체를 가진 푸른 빛줄기.

그것은 허공에 찬란한 호선을 그리며 그대로 흑의괴인을 향해 떨어져 내렸다.

지이익!

쇠가 타는 듯한 소음과 함께 흑의괴인의 어깨를 파고든 그것은 거침없이 그의 몸을 길게 가르곤 옆구리로 빠져나왔다.

절대 베이지 않을 것 같던 흑의괴인의 몸이 막강이 만들어 낸 푸른 빛줄기에 드디어 갈라지고 만 것이다.

"야압!"

한쪽 팔이 날아간 채 휘청거리는 흑의괴인을 보며 막강은 망설임 없이 재차 일검을 떨쳐 낸다.

흑의괴인의 몸을 자신의 힘으로 충분히 베어버릴 수 있음을 확인한 이상 망설일 하등의 이유가 없는 것이다.

이 기회에 흑의괴인을 완전히 쓰러뜨리고 서둘러 정상으로 몸을 날려야 했다.

하나, 그것까진 뜻대로 되지 않을 듯하다.

'음?!'

쒜액!

막 흑의괴인을 베어가던 막강의 귓전으로 미세한 파공음이 들려왔던 것.

동시에 등줄기가 찌릿해지는 것을 느낀 막강은 황급히 묵룡의 방향을 꺾어 허공을 후려쳤다.

따앙!

거친 소음과 함께 마영시 하나가 공중에서 사라졌다.

그 자리에서 신형을 한 바퀴 돌려 세운 막강은 주변을 경계하며 마영시가 날아온 정상으로 시선을 던졌다.

그곳엔 지금까지 눈에 띄지 않던 갈포를 걸친 사내 하나가 막강을 향해 흉흉한 안광을 쏘아내며 서 있었다.

철궁마단주(鐵弓魔團主) 괴월의 얼굴은 잔뜩 굳어져 있었다.

마영시 하나를 날려 막강의 행동을 저지하긴 했으나, 방금 전까지 자신이 보았던 상황을 사실로 받아들이기 어려운 것이다.

'검강이라니!'

고작 약관을 넘은 어린 놈이다. 그런 놈이 검강을 일으켰다. 그것도 완벽한.

그가 아는 한 당금 강호에서도 검강을 일으킬 만한 실력을 갖춘 자는 극히 드물었다. 그것은 그가 속한 멸천교에서도 마찬가지.

물론 강기를 일으키는 것이 검법의 전부라 하긴 어렵지만 일정 수준 이상의 공력이 받쳐 주지 않는다면 검강지경(劍之境)은 한낱 꿈에 불과한 것이다.

그런데 지금 막강은 그런 강기를 너무도 쉽게 다루고 있었다. 이는 막강이 지닌 내공이 거뜬히 일갑자를 상회한다는 것을 의미하는 것이다.

'형산파의 전인이라더니……. 으음, 그나저나 저놈이 여기에 나타날 줄이야!'

처음 막강이 나타났을 때 적지 않게 당황한 그였다.

'이렇게 된 이상 예정보다 빨리 철수하는 게 좋겠군.'

순간, 막강의 시선이 자신을 향하자 괴월은 한쪽 손을 슬쩍 위로 치켜 들었다.

그러자 절대 멈추지 않을 것 같던 철궁마단의 움직임이 일제히 멈추었고, 쉴 새 없이 들리던 마영시의 호곡성이 사라져 버린 사위는 일순간에 적막에 휩싸였다.

끼이이!

그 적막 속에서 흑의괴인이 기우뚱거리며 막강을 향해 다가갔다.

처참하게 잘려 나간 부위는 타 들어간 듯 새까맣고, 조금의 혈흔도 보이지 않았다. 고통도 모르는 듯한 그의 움직임을 보며 진소천의 입술이 열렸다.

"강시였다니……!"

"강시요?"

눈썹을 치켜뜨는 막강.

새삼스런 눈빛으로 흑의괴인을 바라보았다.

그리곤 곧 다시 묵룡을 들어 올린다. 흑의괴인이 어느새 지척으로 다가와 자신을 공격하려 했기 때문이다.

"강시라서 죽지도 않는 건가?"

그러나 막강이 손을 쓰기 전에 먼저 괴월의 입술이 달싹거렸다.

그의 입에서 뭐라 알아들을 수 없는 음성이 흘러나오자 돌연 흑의괴인의 움직임이 그 자리에서 멈춰 버렸다.

그러더니 곧 신형을 돌려 빠르게 괴월이 서 있는 곳으로 이동하는 흑의괴인. 뒤틀린 움직임이었으나 여전히 날래고 쾌속했다.

기실 괴월이 철궁마단을 멈추고 또 흑의괴인까지 되돌린 것은 이쯤하면 이곳을 찾은 목적을 달성했다는 생각에서였다.

철궁마단으로 호남 지부를 들쑤셔 놓았고, 철강시로 영웅이대의 절반을 궤멸시켰다. 이 정도면 중원무림을 향한 경고로써 충분했던 것이다.

또한 뜻밖의 방해자인 막강이 앞에 있는 데다가, 조금 있으면 호남 지부에 있던 자들이 이곳으로 달려올 터이다. 그들이 오면 곤란해진다. 쓸데없이 지체할 필요는 없는 것이다.

"철궁마단은 서둘러 이곳에서 철수한다!"

"존명!"

그 말을 끝으로 그를 비롯한 능선에 서 있던 모든 자들이 몸을 날려 사라지기 시작했다.

그때까지도 묵룡에 맺힌 검강을 풀지 않고 있던 막강은 멀어지는 그들을 관망하며 약간의 아쉬운 기색을 보였다.

주위에 널브러진 시신들을 보고 있자니 저들을 이렇게 그냥 보내서는 안 될 것 같다는 생각이 들었다.

하지만 그렇다고 홀로 싸우자니 뒤에 남은 진소천과 좌명호가 문제였다. 특히 몸을 가누지 못하는 좌명호를 엄호해야 하는 상황에서 저들이 철시라도 쏘아댄다면 큰일이었기 때문이다.

자신은 어찌어찌 대처할 수 있을지 몰라도 남은 두 사람까지 챙기기는 어려울 터이다.

'멸천교… 정말 이렇게 계속 부딪칠 수밖엔 없는 건가? 쩝.'

묵룡을 거둔 막강은 몸을 돌려 진소천 등에게 다가갔다.

진소천의 도움을 통해 어느 정도 몸을 가눌 수 있게 된 좌명호는 가부좌를 틀고 조식을 취하며 내상을 다스리고 있었다.

그 옆에서 그의 상태를 점검하고 있던 진소천이 두 눈에 한 껏 고마운 감정을 담아내며 막강을 향해 입을 열었다.

"고마워요, 막 소협. 정말 큰일을 하셨어요. 이 자리에 막 소협이 없었다면 그 결과가 어찌 되었을지 생각만 해도 끔찍 하군요."

그녀는 이미 막강의 신위에 놀란 상태였다.

막강의 실력이 자신을 포함한 칠신룡에 전혀 뒤지지 않을 정도로 높다는 것은 이미 알고 있었으나, 이와 같은 수준일 줄은 몰랐던 것이다.

칠신룡 중 강기를 자유자재로 펼칠 수 있는 자가 누가 있을 까?

설혹 펼칠 수 있다고 하더라도 반각도 지속시키지 못하는 초입의 경지에 불과할 것이다.

칠신룡 중 첫째를 다투는 자신의 오라비인 진산조차 얼마 전 짧은 도강(刀罡)을 펼쳐 보였을 뿐이다.

그녀의 말에 막강은 피식 웃으며 머리를 긁적거렸다.

"뭘요. 저렇게 가는 걸 그냥 쳐다보고만 있었는데요. 좌 대 장님은 괜찮으신 거죠?"

"위험한 상황은 아니지만 큰 충격을 받아 심각한 내상을 입으신 상태에요. 조금만 아래였다면 단전이 크게 다칠 뻔했 어요."

"아, 정말 다행이네요. 그나저나 호남 지부에 빨리 가봐야 할 것 같은데……. 아, 저기 사람들이 오네요.”

막강의 말에 진소천은 산 아래쪽으로 시선을 돌렸다.

호남 지부에 있던 수십 명의 사람들이 곡수산과 팽연강을 필두로 이곳으로 달려오고 있는 모습이 보였다.

다음날 아침.

어지럽게 널브러진 시신들을 치우고, 파괴된 건물들에 대한 정리가 대강 끝나자 각파의 수장들이 다시 한자리에 모였다.

그러나 이미 중소 문파의 수장 중 죽거나 이곳을 떠난 자가 태반인지라 회의는 제대로 이뤄지지 않고 파해질 수밖에 없었다.

“안녕하세요? 막강이라고 합니다.”

유평의 거처로 들어선 막강은 탁자에 앉은 세 사람을 향해 포권을 취했다. 그들은 맹주 유평을 비롯한 추심언과 진강후였다.

모두의 무거운 시선이 자신을 향함을 느낀 막강은 그러한 상황이 지속되자 멋쩍게 웃으며 말했다.

“저기, 이제 좀 앉아도 될까요?”

그 말에 모두의 눈에 이채가 떠올랐다.

“크! 그놈, 넉살은 여전하구나. 알아서 앉아.”

진강후가 미소를 보이며 웃는다. 그러나 그 역시 무거운 분위기를 감안하여 더 이상은 나서지 않았다.

"네, 그럼."

빈자리로 걸어가 앉은 막강은 고개를 들어 가장 상석에 앉은 유평과 시선을 마주쳤다.

'아!

유평의 두 눈에 깃든 정광을 대한 막강은 내심 감탄을 터뜨렸다. 그리고 이는 유평도 마찬가지였다.

'듣던 대로 범상치 않은 친구군. 저 나이에 저와 같은 성취라……'

"반갑네. 벌써부터 만나 보고 싶었지. 나는 유평이라 하네."

"맹주님이시다."

진강후가 한마디 덧붙이자 막강은 눈을 크게 뜨며 재차 고개를 숙였다.

"아, 맹주님이시군요! 저번에 제가 갔을 때는 안 계셔서 못 만나 뵈었는데."

막강의 태도에 유평의 입가에 옅은 미소가 맺힌다. 격식은 없으되, 호쾌한 모습이 왠지 싫지 않은 것이다.

"삼절검협께서 자네와 같은 전인을 남겨두고 가셨다니 강호의 커다란 홍복이 아닐 수 없군. 이번에 자네가 아니었다면 좌 대장은 물론이고 맹 전체가 더 큰 해를 입을 뻔했네. 맹주로서 정말 고맙게 생각하네."

그냥 하는 말이 아니다. 실제로 이번 일로 의천맹이 입은 타격은 적지 않았다.

겉으로 드러난 외적인 피해는 물론이거니와, 맹의 곁가지를 이루는 수많은 중소 문파들을 잃게 될 상황에 놓였다는 것은 진정 심각한 문제였다.

이미 수장을 잃은 곳의 수가 삼십이 넘고, 아무런 통보 없이 돌아간 자들이 또한 오십 가까이 된다.

이들 문파들이 맹에 계속 남아 있을 가능성은 현실적으로 거의 없다고 봐야 할 것이다.

나머지도 장담하기 어려웠다. 멸천교주의 경고를 들은 데다 눈앞에서 펼쳐진 참상을 직접 목도했으니 말이다.

막강은 유평의 말에 어색한 표정을 지으며 고개를 저었다.

"아닙니다. 좌 대장님을 구한 것은 당연한 일이었고, 나머지는 제대로 막지도 못했는데요."

막강이 단순한 겸양이 아니라 솔직한 심경을 내비치고 있음을 알고 더욱 흡족한 표정이 되는 유평.

"누구에게라도 자네가 한 그 이상을 기대한다는 것은 어려운 일이지. 그러니 자네는 충분히 치하를 받을 만하네. 음, 그건 그렇고, 곧 형산파를 재건할 계획을 갖고 있다고 들었네."

"네, 준비는 거의 다 끝난 상태예요."

"반가운 소식이군. 응당 그리해야지. 형산파가 다시 우뚝 서는 것은 호남의 모든 사람들뿐만 아니라 강호 전체가 환영

할 일이네."

　형산파가 무너진 후 호남엔 따로 내세울 만한 변변한 문파가 없는 상태였다.

　몇몇 중소 방파만이 이름을 내밀고 있을 뿐, 형산파의 성세를 이어받을 만한 곳이 생겨나지 않은 것이다. 이에 사십여 년이 지난 지금도 형산파가 제외된 구 파는 여전히 팔 파로 남아 있었다.

　거기까지 말한 유평은 곧 진지한 표정으로 말을 이었다.

　"자네도 알다시피 이제 우리 맹은 예전처럼 멸천교와 또다시 전면전을 치러야 할 상황이 되고 말았네. 이러한 때에 자네가 멸천교에 의해 무너진 형산파를 재건하려는 것은 참으로 공교로운 일이라 하지 않을 수 없군. 이미 추 단주도 부탁을 했지만, 내가 다시 한 번 부탁하겠네. 자네의 힘을 우리에게 보태주게."

　그의 말에 막강은 곤란한 표정이 되었다.

　이곳에 와보니 확실히 상황이 급박하게 돌아가는 듯했다.

　또한 오면서 단번에 수백 명이 죽은 모습도 보지 않았는가?

　의천맹에 있는 자신이 아는 사람들도 곧 그렇게 죽을 수도 있겠구나 하는 생각이 들면 쉽게 거절하기가 어려웠다.

　하지만 반대로 생각해서 자신이 의천맹에 속하여 멸천교와 본격적으로 싸움을 하게 될 경우, 그와 같은 처참한 광경을 자주 볼 수도 있다는 생각에 더욱 망설여지기도 하는 것이다. 죽고 죽이는 것은 별로 달갑지 않기 때문이다.

그러나 가장 갈등을 일으키는 두 가지 요소는 바로 가족과 자신이 익힌 무공이 멸천교와 연관이 있다는 사실이었다.

전자를 생각하면 싸움 따위엔 말려들지 말아야 하고, 후자를 생각하면 말려들 수밖에 없을 것 같기 때문이다.

'그냥 확 멸천교주한테 가서 일대일로 싸워서 끝내자고 해볼까?'

그러면 얼마나 좋겠는가?

하지만 멸천교주가 어디 있는지조차 모르는 게 문제였다.

결국 막강은 머리를 긁적이며 입을 열었다.

"음, 아직 저는……."

"이놈아, 뭐가 아직이냐, 아직은! 그놈들 앞에서 대놓고 철강시를 때려부쉈다면서? 그런 네놈을 그놈들이 가만 놔둘 것 같으냐? 그놈들이 어떤 놈들인데! 다른 말 말고 당장 가입서에 도장 찍어! 커험! 맹주, 죄송합니다. 빙빙 돌리는 건 딱 질색인지라 딱 여기까지만 하겠습니다."

대뜸 끼어들어 막강을 향해 한바탕 고성을 내지른 진강후가 언제 그랬냐는 듯 팔짱을 끼고 눈을 감아버린다.

이에 잠자코 있던 추심언이 못마땅한 시선으로 그를 쳐다봤지만, 유평은 살짝 미소 지으며 막강의 반응을 살폈다.

막강은 그저 눈을 크게 뜬 채 더욱 난처한 표정을 짓고 있었다.

들고 보니 진강후의 말에 틀린 것이 하나도 없는 것이다.

어차피 멸천교랑 싸우지 않을 수 없다면 혼자보단 같이 싸우는 게 낫지 않겠는가?

'작은할아버지랑도 상의해 봐야겠는 걸.'

두문충이라면 분명 무엇이 자신에게 좋은 선택인지 말해줄 것이다.

그렇게 믿은 막강은 일단 재차 대답을 보류하기로 마음먹었다.

"돌아가서 생각 좀 더 해보면 안 될까요?"

"생각은 무슨 생……!"

진강후가 다시 펄쩍 뛰려 하자 가만히 그를 제지한 유평이 고개를 끄덕였다.

"그렇게 하게. 좋은 대답을 기대하고 있겠네."

"고맙습니다."

분위기상 더 앉아 있기 어려운 탓에 막강은 곧 방을 빠져나왔다.

모든 일이 자신이 남악촌을 떠날 때와는 판이하게 달라져 있었기에 더 이상 이곳에 머물 이유는 없는 듯하다.

그래서 막강은 본래 이곳에서 곧장 금가장으로 복귀하려던 생각을 바꿔 다시 남악촌으로 서둘러 떠나기로 했다.

가서 이 일에 대하여 두문충과 의논해야 했던 것이다.

물론 언년에게도 말을 꺼내놓긴 해야 할 것이고…….

‘휴, 또 같이 안 잔다고 하면 어떡하지?’

벌써부터 두려운 생각에 막강의 얼굴은 절로 울상으로 변
했다.

『쾌로막강』 3권에 계속…

The Return of Doomed Mercenary
저주용병 귀환기

초등학생이 반드시 읽어야 할 좋은 책 49권

각 학년별로 초등학생이 반드시 읽어야할 좋은 책을
선정하여 통합논술의 기본이 되는 '올바른 독서법'을
일깨워 줍니다.

교과서와 함께하는 초등학교 통합논술

초등1학년 | 값 12,000원 / 초등2학년 | 값 9,500원 / 초등3학년 | 값 11,000원 / 초등4학년 | 값 9,500원 / 초등5학년 | 값 9,500원 / 초등6학년 | 값 11,000원

♣ 혼자 할 수 있어요.

엄마가 책 읽는 방법을 가르쳐 주어도 좋아요.
독서지도하는 선생님이 가르쳐 주어도 좋답니다.
"초등 교과서와 함께하는 **통합논술 시리즈**"는
아이 스스로 독서할 수 있도록 꾸며진 책이에요.
엄마와 선생님은 요령만 가르쳐 주시면 된답니다.

♣ 교과서의 중요한 내용이 총정리되어 있어요.

각 학년별로 중요한 교과 내용이 함께 수록되어 있어요.
초등학생은 교과서 내용을 충실하게 공부해야 합니다.
아울러 그와 병행한 독서가 대단히 중요하지요.
"초등 교과서와 함께하는 **통합논술 시리즈**"는
두가지 방법 모두 알려준답니다.

♣ 이 책은 훌륭하신 선생님들이 함께 쓰신 책이랍니다.

동화작가 선생님들이 쓰셨어요. 소설가 선생님도 쓰셨답니다.
국어 논술독서지도 선생님들도 함께 쓰셨지요.
"초등 교과서와 함께하는 **통합논술 시리즈**"는
엄마의 마음으로 모든 선생님들이 함께 꾸민 책이랍니다.

입소문을 통해 아는 분은 다 알고 계십니다!
올 한해 공인중개사 최고의 화제작!

수험생 기본 필독서
만화 공인중개사

제목 : 만화공인중개사 쓰신 분에게 감사드립니다.

학원을 두 달 다녔어요. 근데 과연 그 숫자 외우기 그런 게 몇 문제나 나올까 생각을 했어요

아니라는 생각이 드네요. 학원강의를 뒤로하고 서점을 갔어요. 내 머리에가장 이해될수있는

책이 없나 하구요. 거기서 만화를 발견했어요. 무조건 세 번 봤어요. 3개월 걸렸어요. 문제집을 보라고

했는데 그건 시행을 못했어요. 근데 합격을 했네요.

어떻게 감사의 말을 해야 될지…….

도서관에서 만화책 들고 다니니까 사람들이 비웃더라구요. 만화책으로 공인중개사를 공부한다고

미친 사람처럼 보더라구요. 근데 그거 다 감수하고 했던 내가 자랑스럽습니다.

어떻게 감사의 말을 해야 할지… 정말 감사합니다.

부디 행복하세요. 제 나이 41살에 좋은 스승을 만난 것 같습니다.

엎드려 감사드립니다.

－본사 홈페이지에 독자분이 올린 메일 中 에서 발췌－